アウトドアショップin異世界店

冒険者の始まりの街でオープン！

2

タジリユウ

[ill]
中西達哉

CONTENTS

CHARACTER

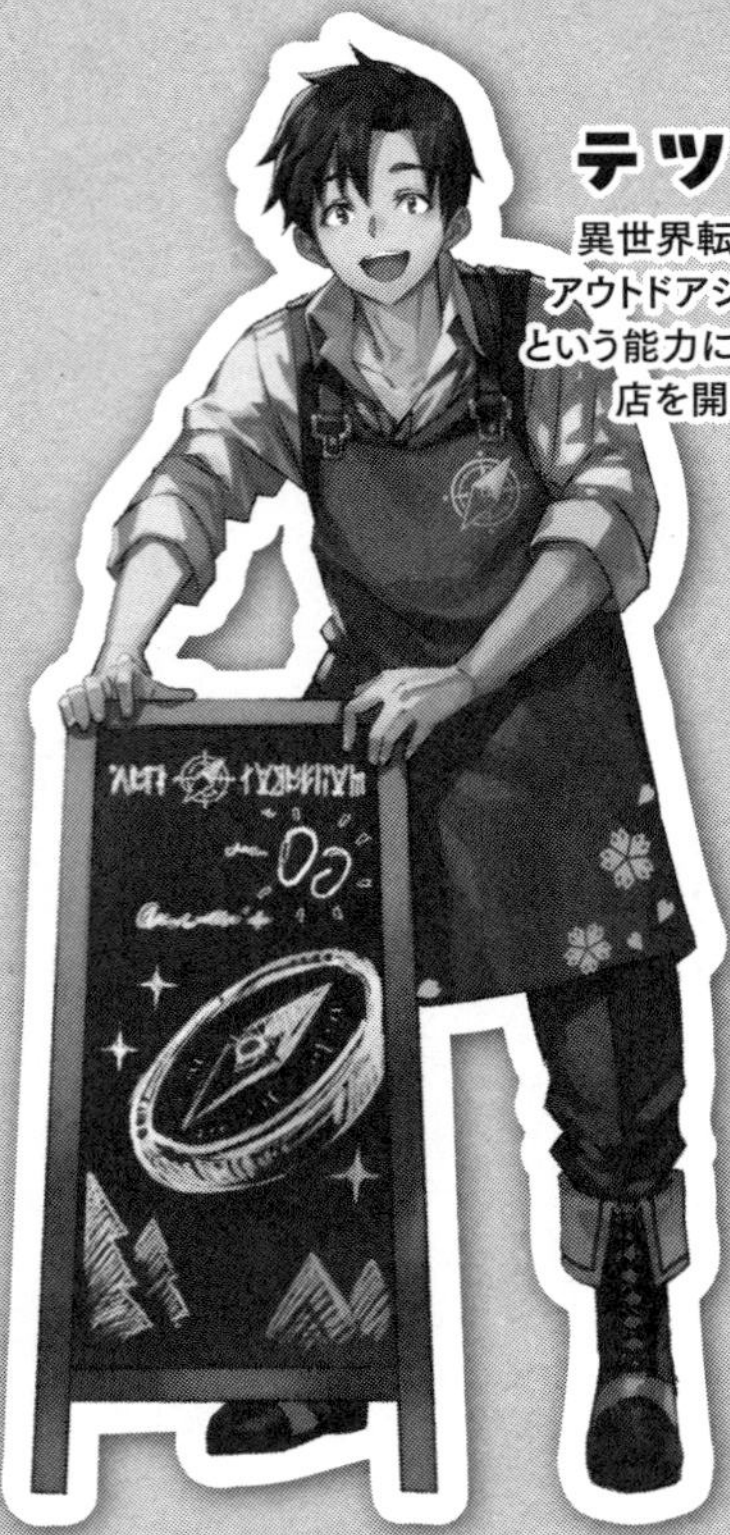

テツヤ

異世界転移で
アウトドアショップ
という能力に目覚め、
店を開く。

リリア

元B級冒険者。
片腕を失い冒険者を引退した。
テツヤの店の護衛兼従業員。

フィア

キツネの獣人の女の子。
テツヤの店の看板娘。

ランジェ

B級冒険者。
収納魔法が扱える実力者。
テツヤの店の仕入れのフリ担当。

ライザック

冒険者ギルドマスターで
元A級冒険者。
強面で大雑把。

ロイヤ　ファル　ニコレ

転移直後のテツヤを助けた
駆け出し冒険者パーティ。
店の常連客。

1章　ダナマベアの肉

「さて、晩ご飯を作るから、もうちょっとだけ待っていてね」

店の表にはこの異世界の文字で『閉店』と書かれたボードが掛けられている。

そう、この異世界だ。俺——松下《まつした》哲也《てつや》は休日にキャンプ場でソロキャンプをしていたところ、朝起きたらいきなり見知らぬ世界へとやってきていた。

不幸中の幸いと言うべきか、なぜかこの世界の住人の言葉が日本語として理解でき、文字の読み書きもできるようになっていた。

そして、もう一つ。こちらの世界の金銭と引き換えに元の世界の野外活動に関連する商品を得られるアウトドアショップと呼んでいる能力が使えるようになっていた。この能力を使用してこちらの世界で『アウトドアショップ』という名前のお店を開いた。

今まさに記念すべきオープン初日の営業が無事に終了したところである。

「もうお腹がペコペコです……」

居間のテーブルの前で待っている可愛らしい女の子がお腹に手を当てている。彼女の頭から茶色い二つのケモミミが生えていて、後ろからは大きくて立派なもふもふとした尻尾が生えている。

彼女の名前はフィアちゃんといい、キツネの獣人だ。この世界にはドワーフやエルフなど、元の世界には存在しない種族も数多く存在している。

とある縁で知り合った彼女をこのアウトドアショップの従業員として雇ったのである。

……えっ、フィアちゃんみたいな小学校高学年くらいの女の子を働かせていいのかって？　この世界には労働基準法はないからいいんだよ。というのは冗談で、この世界ではフィアちゃんくらいの年頃から働くものであり、なるべく負担の掛からないような仕事をしてもらっている。

それにこの店のメインターゲットである冒険者は日が暮れる前には宿へ帰ることもあって、店の営業終了時間はだいぶ早めだからな。

「私もお腹が空いてきたな」

そしてテーブルに座っている金髪のショートカットで宝石のような碧眼、モデルのような身長とスタイルの美しい女性の名前はリリア。

元Bランク冒険者だったが、事故で左肩から先を失ってしまった彼女が冒険者を引退したところをうちのお店の護衛兼従業員として雇った。

彼女のような凄腕の元冒険者を雇えたのはとても幸運だった。

ここアレフレアの街は駆け出し冒険者の集まる街ということもあり、新人冒険者であるEランク冒険者ばかりなので、リリアのような強い従業員はすごく頼りになる。

「これがダナマベアの肉か！」

冒険者ギルドマスターのライザックさんから開店祝いにもらった包みを開いてみると、そこにはサシの入った大きな肉の塊が現れた。この世界の翻訳機能がどうなっているのかはわからないが、ベアということはやはり熊の魔物なんだろうか？

牛の肉と違って鮮やかな赤色ではなく、少し赤黒い色をしている。さすがに元の世界で熊肉は食べたことはないので、どんな味がするかは気になるな。

「テツヤ、どう料理するんだ？」

「結構な量があるから、とりあえず今日は普通に焼いてみて、明日は鍋とかにしてみるかな」

さすがにこの肉の量はフィアちゃんのお母さんの分を入れたとしても、一食では食べきれないほどだ。

「テツヤお兄ちゃん、何か手伝うですか？」

「ありがとう。そしたらリリアと一緒に野菜を切るのを手伝ってほしいな」

「はいです！」

せっかくだからフィアちゃんとリリアにも料理を手伝ってもらう。みんなで料理をしたほうがより美味しく感じるもんな。


「よし、できた。早速みんなで食べよう！」

今日はみんな疲れているので、簡単な料理を二つだけ作った。

まず一品目はダナマベアの肉野菜炒めだ。これはシンプルに肉と野菜を炒めただけだが、味付けは魚醤と酒とすりおろしたニンニクと生姜で作った特製ダレだ。このタレはいろいろと使えるので多めに作って保存してある。

早速肉と野菜を一緒に口へと運ぶ。

「おお、確かにこの肉はうまいな！　獣臭さなんてまったく感じないし、柔らかくて、噛めば噛むほど濃い肉の味が滲み出てくるよ！」

「ふわっ、お肉がとっても美味しいです！」

「ふむ、テツヤが作ったこのタレはうまい。肉と野菜を炒めただけなのにこんなに美味しくなるとは思わなかったぞ」

「いや、これは肉がうまいよ。魔物の肉って、こんなにうまい肉もあるんだな」

肉がうまくなるだけで、ただの肉野菜炒めがこれほどの味になるとは驚きだ。

こちらの世界でいつも食べている魔物の肉は、品種改良されてうまくなるように育てられた元の世界の肉には少し劣っているのだが、この肉はさすが高級食材というだけあって、元の世界の高級肉に負けないほどの美味しさだった。

あとはこれに米があれば完璧である。肉野菜炒めにはパンよりも米がほしくなるところだ。

「さて、それじゃあもう一品のほうも完成だな。こっちのほうも食べようか」

「……テツヤ、この銀色のものはなんなのだ？」

「キラキラしてとっても綺麗です！」

「これはアルミホイルっていうんだ。今回のメイン料理のダナマベアのステーキだよ。中はかなり熱いから気を付けてね。フィアちゃんの分は俺が開けるよ」

皿の上に載っているアルミホイルを開けると、そこからはこれぞ肉と主張するようなステーキが現れた。ちなみにアルミホイルは元の世界から持ってきたリュックに入っていたものなので限りがある。

「……中は普通に肉を焼いただけではないのか？」

「いろいろと焼き方にもこだわっているからな。試しに食べてみてよ」

「テツヤがそう言うなら試してみよう」

「いい香りです！」

ナイフとフォークを使いステーキを一口大に切って口へと運ぶ。レアとミディアムレアあたりで焼いたので、肉の中心にはまだ赤みが残っている。

「む、これは!?　なんという肉汁の量、なんという柔らかさ、そしてなんという美味しさなのだ!?」

「お、美味しいです！　こんな美味しいお肉を食べたのは初めてです！」

「おお、これはうまいな！」

ダナマベアの肉はスッと噛み切れるほど柔らかく、脂の旨みである肉汁が口の中に溢れてくる。獣臭さもなく、元の世界の牛とは異なる味わいだが、高級な和牛のステーキにも負けない味だ。

もしかしたら、この世界にある魔力というものが関係しているのかもしれない。

「すごいな。私は前にダナマベアの肉を食べたことはあったが、この肉ほど柔らかくなく、これほどまでの味ではなかったぞ！」

「俺がいた世界だと肉の焼き方にもいろいろと工夫がされているんだよ」

ステーキといっても実は結構奥が深い。今回はいろいろとこだわってみた。

まずは肉に包丁で筋切りをする。そしてみじん切りにしたタマネギと一緒にいれておく。こうすることにより肉の繊維が柔らかくなり、焼いても箸で切れるほど柔らかくなる。

そしてこちらの世界にやってきた時に持っていたスキレットを加熱する。スキレットとは鋳鉄製の厚みがあるフライパンで、熱伝導や蓄熱性に優れている。そのため食材に均一に火が通り、ムラなく肉の旨みを閉じ込めて焼きあげることが可能だ。

元の世界ではキャンプをしながら、スキレットとアルミホイルを使って、よくステーキを作って食べていたものだ。

熱したスキレットに牛脂ならぬ熊脂を塗って、先ほど用意した肉にアウトドアスパイスで下味を付けてからスキレットに投入。強火で一気に両面を焼き上げてから、すぐにアルミホイルで肉を包み、数分間休ませる。こうすることで余熱を利用し、中までじっくりと熱を通し、肉汁を封じ込めることができる。

今回は高級肉ということなので、レアからミディアムレアくらいで焼きあげてみた。ここまでこだわったステーキがうまくないはずがあるだろうか、いやない！

「……ふうむ、テツヤの世界は食に対するこだわりがすごいな」

「そこは完全に同意するよ」

今更だが、日本人の食に対するこだわりはなかなかのものだよな。

「アウトドアスパイスも美味しいけれど、ステーキソースも作ってみたから試してみてね」

魔物の肉に効果があるのかはわからないが、肉を柔らかくするために使ったタマネギのみじん切りと肉汁とタレを混ぜて少し煮詰めた特製のステーキソースだ。

「こっちも美味しいです！　フィアはこっちのほうが好きです」

「確かにこれもうまいな。だが私はアウトドアスパイスのほうが好きかもしれない」

「味の好みはそれぞれだからね。お母さんのレーアさんにもお肉とタレをお裾分けするから持って帰ってあげてね」

「はいです！　テツヤお兄ちゃん、ありがとうです！」

この世界に来てから食べた肉の中でも一番美味しい肉だったな。これはライザックさんに感謝しないといけない。今度会った時に改めてお礼を伝えるとしよう。

ライザックさんから開店祝いでもらった高級肉をみんなで楽しんだあと、あまり遅くなるとよくないので、先にリリアと一緒にフィアちゃんを家まで送っていく。

俺まで一緒に行く必要はないのだが、万が一その間に強盗が来たら俺一人では対処できないから俺もついていくことにした。最悪空き巣が入っても、アウトドアショップの能力で今日の売り上げ金はチャージしてあるから、店には最低限の商品とお金くらいしかない。

そう考えるとリリアに四六時中お店に張り付いてもらうわけにはいかないから、リリア以外にもう一人くらい護衛のできる従業員を雇ったほうがいいかもしれないな。

「よし、明日の準備はこんなもんで大丈夫だろ。リリアもありがとうね」

「これぐらいお安い御用だぞ」

フィアちゃんを家に送ったあとはリリアと一緒に明日の準備をした。

具体的には店を掃除したり、商品をアウトドアショップの能力で補充して、商品の棚へと並べたり、倉庫へと運んでいく。今はそれほど重いような商品は取り扱っていないので、そこまで時間は掛からなかった。

「今はまだ大丈夫だけれど、数日後から回収したインスタントスープの容器を洗う作業も増えるんだよなあ。実際にお店を開いてみてわかったけれど、多少お店が落ち着いてきても、まだ従業員が足りない気がするんだ。リリアはどう思う？」

「そうだな。オープン初日の今日人手が足りていないのは当然として、多少お客さんが落ち着いたとしても、もう一人か二人はいたほうがいいな。今の三人ではなにかあった時に対処ができないと思う」

「そうだよね。三人だとトラブルが起きた時に対処ができない。早い話、誰かが体調を崩したらその時点でお店を開けないもんな。よし、明日朝一で従業員募集の求人を商業ギルドに出しておこう。それと店内にも従業員募集中の張り紙を貼っておくか」

一日や数日の店の手伝いなら冒険者ギルドでの募集になるが、長期での従業員の募集は商業ギルドの管轄になるらしい。

「ああ。希望者が集まるまでに多少時間は掛かるだろうからな。次の休みの日に面接をすればいいのではないか？」

「そうだね、希望者がいたらそれでいこう」

週五日働けて、接客業ができそうな人がほしい。それにアウトドアショップの能力のこともあるから、面接でちゃんと秘密を守れそうかを重視して見ないといけない。

「それとこの街では難しいかもしれないけれど、可能なら護衛もできるくらい強い人を雇いたいかな」

「な……に……」

「ちょっとリリア、どうしたの!?」

なぜかリリアがいきなりくずおれた。

「いや、いいんだ。確かに護衛が私一人では不満があって当然だ。テツヤが私の他に護衛ができる者を雇いたいと思うのは仕方がない……」

「いやいや、何を言っているの！　護衛としてのリリアの力は信用しているから！」

「……本当なのか？」

「もちろんだよ！　リリアの力はこの目で見ているし、冒険者ギルドマスターのライザックさんからも一目置かれている。リリアがこの店にいてくれて本当によかったと思っているよ。どちらかと言うとその人にはリリアの補佐をお願いしたいんだ。さっきみたいにフィアちゃんを家まで送ってもらう時に店を空っぽにしておきたくないし、リリアが体調を崩したり、休んだりしている時に俺とフィアちゃんじゃ対処できないからさ」

「そ、そうなのだな。う、うむ、それなら問題ない」

顔を真っ赤にしながらそっぽを向くリリア。どうやら照れているらしい。普段から凛としているリリアがこういった仕草をするとドキッとしてしまう。

……いかん、いかん。二人きりだからって、変な気を起こさないようにしなければ！

「それじゃあ今日はお疲れさま。明日もよろしくね！」

「ああ。こちらこそよろしく頼む！」

◆◇◆◇◆

そして営業二日目。今日も朝から大勢のお客さんがお店へと来てくれていた。昨日と同じで店内への入場規制をしている。

「お釣りの銅貨五枚になります。ありがとうございました」

「ありがとう。せっかくだから、この便利そうなインスタントスープってものを全種類試してみたかったんだけどなあ」

「申し訳ありません。ここでしか売っていない商品なので、転売されないようにしたいんです。それと人気もありますので、大勢のお客さんが購入できるようにしておきたいんですよね」

「なるほどね。それじゃあ、これがなくなったらまた来るよ」

「はい、お待ちしております。ありがとうございました！」

予想通りインスタントスープは非常に人気があり、これだけを求めてお店まで来てくれるお客さんも大勢いた。昨日はコンソメスープとコーンクリームスープは売り切れてしまった。そのため、昨日売り切れで買えなかった人達も朝から来てくれているようだ。

味噌汁のほうは商品の棚に独特な味と香りのするスープと書いてあるので、昨日はインスタントスープの中では一番売れていなかった。しかし他の味を試したお客さんや、売り切れで買えなかったお客さんが、今後は少しずつ買ってくれると思っている。

「ふう、忙しいなあ……」

「昨日と同じくらいお客さんがいるです」

「昨日この店で商品を買ったお客さんがいろいろ宣伝してくれたのかもしれないね。やっぱり今週中は忙しそうだ」

入場規制をしているから良いが、それでもお客さんが常に店内に大勢いるのでなかなか忙しい。

「やめろよな！」

「ああん！　なんだ、やんのか！」

店内でレジをしていると、店の外でお客さん同士の言い争いが聞こえた。なんだかトラブルの予感がする……

「とりあえず俺が行ってみるから、フィアちゃんは店内にいて。リリアは店の入口付近でこっちの様子を見ていてくれ！」

「は、はいです！」

「わかった。何かあったらすぐに行く！」

「頼む！」

店内を二人に任せて店の外に出る。店外にはまだ十人ほどのお客さんが並んでおり、お店の入口付近で二人の男性が言い争いをしていた。

一人はいかにも駆け出し冒険者といった、それほど立派ではない装備をした若者だ。そしてもう一人は髭面が特徴の三十代くらいの男性で、身に付けている装備は多少いいもので年季が入っている。

「この店の店主です。どうしました？」

二人は今にも殴り合いそうな雰囲気で睨み合っている。この間に割って入るのはめちゃくちゃ怖いが、店の責任者としていかなければならない。

……いざとなったらリリアが出てきてくれることを信じよう。

「このおっさんがいきなり列に割り込んできたんだよ！　割り込んできたことは後ろのみんなも見ているぞ！」

「そうだ、そうだ！」

「横入りはやめろ！」

どうやらこちらの髭面の男性が列に横入りしたらしい。昨日も二人の冒険者がどちらが先に並んでいたかで軽く揉めていたな。

「すみません、申し訳ないのですが、順番に列へ並んでいただけますか？」

「もうすぐ馬車の時間なんだよ。俺は隣の街から来たCランク冒険者だ。依頼ついでにこの街で最近有名な店があるって聞いたから、わざわざここまで寄りにきたんだよ。悪いが先に入れちゃくれねえか？」

「…………」

一応こちらのお客さんにも事情はあるらしい。だからといって、さすがに横入りを認めるわけにはいかない。お客さんは平等に扱わなければならないからな。

「わざわざこのお店に寄っていただいて、本当にありがとうございます。申し訳ないのですが、他のお客様もおりますので、順番に並んでいただけませんか？」

「ちっ、そこをなんとかしてくれって言ってんだろ！」

「……大変申し訳ないのですが、できかねます。この街の冒険者ギルドで方位磁石という道具だけは販売しておりますので、よろしければそちらのほうもご利用できますよ」

隣の街から噂を聞いてやってきたというのなら、おそらくは方位磁石目当てだろう。

この時間なら冒険者ギルドの売店は混んではいないはずだ。ここで並んで待つよりも、たぶんそちらの方が早い。

「ああん？　話のわからねえやつだな。こんな駆け出し冒険者の客どもより、俺のほうが金を持っている客だし、俺のようなCランク冒険者が買い物したほうが、店に箔が付くってもんだろ？」

話のわからねえやつはお前だよ！

確かにこの街ではCランク以上の冒険者は珍しくて、他の冒険者よりもお金を持っているのかもしれないが、それでお客として優遇するつもりはない。……というか、あんたも昔は駆け出し冒険者だっただろうに。

「……当店はお客様を冒険者ランクや持っているお金で選んでいるわけではありません。申し訳ありませんが、列の一番後ろまでお並びください」

「なんだと!!」

髭面の男がゆっくりと詰め寄ってくる。俺よりも背が高く、ガタイがいいため、ものすごく怖い……

「いいぞ、いいぞ!」

「そうだぞ、さっさと後ろに並べ!」

後ろに並んでいたお客さん達が俺を援護してくれる。

こちらの味方をしてくれるのはありがたいんだが、今はたぶん逆効果だからやめて!

「そこまでにしてもらおうか」

「リリア!」

「これ以上騒ぎを起こすようなら、お引き取り願おう!」

俺と近寄ってくる髭面の男の間に割って入るリリア。女性であるリリアに頼るのは情けない限りではあるが、めちゃくちゃ頼りになる。

「なんだてめえは? ちっ、顔はいいが片腕じゃねえか、気持ち悪い女だな!」

「…………」

どうやらこの男は元Bランク冒険者のリリアを知らないらしい。

……というか、今のリリアへの言い方は非常に腹が立った。もうここにいる全員で袋叩きにしてやりたいんだが！

「他のお客様や従業員への無礼な態度は許容できません！　あなたに売る物は何もないから、もう帰ってください！」

「な、なんだと！　雑魚が調子に乗りやがって！」

うおっ、逆上して殴り掛かってきた!?

「んなっ!?」

「ふん、見掛け倒しだな」

髭面の男が俺に向かって殴り掛かってきたのだが、それをリリアは右手で軽々と受け止めた。髭面の男のほうが大柄で腕も太いのだが、細身のリリアは細い片腕で、いとも簡単に受け止めている。

「いでででで！」

そして髭面の男の右腕を捻りあげ、地面に組み伏せた。いったいあの細い身体のどこにあれだけの力があるのだろう……

「テツヤ、衛兵を呼んできてくれないか？」

「あ、ああ！　すぐに連れてくる！」

「ちくしょう、離しやがれ！」

リリアが髭面の男を拘束している間に急いで衛兵の詰所まで走った。何かあった時のために場所は把握してある。

そして髭面の男は俺が連れてきた衛兵達に拘束され、連行されていった。リリアのおかげで、俺やお客さんは怪我一つなく無事にこの場を収めることができた。

……他の街から来たと言っていたが、もしかしたら他の店が嫌がらせで髭面の男をけしかけた可能性もゼロではない。今まで以上に気を引き締めないといけないな。

連行されていった髭面の男は傷害未遂として処罰されるらしい。冒険者として降格処分くらいは受けるかもしれないとリリアが言っていた。

……もっと重い罪でもよかったのにな。


「「ありがとうございました！」」

午前に髭面の男を衛兵に引き渡したあとは大きなトラブルはなく、無事に今日の最後のお客さんを三人で見送った。

ふう～トラブルはあったが、なんとか乗り切ることができたようだ。

「二人ともお疲れさま。リリア、今日はありがとうね！　リリアがいなかったら、逆上したあの男に殴られていたところだったよ」

「リリアお姉ちゃん、とっても格好よかったです！」

「……ああ、テツヤを守れてよかったぞ。私はまだ疲れていないから、そのまま店の掃除と明日の準備をしてくるよ」

「…………………」

リリアとの付き合いも多少は長くなってきて、ある程度は心情が読み取れるようになってきた。なぜか今のリリアは少し気落ちしているように見える。リリアの活躍のおかげで、誰も怪我をせずに事態が収まったのになんでだろう？

「リリアお姉ちゃん、元気がないです……」

どうやらフィアちゃんも俺と同じことを思っていたらしい。

「そうだね。リリアのおかげでみんな助かったのになんでだろう？」

「……たぶんだけど、あの男の人に言われたことを気にしているんじゃないです？」

あの男に言われたこと？　ああ、リリアが片腕だから気持ち悪いとか、ふざけたことを言っていたな。

「まさか……あれだけ気丈で強いリリアが、あんなやつに言われた言葉なんて気にするかな？」

「もう、テツヤお兄ちゃんは女心が全然わかってないです！　リリアお姉ちゃんだって女の子なんだから、あんなこと言われたら傷付くです！」

「そ、そうなんだ……」

フィアちゃんに怒られてしまった。ごめん、今まで女性と付き合ったことなんてないから、女心とかはまったくわからないんだよ……

昨日と同じでリリアと一緒にフィアちゃんを家まで送っていった。そのあとリリアと一緒に店まで歩いていく。

「今日はトラブルもあったけれど、リリアのおかげでなんとかなったよ。本当にありがとうね」

「護衛としての役割を果したたまでだ。テツヤやフィアちゃんの役に立てて何よりだぞ」

「…………」

美味しい晩ご飯を食べて少し持ち直したようだが、まだいつもよりは元気がないように見える。やはりあの男に言われた言葉を気にしているのだろうか。

「ねえ、リリア。もしかして、あの騒動を起こした男が言ったことを気にしていたりする？」

「な、なにを言っているんだ!?　べ、別にあんな男に言われたことなんて気にしていないぞ！」

……わかりやすく動揺しているな。やっぱりあの男に片腕で気持ち悪いと言われたことを気にしていたらしい。

「やっぱり俺からは、リリアのことを何一つ知らないあんな男の言葉なんて気にするなとしか言えないよ。いつも真面目に一生懸命で、他の人のことを考えてくれている優しいリリアが、あんなチンピラの言葉に傷付く必要なんてまったくない。それにリリアは……び、美人だし、と、とっても綺麗な女性だからね！」

うん、自分で言っていて、ものすごく恥ずかしい……

以前に商品を紹介している時に、リリアのことを美人だと褒めたが、その時とは違って、面と向かってそんなことを言うのはさすがに恥ずい！

「な、ななな!?　そ、そんなことをこんな人通りの多い場所で言うな！　は、恥ずかしいではない

か！」

いやいや、こんなことをお店に戻って二人きりの時に言えるわけないだろ！

「も、もうわかった！　あんな男が言ったことなんて、気にしない！　まだ明日も店は開くのだからな、早く帰って明日に備えるぞ！」

「あ、ああ。そうだね、明日もまだ忙しいだろうから頑張ろうね」

「うむ！」

2章　新しい従業員

「さあ、今日で営業三日目だ。今日も気を引き締めていこう！」

「うん、そうだね。フィアちゃんも頑張ろうね」

「はいです！」

どうやら昨日落ち込んでいたリリアは完全に復活したようだ。……というより以前よりもやる気になっているような気がする。俺なんかの言葉でも多少は役に立ったらしい。

「リリアお姉ちゃん、すっごく元気になっているです」

「そうだね。昨日フィアちゃんの家から帰る時に励ましたんだけど、元気になってくれたみたいでよかったよ」

開店準備をしながら、フィアちゃんと少しだけ会話をする。

「リリアお姉ちゃんになんて言ったです？」

「うん？　えっと、リリアのことを何も知らない男が言った言葉なんて気にする必要はないとか、リリアはとても綺麗な女性だから気にするなとかかな」

「……ふ～ん」

今思うとなかなか恥ずかしいことを言ったな。リリアが綺麗だと思うのは本当だけど、やはり本人に直接言うのはかなり恥ずかしい。

「テツヤお兄ちゃん、フィアは綺麗です？」

「へっ、なんで？」

「いいから教えるです！」

「う、うん……フィアちゃんは綺麗というよりは可愛いかな。でもフィアちゃんはこれから成長するだろうし、お母さんのレーアさんはとても綺麗だから、フィアちゃんもきっと将来は綺麗な女性になると思うよ」

「そ、そうなんだ！　テツヤお兄ちゃんも格好いいです！」

「あ、うん。ありがとうね、フィアちゃん」

フィアちゃんも子供ながらにしてやっぱり可愛いとか綺麗とか褒められたいのかな？　俺も格好いいと言われて満更でもない。さて、今日も頑張るとするか！


「へえ～このインスタントスープってやつは料理にも使えるんだ？」

「はい。野菜や肉を茹でたあとにこっちのコンソメスープを入れてもいい味になりますよ。たまごスープと味噌汁は野菜や肉を炒めたあとに掛けても美味しいですね」

昨日の晩ご飯はインスタントの味噌汁を使ってダナマベアの鍋を作った。インスタントスープは料理の味付けにも使えるのである。

リリアとフィアちゃんと相談して、インスタントスープを使った料理のレシピを商品の前に張り出したのだが、早速お客さんが見てくれたようだ。

「ここに書いてあるレシピだけではなく、いろんな料理にも使えると思うので、ぜひいろんな料理で試してみてください」

「なるほど。香辛料は高いから、その代わりにも使えるのか。ありがとう、いろいろと試してみるよ」

「ありがとうございます」

そう言いながらお客さんはコンソメスープとコーンクリームスープを購入してくれた。昨日三人で考えたレシピが早速売り上げに貢献してくれたようだな。

「「「ありがとうございました！」」」

今日の最後のお客さんを三人で見送った。今日もまだまだお客さんが多くて忙しかったが、なぜかリリアとフィアちゃんがとても張り切って働いてくれていたので、無事に営業を終えることができた。

「ふう～今日もお疲れさま。昨日と一昨日に比べたら、さすがに少しは落ち着いてきたかな」

「そうだな。インスタントスープ以外の商品は一度購入すれば、当分は購入する必要はないから、ある程度広まればお客さんも落ち着くだろう。とはいえ、この街には毎日のように新しい冒険者や商人がやってくるから、お客さんが途切れるということはないだろうな」

確かに方位磁石や浄水器などは一度購入すれば当分の間は購入する必要はなくなる。今日までの三日間で結構なお客さんが来てくれていたので、そろそろ客足は落ち着いてくるだろう。

「フィアはこの木筒を洗うです」

「私は店内の掃除をしておこう」

「俺は売り上げの集計だな」

今日からインスタントスープに使っていた木筒が少しずつ返却されてきたので、それを洗う仕事も増える。手分けをして閉店後の作業を行っていく。


「よし、そろそろ終わりにしようか。フィアちゃん、今日もお疲れさま」

「はいです！」

閉店後の作業を終えて、遅くならないうちにリリアと一緒にフィアちゃんを家まで送る。そしてそこから買い物をしてお店まで戻り、晩ご飯を作って食べてから明日のお店の準備をする。

……うん、結構忙しい。

やっぱり人手はもう少し必要になる。実際に商店を開くことは初めてだったから、だいぶ見通しが甘かったようだ。もう少し頑張れば二日間の休みに入る。今商業ギルドで出している求人に応募者がいてくれるといいなあ。

◆　◇　◆　◇　◆

「「ありがとうございました！」」

無事に五日目の営業が終わり、お店のオープン一週目が終了した。

大きなトラブルは二日目にあった割り込んだお客が逆上して殴り掛かってきた件くらいであった。あとはお客さん同士の小競り合いをリリアが収めてくれたり、フィアちゃんがインスタントスープの木筒を落としてしまい、店内に粉が舞ったくらいの小さなものだ。

そして店の商品、特にインスタントスープを大量に仕入れたいというお誘いが何件もあったが、一律お断りをしている。インスタントとはいえ、この世界だと普通にお店に出してお金が取れるレベルの味だからな。今のところは断ると全員が素直に引き下がってくれた。

「ふう〜二人ともお疲れさま。二人のおかげで無事に一週間を乗り切れたよ」

「ああ、店での接客もなかなか忙しかったな。精神的には間違いなく冒険者をやっていた時よりも疲れたぞ」

「フィアも疲れたです……」

「二人ともありがとうね。とりあえず明日には商業ギルドで出していた求人の面接があるから、そこで新しい従業員を雇えれば、来週からもう少し仕事が楽になるはずだから」

今日商業ギルドから何人か応募者がいると連絡があった。明日商業ギルドの一室を借りて面接をする予定だ。できれば二人くらい雇えると助かるのだが……

この五日間のお店の売り上げで、予想以上の利益を出すことができた。来週からは少し売り上げが落ち着くことを差し引いても、従業員が二人くらい増えても問題なさそうである。

「さあ、今日は美味しいものでも食べにいこう！」

まだお店を開いて一週間とはいえ、無事に一週間を乗り切ったんだ。

店の閉店作業は後回しにして、とりあえず今日はみんなと一緒にうまいものでも食べに行くとしよう！


「……と思ったのに、本当にいつものお店でもいいの？」

ちょっとした高級店にでも晩ご飯を食べにいこうと思ったのだが、二人とも前回食べた俺が以前に泊まっていた宿の店で十分だと言うのだ。

「まだ一週間が終わっただけだからな。あまりハメを外しすぎるのも良くない。それにここの店の料理は安い割にとても美味しいぞ」

「そうだよ、テツヤお兄ちゃん。それに美味しいお肉を食べたばっかりだし、贅沢すぎるのも良くないです」

……どうやらうちのお店の女性陣はしっかりしているらしい。それにフィアちゃんの言う通り、高級食材であるダナマベアの肉を楽しんだばかりだ。あまり贅沢をしすぎるのもよろしくない。

「そうだね、二人の言う通りだ。そのかわりにお腹いっぱい食べてもらって大丈夫だからね」

というわけで以前に俺が泊まっていた宿にやってきた。ちなみに昨日フィアちゃんのお母さんには、今日お店が終わったあとにみんなでご飯を食べにいくことは伝えてある。

それと従業員を探しているから、レーアさんも一緒に働かないかと改めてもう一度誘ってみたのだが、断られてしまった。残念である。

「女将さん、三人入れます？」

「あら、いらっしゃいませテツヤさん。大丈夫ですよ」

「フィアちゃん、いらっしゃい！」

「アルベラちゃん、久しぶり！」

女将さんもアルベラちゃんも相変わらず元気そうだった。フィアちゃんも数回この店に来たこともあって、アルベラちゃんとはだいぶ仲よくなったようだ。手を取りながら微笑みあう二人の少女……尊いなあ。

「あれ、テツヤか？」

「あっ、ロイヤ。みんなも来ていたんだな」

どこに座ろうか迷っていたところ、客席に見知った顔があった。

ロイヤ、ファル、ニコレの三人は駆け出し冒険者パーティで、俺がこの異世界へ初めてやってきた時に魔物から助けてくれた命の恩人である。

「ああ、今日は結構稼げたから、軽く打ち上げをしていたんだ。前にテツヤに教えてもらったこのお店は安くてうまかったから、たまに使わせてもらっているぞ」

どうやら以前にこの宿を紹介してからもたまに来ていたようだ。

「アルベラちゃんだけじゃなくて、フィアちゃんにまで会えるなんて今日はとってもラッキーね！」

……ニコレも相変わらずだな。というか、フィアちゃんだけではなく、アルベラちゃんもターゲットに入っているのか。この娘は二人のように可愛らしい女の子がお気に入りのようだけれど、いろいろと大丈夫なのか心配になるぞ。

「ちょうど隣の席が空いているな。隣に座っても大丈夫か？」

「ああ、もちろんだぜ」

「みんな久しぶりだな。以前にテツヤの護衛依頼を一緒に受けて以来か。店にも来てくれていたな、ありがとう。それでは、隣に失礼するぞ」

「リ、リリアさん！　もちろんだ……いや、です！」

「名前まで覚えてくれていて光栄です！」

やっぱりみんなにとっては元Bランク冒険者のリリアは憧れの対象らしい。

ロイヤ達の席の隣に座り、飲み物や料理を注文する。俺も今週は頑張ったし酒を飲もう。とはいえ明日もあるし、みんなは酒を飲まないから一杯だけで我慢しておこう。……特にリリアは酒が入るとやばいからな。飲もうとしたら、全力で止めるとしよう。

「それじゃあ二人とも今週はお疲れさま！　乾杯！」

「「乾杯！」」

まずはこちらのテーブルのほうで乾杯する。二人とも本当にお疲れさまでした。

「ぷはあああ！　仕事のあとの一杯はうまいな！」

仕事のあとの酒がうまいのはどこの世界でも変わらないようだ。あとはこのエールがもう少しうまくて冷えていたら完璧なんだけどなあ。

「うむ、やっぱりここの店の料理は美味しいな」

「とっても美味しいです！」

ここのお店の煮込み料理や串焼きは美味しい。俺が自分で作る料理もうまいとは思うが、お店で出している料理を食べるのもいいものだ。

「テツヤのお店が順調そうでなによりだよ。初日は大勢並んでいたし、昨日も帰りにお店の前を通ったけれど、お客さんが大勢いたな」

「おかげさまで今のところは順調だよ。オープン初日は店まで来てくれてありがとうな」

「こちらこそ。テツヤのお店で売っているものは安くて便利でとても助かっているわ！」

「ああ、昼に休憩する時に、火を起こして例のインスタントスープと温めたチーズや干し肉を食べられるのは前よりもずっとよくなったな」

「それにあのブルーシートも魔物を解体する時にとても便利だったぜ」

「役に立っているならなによりだよ」

どうやら、うちのお店で買った商品はロイヤ達の役に立ってくれているようだ。

「あの、リリアさん！　いろいろと聞いても大丈夫ですか？」

「ああ、もちろん構わないぞ。その代わりにテツヤの店の商品や私達の接客についてもいろいろと教えてほしい。それと前にも言ったが、そこまで畏まる必要はないんだからな」

「いえ、リリアさんは大先輩ですから！」

ロイヤ達は元Bランク冒険者であるリリアの話が聞けるし、俺達もお店のことについていろいろと聞けるからお互いに利益がある。たまにこの面子でこの店に来るのはいいかもしれないな。

「おう、久しぶりだな。聞いたぞ、新しい店は繁盛しているそうじゃねえか。宿に泊まっている客も噂しているぜ」

「あっ、どうもです。ちなみに新しく販売したインスタントスープは調味料としても使えるんで、ぜひ試してみてください」

この店の料理を作っているマッチョなおっちゃんだ。見た目に似合わず、この煮込み料理とか本当にうまい料理を出してくれる。

「なに!? 前にもらったアウトドアスパイスってやつも本当にうまかったからな。今度買って試してみるぜ」

「ええ、よろしくお願いします」

この店の料理を楽しみつつも、ロイヤ達やこの店のおっちゃん達と楽しい時間を過ごした。

ニコレのやつはフィアちゃんと楽しそうに話しつつも、ギリギリで自分を抑えていたようだ。

……いつかこいつは何かしでかしそうで心配である。

◆　◇　◆　◇　◆

昨日の夜は楽しかったな。無事にお店をオープンして一週間が経ったこともあり、久しぶりに後のことを考えずに飲み食いした気がするよ。

酒は一杯しか飲まなかったが、むしろ一緒に酒を飲む相手がいなくてよかったかもしれない。もし相手がいたら、二日酔いになって今日の応募者の面接に支障が出ていたかもな。

「休みの日なのに付き合ってもらって悪いね」

「なに、一緒の店で働く仲間になるのだからな。私もどんな者がこの店で働くのか気になるところだ」

休みの日にリリアに同行してもらうのは申し訳ないけれど、俺では応募者の戦闘能力がどれくらいあるのかわからないからな。

もちろん休みの日に働いてもらうのだから、休日手当ては出す予定だ。我がアウトドアショップはホワイト企業である。

……今週は忙し過ぎたが、従業員が増えればだいぶマシになるはずなので、ホワイト企業であると言ったらホワイト企業なのである。

「つーわけで、以前は別の街でCランク冒険者までいったんすけど、これ以上はやべーって思って冒険者は辞めたっす。んで今はこの街の知り合いの宿屋で働いてんすけど、これがまた給料が安くてしんどいんすよね。ここの従業員の募集を見て、これは運命だったと思ったんすよ。ほら、俺って顔もイカすんで女性冒険者の客もバッチリっすよ！　バリバリ働くんでよろしくお願いしやっす！」

「……はい、ありがとうございました。それでは、結果は夕方以降に商業ギルドの掲示板のほうに張り出しておくので、お手数ですがもう一度商業ギルドまでお越しください」

「うす！」

現在商業ギルドのとある一室を借りて、お店の従業員の求人に集まってくれた人達の面接をしている。結局応募者はたったの三人しかいなかった。

やはり、求人の際に接客だけではなく、護衛が可能なCランク冒険者に近い戦闘能力がある人と条件を付けたため、これほど少なかったのだと思う。

逆を言えば、駆け出し冒険者が多いこの街で、三人も応募があったのはありがたいことだ。そして現在は一人目の応募者の面接をしたのだが……

「リリア、どう思う？」

「……あまりこの店の従業員に適しているとは言えないな。接客に不安があるし、なにより店の秘密を守れるとは思えない」

「そうだよなあ……最悪接客は指導すれば良いかもしれないけれど、今回一番大事なのはそっちのほうだからね」

今回の面接で一番大事にしたいのは、俺のアウトドアショップの能力の秘密を守れそうな人かどうかだ。

雇ってしばらくの間はアウトドアショップの能力の秘密を話すつもりはないが、いずれは俺の能力のことについて知ってもらう必要があると考えている。

さすがにこの短い時間の面接で彼の性格のすべてがわかるわけではないが、彼を全面的に信頼できるかというと少し怪しい……

ランジェさんも軽い性格をしているけど、あの人は本気でやってはいけないことはわかっていそうなんだよな。失礼だけど、この人はやっちゃいけないことをやって、炎上してしまいそうな雰囲気だ。

「それに長く続けられるかも怪しいな」

「確かに……」

今回雇う従業員は長期で募集している。

失礼だが、長期で勤められるかも怪しいところだ。お金を積まれたら簡単にこのお店の秘密をしゃべって、他の店に移ってしまいそうである。人を見る目が甘いリリアでさえこの評価だからな……

「とりあえず次の人にいこう」

「というわけで、今まで一人で行商を続けてきました。自分の身を守るために鍛えてきたので、魔物や盗賊に襲われたこともありましたが、すべて返り討ちにしてきました」

二人目の応募者は、今まで村や街を渡り歩いてきた行商人だ。この世界の村や街を一人で渡り歩いて商売をしていくためには、相応の実力が必要になるらしい。

すでにリリアに彼の身のこなしを見てもらったのだが、Dランク冒険者の上位くらいはあるそうなので、実力的には問題なさそうだ。

「いつかは自分の店を持ちたいという夢があります。こちらのお店では他の商店では売られていない珍しい商品を取り扱っているので、ぜひその手腕を勉強させていただければと思っております！」

「……はい、ありがとうございました。それでは、結果は夕方以降に商業ギルドの掲示板のほうに張り出しておくので、お手数ですがもう一度商業ギルドまでお越しください」

「はい、よろしくお願いします！」

バタンッ
「リリア、どう思う？」

「ああ、彼なら良いと思うぞ。接客も戦闘能力のほうも問題なさそうだ」

「なるほど……」

「テツヤは何か気になることでもあるのか？」

「少しね。接客は問題なさそうだし、戦闘能力もリリアが問題ないと判断してくれたから問題ない。ただ彼は嘘をついている気もするんだよね」

「嘘？」

元の世界では営業をしていたため、たくさんの人達と交渉をしてきた経験がある。人は嘘をつくときに目線を上に泳がせたり、必要以上に饒舌になったり、口元を触ったりするなどといったいくつかの仕草を取ることが多い。

彼はその嘘をつくときの仕草が非常に多く目立った。普通の人でも癖などで一〜二回その仕草をすることはあるが、これだけ当てはまるのはさすがに怪しい。

悲しいことに、またブラック企業での経験が役に立ってしまったようだ……

この経験がブラック企業での面接の時に使えていたら、残業なんてほとんどないと面接で騙されることもなかったのに……

「うちの店の商品の仕入れルートだけ探ろうとして、すぐに辞めてしまう可能性もあるな。あと一番の問題は、もし本当に勉強しに来てくれたとしても、仕入れの仕方とか教えてあげられないんだよね……」

「ああ、確かに」

もし彼の言ったことが本当だったとしても、うちのお店は特殊なので、あまり自分の店を持つ時の参考にはならないんだよな。

仕入れもそうだし、俺もこの世界で商人のことを学んだわけではないし、教えられることが何もなさそうだ。適性はありそうな人だけれど、お互いにとってそれほどメリットがないのかもしれない。

「名前はドルファだ。年は二十になる」

最後の応募者は俺より少し年下の男性だった。茶色い長髪を後ろに束ねた背の高いイケメンで、女性にモテそうだなという第一印象だ。

低めかつ深みのある声で、なんというか声までイケメンに感じてしまう。

「ドルファさんですね、テツヤと申します。まずは前職を教えてください」

「つい最近まで、この街でCランク冒険者をしていた。護衛任務もこなした経験がある」

「なるほど、戦闘能力は問題なさそうですね」

一人目の応募者と同じように元Cランク冒険者なら、戦闘能力については問題ないだろう。言葉遣いもそれほど悪いわけじゃないし、店員としての言葉遣いをちゃんと教えれば問題ない。

それにもし彼を店員として雇えれば、間違いなく女性のお客さんは増えるに違いない。しかし、なぜ彼のようなイケメン冒険者がCランクになっても、まだこのアレフレアの街にいるのかがわからない。

それに冒険者を引退した理由も気になる。まだ若いし、見たところ大きな怪我をした様子もないのに、どうして冒険者を引退する必要があるのだろう？　もしかしてなにか問題でも起こしたのか？

「差し支えなければ、冒険者を引退した理由を聞いてもいいですか？」

「ああ。これまでは母と妹とこの街で一緒に暮らしていたんだが、母が先日病で亡くなってしまった。俺は兄として、母の代わりに妹の面倒を見る義務がある。それに冒険者という仕事はどうしても家を空けがちになるし、危険と隣り合わせになる。もし万が一俺に何かあれば、妹は一人になってしまうから、それだけはなんとしても避けたいんだ」

「…………」

なるほど、家族でこの街に暮らしていたから別の街へ行かなかっただけか。冒険者として大成するよりも、家族と一緒に暮らしていくことを選んだんだな。

「冒険者を引退して、仕事を探していた時にこの店の求人を見つけた。ここの店なら給料も高くて二人で十分暮らしていけるし、家を何日も空けることがない。それに仕事の条件が良いからだけじゃなくて、少し前までこの店の方位磁石や浄水器といった道具には世話にもなった。冒険者を引退したあとも、冒険者に関われる仕事に就きたいとも思っていたんだ」

とてもまともな冒険者の引退理由とこの店の志望動機であった。どうやら妹思いの立派な兄のようだ。

「わかりました。辛いことを思い出させてしまってすみません。接客の経験があったり、お金の計算はできますか？」

「接客は初めてだが、冒険者の依頼で依頼人と話すことはよくあった。お金の計算も基本はできるつもりだ」

ふむふむ。接客に関してはこれから覚えていけばいいだろう。この街のお店の店員は元の世界ほど礼儀正しい接客ではないので、そこまでレベルの高い接客技術は必要ない。

むしろ俺のように謙《へりくだ》りすぎると相手につけ込まれてしまうのでよくないとリリアに言われた。このあたりは営業をやっていた時から染みついちゃっているんだよな……

俺のことはさておき、俺との会話でも問題ないし、計算もできるなら問題ない。嘘をついているような仕草もないし、もうこの人は採用でいいんじゃないかな。

「…………」

「リリアの方からドルファさんに聞いておくことはないの？」

先ほどからリリアはなにも話していない。前の二人にはちょこちょこ質問をしていたんだが、ドルファさんには聞いておくことはないのかな？

「……一つ聞きたいのだが、ドルファの妹さんの名はアンジュと言わないか？」

んん、もしかして妹さんはリリアの知り合いだったりするのか？

「ああ、うちの妹を知っているのか。まあこの街で一番……いや、この国で一番可愛いといっても過言じゃないから、知っていても当然か！」

「…………」

ドルファさんがいきなり人が変わったようにキラキラとした笑顔で話し始めた。

「そうなんだよ、うちの妹は可愛すぎて一人にしておくのは本当に心配なんだ。今こうしている間にも悪い男が言い寄っていないかと思うと不安で胸がいっぱいになる！」

「ねえ、リリア。この人ってさあ……」

隣にいたリリアへ小声で話し掛ける。

「……ああ。私も初めて会ったが、冒険者ギルドでは重度のシスコンで残念な冒険者として有名だ。実力もあるし、顔が良いから女性にも人気はあるのだが、絶対に女にはなびかないそうだ」

「…………………」

ま、まあ、妹さん思いなのはいいことだよな。妹がいない俺にはわからないが、妹さんを大切にしているのなら、悪い人ではないんじゃないか？

「……確か妹さんが誘拐事件に巻き込まれそうになった時に、その誘拐組織を一人で潰したことによってCランク冒険者に昇格したはずだ」

「……ヤバいやつだな!?」

俺の想像をはるかに超えるシスコンさんだった！

「ふう、とりあえず三人の面接は終わったけれど、どうするかなあ」

一応面接は無事に終わったが、誰を雇うかだ。いや、誰も雇わずに来週も続けて募集するという手もあるけど……

「あの中だったらドルファでいいんじゃないか？」

「えっ!?」

「まあテツヤの気持ちはわかるが、彼がシスコンということは店にとって大した問題にはならないだろう。三人の中では一番実力もあるし、なにより彼が一番長く働きそうで、秘密も守ってくれそうだ」

「……言われてみると、確かに彼が一番適しているっぽいな。とりあえず彼を雇ってみるか」

妹さんのことにさえ触れなければ、かなり優良な人材であることは間違いない。二人目の人も迷うところだが、彼の期待にうちの店が応えるのは難しそうだからな。

どちらにせよ、一週間はお互いにとって試用期間となる。リリアと話し合って、とりあえずドルファさんを雇ってみることに決まった。

◆　◇　◆　◇　◆

「ほい、お待たせ。今日の朝食はダナマベアの燻製肉とたまごとチーズのホットサンドだ」

今日はドルファさんがお店に来るので、お店の説明をしたり、接客の練習をする予定だ。

休みの日に申し訳ないのだが、フィアちゃんにも顔合わせをさせたいので、一足先にお店に来てもらって、みんなで朝食をとっている。

「いい香りです！」

「ああ、見た目も美味しそうだな！」

今日の朝食はダナマベアの燻製肉と目玉焼きとチーズを入れたホットサンドだ。

「うん、濃い味の付いたダナマベアの燻製肉にたまごと溶けたチーズが絡んで最高に美味しいぞ！」

「こっちのスープとサラダも美味しいです！」

ダナマベアの燻製肉にはいつものアウトドアスパイスで味付けをしている。少し味を濃くしておくと目玉焼きやチーズと合わさってちょうどいい味になる。

「ダナマベアの燻製肉もこれでおしまいだから、よく味わっておかないとな」

ちなみに昨日は面接が終わったあと、方位磁石を冒険者ギルドに卸しにいくついでに、ライザックさんにお礼を伝えた。

その時にダナマベアの燻製肉にアウトドアスパイスを掛けたものをライザックさんに持っていったら、普通に焼くよりもうめえと、ものすごく感謝された。

酒の肴になると伝えたら特に喜んでいたな。相変わらず顔は怖いが、多少は慣れてきた。酒も飲めるようだし、今度はぜひ一緒に飲みに行きたいところだ。

「とっても美味しかったのに、残念です……」

「今度の休みの日には久しぶりに狩りにでも行ってくるか。ダナマベアの肉とまではいかないが、角ウサギやライガー鳥もなかなか美味しいぞ」

「おお、それは期待しちゃうな！」

とりあえず来週はゆっくりと休みを取ることにしよう。どんなに仕事が忙しくても安らぎの時間は大切である。


「ドルファという。今日からこの店でお世話になる。接客の仕事は初めてだから、迷惑を掛けることもあると思うが、どうかよろしく頼む」

そしてお店にドルファさんがやってきた。相変わらずのイケメンっぷりである。冒険者の時に使っていたと思われる武器や防具を装備しており、うちの店でみんなが着用している刺繍の入ったエプロンを服の上から着てもらっている。以前レーアさんに刺繍してもらったときのスペア用だ。

「フ、フィアです！　お願いしますです！」

「リリアだ、よろしく頼む」

「テツヤだ。このアウトドアショップの店主をしている。こちらこそよろしくな、ドルファさん」

「ドルファで大丈夫だ、テツヤさん」

「そうか、俺もテツヤで大丈夫だぞ」

「年上で雇い主だからな、テツヤさんと呼ばせてもらうさ」

「まあ呼び方は任せるよ。えっとそれで……」

そう、店に来ていたのはドルファだけではなかった。なぜかもう一人同行者がいたのだ。

「初めまして、アンジュと申します。この度は兄がお世話になります」

ドルファと同じ茶色い髪に整った顔立ち。髪型もドルファと同じで、髪を後ろに束ねたポニーテールだ。身長は百六十くらいで、年頃は高校生くらいだろうか。

……この国で一番可愛いかはわからないが、確かに可愛い女性ではある。彼女がドルファの妹さんのアンジュさんか。

しかしなぜ妹さんも？

もしかして妹さんのほうもブラコンで、兄を心配してやってきたなんて話じゃないだろうな。さすがにそこまでいくと、ちょっと引いてしまうぞ……

「すみません、兄がお世話になると聞いたのでご挨拶に来ました。実は兄は私のことになるとちょっと……いえ、かなり無茶をすることがあるんです。その場合には私の名前を出してくれれば、大抵は収まりますので」

　どうやら兄が暴走した時のために、止め方をわざわざ教えに来てくれたようだ。アンジュさんに嫌われるぞ、とか言えば収まるのだろうか。いや、さすがにそこまで単純じゃないか……

「わざわざアンジュまで挨拶に来る必要はないと言ったんだがすまないな。まあ俺としてはアンジュと一秒でも長くいれて嬉しい限りなんだが！」

「「…………………」」

　デレデレとした顔でアンジュさんを見つめるドルファ。うん、単純そうかもしれない……

「兄さん、私のことを心配してくれるのは嬉しいけれど、無茶はしないで。この前だって一人で犯罪者グループのアジトへ踏み込んでいって、とても心配したのよ」

　ああ、ドルファが誘拐組織を潰したってやつだな。

「それくらい無茶なものか！　俺はアンジュのことが最優先だからな！」

「そもそも私はその犯罪者グループに捕まっていなかったじゃない……」

　アンジュさんは捕まっていなかったんかい！

　ということは、勘違いでその誘拐組織を潰したってことか。それによって助かった人も大勢いるだろうからよかったけれど、本当に妹のことになると見境がなくなるらしい。

「兄が本当にすみません。ですが仕事はちゃんとやると思いますので、どうかよろしくお願いします」

アンジュさんは片手でこめかみを押さえてうつむいたあと、改めて俺達へ頭を下げた。

……だいぶ苦労しているようだな。よかった、どうやら妹さんはまともな性格らしい。

「それでは失礼します。兄さん、皆さんに迷惑だけはかけないでくださいね！」

「あ、ああ！　もちろんだよ、アンジュ！」

綺麗な姿勢で頭を下げてから、帰っていくアンジュさん。う〜む、この兄にしてこの妹さんか。

……いや、この兄だからこそ、立派でまともに育ったのかもしれないな。


「それじゃあ、まずはこのお店の仕事を簡単に教えるよ。開店前は商品を倉庫から棚に補充するんだ。倉庫はこっちだよ」

まずはドルファに店の中を案内する。といってもそれほど広い店内ではない。

「ここが倉庫だ。商品ごとにこの木箱に入っている。お店が始まって店内の商品が少なくなったら、ここから商品の棚まで持っていって並べてくれ。場所は値札が付いているから、少しずつ覚えてくれればいい」

「ああ、わかった」

これまでは基本的に全員で、商品が足りなくなったら倉庫から商品を持ってきて棚に並べていた。

ブルーシートとかは意外と重いので、フィアちゃんが運ぶのが大変そうな物は俺が率先して運んでいたな。

「特にインスタントスープは四種類あって間違えやすいから気を付けてね。基本的にはこの倉庫に

ある分が終わったら、その日の分は終わりだよ。次の日の分は、夜に俺とリリアが上の階にある倉庫から下の倉庫に移動しておくから」

「ああ、了解だ」

本当はドルファが帰ったあとで、俺のアウトドアショップの能力で商品を補充する。俺の能力についてはしばらくドルファの様子を見てから伝えるつもりだ。

どちらにしろ、この一週間はお互いに試用期間となる。一週間働いてもらい、お互いに問題なければ正式に雇用となるわけだ。うちのお店としては人手不足だし、よっぽどのことがなければ、ドルファに働いてもらいたい。

「うちのお店はちょっと特殊な場所から仕入れを行っているんだ。数週間に一度、収納魔法を使える冒険者にお願いして商品を届けてもらっているんだよ。たぶん来週に来ると思うから、その時に紹介するね」

「ああ。この店の商品は珍しい物ばかりだと思っていたが、やはり特別な仕入れ先があるんだな」

「……そうだな」

嘘をつくのは少し後ろめたいが、まだ俺の能力のことを話すわけにはいかない。

「開店準備はこんな感じかな。お店が始まったら、お客さんの案内や商品の説明をしてもらう。うちのお店は他のお店にはない商品が多いから、商品の使い方を聞かれることが多いんだ」

ローテーブルの組み立て方やクールタオルの使い方、浄水器や方位磁石にファイヤースターターでの火のつけ方などなど、使い方の説明をできるようになってもらわないといけない。

「この店の商品は今まで使ってきたから、大体はわかる。使ったことがない商品の使い方を教えてほしい」

「ああ、もちろんだよ」

ドルファはうちのお店の商品をいろいろと使ってくれていたようで、大半の商品は使い方を説明しなくても大丈夫だった。

「次はレジだな。それじゃあ俺とリリアとフィアちゃんで、お客さんみたいにいろんな商品をレジに持っていくから、実際に会計してみてくれ」

「ああ、わかった」

「リリア、フィアちゃん、よろしく」

「了解だ」

「はいです」

お店にあるお金を使って、会計の練習をする。リリアやフィアちゃんにも参加してもらうことで、みんなの勉強にもなるからな。

二人ともレジや接客については、たった一週間でほとんどできるようになったが、従業員同士でお互いに学ぶこともあるだろう。

「うん、みんないい感じだね。ドルファはもう少し笑顔のほうがいいかな」

ドルファのお金の計算については問題なさそうだった。数が多いと多少時間が掛かってしまうが、慣れればもっと速くなるだろう。それに最初の数日間は俺と一緒に行動してもらうから、その間に少しずつ慣れてもらえばいい。

あとは少し笑顔が固い気もする。接客業は笑顔が大事だからな。こっちの世界だと言葉遣いよりも笑顔のほうが重要かもしれない。

せっかくのイケメンなんだから、この機会にイケメンスマイルを習得して、数少ない女性冒険者のハートを鷲掴みしてもらうとしよう。

「笑顔か……こんな感じか？」

「ちょっと固いかな。ほら、こんな感じで。はい、リリアとフィアちゃんも」

「こ、こうか？」

「はいです！」

うん、二人ともいい笑顔である。リリアは少し恥ずかしがっているけれど、そこが逆に可愛らしいな。恥じらっている女の子が可愛く見えるのって俺だけじゃないよね！

フィアちゃんのほうは子供らしく満面の笑みである。これに癒されない男はいないといっても過言ではない。

思わず、そのもふもふしたキツネミミを撫でたくなってしまったが、なんとか自重した。もしもニコレがこの笑顔を見ていたら、きっと暴走していただろう。

「なかなか難しいな……みんなのような笑顔がうまくできないみたいだ」

「そうだな、アンジュさんがここにいると思ってみたらどう？」

「なるほど……こうか？」

「うおっ!?」

先ほどまでの固い表情から一変し、ものすごい笑顔のイケメンの姿がここにあった。なんだろう、自然と背景に漫画のようにキラキラしたエフェクトが見える。すごいな、これがイケメンスマイルの威力か……

「いい笑顔だな」

「ま、眩しいです！」

「うん、バッチリだよ。このままの笑顔でいけそう？」

「……いや、実際にアンジュがいないと長時間維持するのは難しいな」

「……………」

よくわからんが、ドルファにしかわからない使用条件があるようだ。

「じゃあアンジュさんの親しい友達を相手にするくらいの感覚でどうだ？」

「アンジュに親しい男なんているか！」

「女の子！　男じゃなくて女の子の友達！」

イケメンスマイルからいきなり鬼の形相になった。このイケメンさんはたまに面倒だな……

「む、そうだな。こんな感じか？」

「いいね！　お客さんを相手にする時はその笑顔で十分だよ」

「ああ、これなら可能だ」

先ほどよりは劣るが、それでも十分いい笑顔だ。一応妹さんの女友達には愛想よくしているらしい。先ほどの超イケメンスマイルは女性のクレーマーが来た時に使ってもらうとしよう。

「よし、今日はここまでにしておこう」

時刻は夕方、ドルファの接客練習を始めてから結構な時間が経った。たった一日だが、練習の甲斐あって問題なさそうである。あとは実際のお客さん相手に接客してみてだな。

「大丈夫そうだね、明日からよろしく頼むよ」

「ああ。こちらこそよろしく頼む」

ドルファだけではなく、リリアやフィアちゃんの練習にもなったので、とても有意義な一日となった。ドルファが早く仕事に慣れてくれればいいな。

後々スローライフを目指すためにも、最初は頑張らないといけない。まあこちとらブラック企業で土日出勤なんて何度やったかわからないから問題ない……

俺はいいとしても、従業員のみんなには休日に仕事なんてさせたくないからな。特にリリアは昨日も面接を手伝ってもらっている。来週は必ず休んでもらわないと。

◆　◇　◆　◇　◆

「さあ、今日からドルファが加わって従業員が四人になった。オープンしたばかりの先週ほどは忙しくないと思うけれど、先週来てくれたお客さんの噂を聞いて、新しく来てくれるお客さんも大勢いるだろうから、気は抜かないようにね」

「ああ！」

「はいです！」

「了解だ！」

新しくドルファを従業員に加えての一週間が始まる。一人増えて先週よりは楽になるはずだが、仕事の慣れ始めが一番ミスを犯しやすいとも聞く。一層気合を入れるとしよう。

「よし、それじゃあ店を開けよう！」


「いらっしゃいませ、アウトドアショップへようこそ！」

うむ、ドルファもいい笑顔である。妹のアンジュさんの友達……いや、女友達を意識してお客さんに向ける笑顔はなかなかのものだ。

特に女性の冒険者のお客さんは新しいイケメン従業員を横目でチラチラ見ている。おかしいな、俺の時にはあんな反応なかったのに。やっぱりこちらの世界でもイケメンがモテるのか……

「すみません」

「はい！」

おっと、いかんいかん。俺も集中しないと。今は女性にモテるよりも、お店を繁盛させることが大事だ。

「はい、銅貨六枚のお釣りです」

「あ、ありがとうございます」

接客もレジも問題はなさそうだな。今日は俺がドルファについて仕事の様子を見ているが、昨日一日の接客練習でも十分効果はあったようだ。

それにしても、ドルファの本気の笑顔は眩し過ぎるから、むしろずっと出せなくてよかったのかもしれない。今対応している女性の冒険者さんも少したじろいでいる。

あまり女性の関心を引き過ぎると、別の問題が起こる可能性が生じるからな。女性客を集めてくれるのは助かるが、女性問題を店に持ち込まれるのはよくない。

ドルファが女性に関心がなくて、ある意味助かったとも言える。

「やっほ〜テツヤ！」

「今日も結構混んでいるな」

「ああ、おかげさまでな。今日はみんな休みか？」

ロイヤ達がお店に来てくれたようだ。

「いや、今日は午前中で早めに切り上げてきた。インスタントスープが切れたから補充しにきたんだ」

前回は試しにインスタントスープを全種類買っていたけれど、三人で使っている分消費が早いのだろう。

「あれ、もう新しい店員さんを雇ったんだ？」

「ああ、とりあえずは一週間のお試し雇用になるけどな。元Cランク冒険者だから、いろいろと参考になる話を聞けると思うぞ。こっちの三人はニコレ、ロイヤ、ファルだ。三人にはこの店を始める前からいろいろとお世話になったんだよ」

「ドルファだ。今日からこの店で働かせてもらっている。よろしく頼む」

「すごい、元Cランク冒険者なのか。よろしくお願いします」

「こちらこそよろしく」

「よろしく」

ロイヤ、ニコレ、ファルと順番に握手をするドルファ。少なくとも三人がこの街にいる間は長く付き合っていくだろうから、このまま仲よくしていってほしいものである。

「ニコレお姉ちゃん、いらっしゃい」

「ハアハァ……フィアちゃん！　またお買い物に来たよ」

「…………」

ニコレのほうは相変わらずだな。イケメンなドルファよりもフィアちゃんと話をしているほうがいいらしい。

「このインスタントスープがあるだけで、昼がだいぶ豪華になるから助かるよ」

「ああ、今度は購入制限の一人二つずつ買っていくよ」

「それはよかったよ。今後ともよろしく！」

空になった木筒を受け取って、新しいインスタントスープを渡す。やはりインスタントスープは継続して売れていきそうだ。

「すみません、破れちゃったブルーシートの買い取りをお願いしてもいいですか？」

「はい」

「おっと邪魔しちゃ悪いな。それじゃあまた」

「フィアちゃん、またね！」

「ああ、またよろしくな」

別のお客さんが来たので、ロイヤ達は帰っていった。知り合いが店に来てくれるのはありがたいものだな。

「はい、ありがとうございます。銅貨五枚で買い取らせていただきます」

うちのお店では破れたり穴の空いたブルーシートの買い取りを銅貨五枚で行っている。というのも、元の世界でもそうだが、ブルーシートが捨てられているのを見たことがある人は多いだろう。他のキャンプギアと違って、ブルーシートは地面に敷いたり、物を入れて運んだりして使用するので、破損することが多くて特に廃棄されやすい。

回収したブルーシートは再利用できる部分はいろいろと再利用し、それ以外の部分はランジェさんに頼んで、街から離れたところで魔法により焼却処分してもらう予定だ。

他にもロイヤ達や知り合いの冒険者にゴミを見つけたらできるだけ回収してもらうように伝えてある。もちろん捨てられたブルーシートを全部回収することなどできはしないが、異世界の自然を汚さないために、できる限りのことはしておきたいからな。


「こ、こんにちは！」

「いらっしゃいませ」

女性冒険者のお客さんがドルファに話し掛ける。俺の方は少し後ろの方で商品を棚へ移しながらドルファを見守っている。

「あ、あの。この道具はどうやって使うんですか？」

「ああ、この道具はローテーブルと言って、普段は小さいが組み立てて使うんだ。こうやってこうすると、小さなテーブルになる。直接地面に置くと汚れる物なんかを置けて便利だぞ」

「は、はい！　ありがとうございました！」

女性冒険者は顔を少し赤くしながら走り去っていった。

う〜む、やはりイケメンスマイルの威力はすごいな。言葉遣いも今のくらいなら問題ないだろう。

「すみません。このインスタントスープを友人の分も購入したいんですけれど、やっぱり三つは駄目ですか？」

「申し訳ない。この商品は一人二つまでとなっているんだ」

「で、ですよね！　試しに聞いてみただけなんで大丈夫です！」

別の女性冒険者がドルファに話し掛けるが、しっかりと購入制限である二つまでと毅然とした態度で伝えてくれた。今の女の子はかなり可愛かったけれど、ドルファには関係ないようだな。

「あはは～やっぱり駄目だったよ」

「……ちっ。俺がもう一度言ってくるぜ！」

「えっ!?　ちょっと！」

女の子は別の男性冒険者と一緒に来ていたようだが、なぜか今度は男性冒険者がドルファの方へ歩み寄る。

「おい、そこのあんた。俺達は隣の街からこの店の噂を聞いてわざわざ来たんだ。ちょっとだけ融通してくれよ？」

「すまないが、他のお客様にも二つまでにしてもらっているから、そういったことはできない」

「なんだと！　てめえ、少し顔がいいからって調子に乗ってんじゃねえぞ！」

「ちょっと、やめなって！」

これはちょっとまずい展開だ。

どうやらこの男性冒険者はそっちの女性冒険者に好意を持っているのか、ドルファに対してデレッとした態度を取ったことが許せなかったらしい。だいぶ理不尽なことを言っている。

「申し訳ない。店で決まっているルールなんだ」

「ちっ……」

「ねえ、もうやめようって！　す、すみませんでした！」

ドルファが頭を下げると、男性冒険者もそれ以上は何も言わずに女性冒険者に連れられてレジへと向かっていった。

俺が間に入る前にドルファは逆上したりせず、俺が教えた通りの対応をしてくれた。

「ドルファ、冷静に対応してくれてとてもよかったよ。あれでも引き下がらなかったら、すぐに俺を呼んでくれ」

冒険者は手が早いイメージがあったのだが、ドルファはちゃんと自分を抑えることができそうである。すぐに逆上してお客さんに手をあげるようだったら、正式に雇用するか考えなければいけないところだった。

「ああ、了解だ。俺が面倒を起こすとアンジュに迷惑が掛かってしまうからな。それを考えれば、多少のことでいちいち腹を立ててもしょうがないだろ」

「…………」

わかってはいたけれど、この人の行動原理はすべて妹のアンジュさんに基づいているんだな……問題を起こさないようならそれでもいいか。

その代わりにアンジュさんの悪口を言われたりしたら激昂しそうだが、それは相手も悪いわけだし、やりすぎないところでリリアに止めてもらうしかないな。

「「ありがとうございました」」

無事に今日の一日が終わった。最後のお客さんが店を出て、店の表にあるボードを裏返して閉店にする。男女の冒険者がドルファに絡んできた以外に大きな問題はなかった。

「みんなお疲れさま。やっぱり一人増えるだけでだいぶ楽になるな」

「ああ、店員が四人になるとこれだけ楽になるのだな。先週とは全然違ったぞ」

「うん！　とっても楽になったです。フィアも落ち着いてちゃんと計算できたです！」

ドルファが加わったことにより、リリアやフィアちゃんに掛かる負担も減ってくれた。先週はレジに人が並んで、お客さんを待たせてしまうことも多かったからな。

そりゃレジに人が大勢並ぶと、こっちも焦って計算を間違えたりしてしまう。

「ドルファは初日だったけれど、大丈夫だった？」

「ああ。だが思ったよりも忙しいのだな。体力的にはまったく問題ないが、お客さんを相手にするのは精神的に疲れるようだ」

「元冒険者なら体力は大丈夫みたいだな。俺は体力的にも結構きついんだけど……」

意外に接客も体力を使うんだよな。基本的にはずっと立ちっぱなしだし、倉庫から商品を運ぶのもなかなか疲れる。

一応お客さんの少ない時間に交代で休憩時間を挟んでいるが、それでもだからな。ドルファが加わってくれて多少余裕もできたし、もう少し休憩時間を増やすとするか。

「あとは計算がもう少しなのと、商品の値段を覚えられれば完璧だね。でもそれは慣れていけばすぐにできるようになるから。リリアとフィアちゃん達からは何かある？」

「もし可能だったら、商品の補充を重点的にやってほしい。私は片腕だし、フィアちゃんはそこまで重いものを持てないから、どうしても我々では遅くなってしまうんだ」

「なるほど、明日から意識してみる」

「フィアからは大丈夫です」

「ドルファからは何かある？　ここをこうしたらいいとか、仕事のここがちょっと辛いとか、なにかあれば遠慮なく教えてほしい」

「仕事内容については今のところは大丈夫だ。むしろ、この仕事内容であれだけの給金をもらって本当にいいのかと思ってしまうな」

「面接の時に言ったように、店員の仕事だけじゃなくて護衛の役割も含まれているからね。何かあった時はいろいろと頼むよ」

「ああ、任せておいてくれ！」

今のところドルファの雇用は問題なさそうだな。明日も一緒に行動するが、なんならもう俺が付かずに一人でも働いていけそうである。

そのあとはドルファに閉店作業を教えた。一人増えただけで、だいぶ作業時間が短縮できたので大いに助かる。

◆　◇　◆　◇　◆

そして二日後、ドルファは今日も問題なく働いている。今日から俺は付かずに一人で動いてもらっているのだが、多少は仕事にも慣れてきたようで、初日よりもテキパキと働いてくれている。

リリアやフィアちゃんともうまく連携を取り始めて、より効率的に働けるようになってきた。今週になってお客さんも多少は落ち着いてきたので、だいぶ仕事は楽になってきたな。

とはいえ、誰か一人でも休むと、また人手が足りなくなってしまうので、もう一人くらい雇ってもいいかもしれない。

「テツヤさん、こんにちは」

「パトリスさん、いらっしゃいませ」

昼過ぎくらいに冒険者ギルドの副ギルドマスターであるパトリスさんがお店に来てくれた。

「いらっしゃいませ」

「こんにちは。おや、従業員が一人増えているのですね」

「はい、お店も盛況なので人手を増やしました。今日はなにかお探しですか？」

「実は例の浄水器のほうも確認させていただきまして、冒険者ギルドに置かせてもらいたいと思っております。そのことで本日お店が終わりましたら、ギルドマスターと一緒にお伺いしてもよろしいでしょうか？」

「はい。あっ、うちの店にはちゃんとした応接室みたいな部屋はないので、冒険者ギルドへ伺いますよ。ちょうど方位磁石も納めに行きますから」

「承知しました。お手数をお掛けしてすみませんね。どうぞよろしくお願いします」

「ライザックさん、こんばんは」

「ご無沙汰しているな、ギルドマスター」

お店の営業が終わり、閉店作業を終えて、リリアと一緒に冒険者ギルドにやってきた。

「おう、テツヤにリリア。わざわざ足を運んでもらって悪いな！」

顔に傷痕のある大柄な男性。元の世界だったら、どう見てもそのスジの人にしか見えない。

とはいえ、もう何度か会っているから、さすがに怖くはなくなった……ちょっとだけね。いや、怖いものは怖いんだよ……

「いえいえ。こちらにとってもありがたい話ですから。それとこれはお土産です。昨日知り合いの冒険者からワイルドボアの肉をもらったので、前に作ったダナマベアと同じように燻製にして香辛料を掛けてみました」

昨日ロイヤ達からワイルドボアというイノシシ型の魔物の肉をお裾分けしてもらった。

いやあ、鍋とステーキにしてリリアと一緒に食べたが、とてもうまかったな！　さすがに高級食材のダナマベアの肉までとはいかなかったが、それでも十分うまかった。

そしてその肉を燻製にしてアウトドアスパイスを振り掛けた特製の燻製肉だ。もちろんロイヤ達の分も作ってあるから、次に会った時に渡す予定だ。

前回ダナマベアの燻製肉を作った時に、ライザックさんが気に入っていたから、ロイヤ達に許可をもらって、ライザックさん達の分も作っておいた。

「おお、そりゃありがてえ！　この前もらったダナマベアの肉は香辛料が効いていてうまかったからな！　これがまた酒に合うんだよ。テツヤ、一杯どうだ？」

ゴクリッ

部屋の机からコップとボトルを取り出すライザックさん。

仕事が終わったあとの酒はうまいんだよなあ。思わず喉が鳴ってしまった。スモークウッドで燻された香ばしい燻製肉の香りも漂っていて、食欲が刺激される。

……てか仕事する部屋の机に酒があるってどういうことだよ!?

「ギルドマスター、この部屋でお酒は控えてください。それにこれからテツヤさんと大事なお話をするんでしょう？」

「おっとそうだったな。酒はあとにしておくか」

「……たとえあとでも、この部屋で飲まないでくださいね」

「「…………」」

パトリスさんもいろいろと大変そうだな。

「ごほんっ、それではテツヤさん。まずは浄水器をこちらで確認してみたところ、川の水や湧き水などを安全に飲めることがわかりました。それも多少濁った水でも問題はないみたいですね」

「はい」

俺も以前に自分の身をもって検証してみたからな。とはいえ、さすがに濁った水までは試していなかった。そこまで高くない浄水器でも、結構な効果はあったようだ。

「以前よりテツヤさんに卸していただくようになりました方位磁石のおかげで、森で行方不明になる者が大幅に減りました。この浄水器を持っていれば、さらに冒険者の生存確率が上がります。こちらも冒険者ギルドで販売させていただけないでしょうか？　方位磁石と同様に、テツヤさんのお店での販売価格である銀貨三枚でお売りいただき、それに銅貨二枚を加えた値段で販売したいと思います」

方位磁石のほうは銀貨二枚で冒険者ギルドに卸して、銀貨二枚と銅貨二枚で販売している。これだと冒険者ギルドの儲けはほぼないが、冒険者の生存率を上げるためにそれでもいいそうだ。

「はい。冒険者の生存率が上がるのはいいことですからね。それに冒険者ギルドの告知を見て、アウトドアショップに来てくれるお客さんも大勢いるので、こちらからもぜひお願いします」

冒険者ギルドでうちの商品を置いてもらえて信用も上がるし、お店の宣伝にもなるしいいこと尽くめだ。

「本当ですか、ありがとうございます！」

「よっしゃ、話は終わりだな。それじゃあ下の階で飲もうぜ！」

「……まあ下の階ならいいでしょう。それではテツヤさん、今後ともよろしくお願いします」

「はい、パトリスさんの分もあるので、今度感想を聞かせてくださいね」

「おや、私の分もあるのですね。重ね重ねありがとうございます」

うむ、日々のお付き合いは大切である。決して賄賂ではないからね！

「おい、パトリスも一杯くらい付き合わねえか？」

「いえ、私はまだ仕事がありますから。ギルドマスターも明日があるんですから、ほどほどにしておいてくださいよ」

「ったく、わかっているぜ」

……パトリスさんもいろいろと気苦労が絶えなそうだ。

「ほら、テツヤ。まずは一杯」

「ありがとうございます」

「ほれ、リリアもだ。今日は俺個人からの奢りだ。二人には世話になっているからな、たくさん食ってくれ」

「それでは遠慮なくいただこう」

冒険者ギルドの一階にある食堂にライザックさんとリリアと一緒にやってきた。

「何はともあれ、乾杯！」

「「乾杯！」」

カコンッ

木でできたコップを持ち、三人で乾杯をする。俺はライザックさんからもらったお酒で、リリアは食堂で注文したジュースである。

「うわっ、このワインはうまいですね！　俺が飲んでいるものとは全然違いますよ！」

「なかなかいけるだろ。そこそこ値が張るけれど、これがまたうめえんだよ。テツヤが作ったこの肉もうめえ。酒とよく合うぜ！」

「テツヤ、明日も店があるのだから、ほどほどにな」

「ああ、危ない危ない。気を付けるよ」

俺もそこまで酒に強いわけじゃないからな。明日も仕事があるし、ほどほどにしておかなければ。

とりあえずこのお酒の銘柄と値段はあとで聞いておこう。

「テツヤもだいぶリリアの尻に敷かれているみたいだな」

「だ、誰も尻に敷いてなどいない!?」

「ははは……」

ライザックさんは相変わらずリリアをからかっているみたいだな。

「それで店のほうはどうなんだ？」

「ええ、順調ですよ。新しい従業員も雇えましたし、大きなトラブルも今のところはないですからね」

「ほう、また新しく従業員を雇ったんだな。順調じゃねえか」

「雇ったのは元Cランク冒険者のドルファだ」

「んっ？　あのドルファか！　そいつはまた……いや、あいつの妹さえ関わらなきゃ問題ねえか」

リリアがドルファのことを話す。どうやらライザックさんもドルファのシスコンぶりについて知っているらしい。

「まあ戦闘能力は問題ないだろ。そもそも母親と妹と一緒にこの街で暮らすことにこだわらず、他の街へ行っていれば、すぐにCランク冒険者に上がっていただろうからな」

「へえ～そうなんですね」

「この街の周囲にそれほど強い魔物もいねえから、高いランクの依頼があまり回ってこねえんだよ」

それもあって、ある程度経験を積んだ冒険者達はこの街から他の街を目指すんだな。

「今のところ仕事についてはまったく問題なさそうですよ。接客についても、むしろ普通の人よりも上手なくらいです」

「問題なさそうならなによりだぜ。ドルファのこともそうだが、もしなんか困ったことがあれば、遠慮なく冒険者ギルドを頼ってくれ」

「……ありがとうございます」

冒険者ギルドマスターのライザックさんからそう言ってもらえるのはありがたい。しかし、まだ知り合ってから日が浅いしなんだかんだ権力者だから、純粋に信じきれない自分もいるんだよな。

「テツヤ、あまり深く考えなくて大丈夫だ。ギルドマスターはいつも細かいことなんて考えていないからな。それで副ギルドマスターがいつも苦労しているんだ……」

「やかましい！　俺は大雑把だと自覚してっからいいんだよ。リリアの言う通り、別に手を貸したからって、もっと安くしろだの、もっと仕入れさせろなんてことは言わねえよ。俺もパトリスのやつもテツヤには感謝しているんだぜ。テツヤの店で売っている便利な道具のおかげで、冒険者が森で迷う可能性が減ったからよ。そのおかげで捜索隊やら救助隊を出す機会も減って、冒険者ギルド全体の支出も減ったし、依頼の消化率も上がっている」

……なるほど。

「だからこそ、テツヤの店みたいに冒険者の役に立ってくれる店は大歓迎だ。大抵の面倒ごとなら揉み消してやるから、遠慮なく声を掛けてくれりゃあいい」

揉み消すって言っちゃったよ！

というよりライザックさんなら、物理的に揉み消しちゃいそうで怖い……

「ありがとうございます。この街では新参者の商店ですからね、なにかあったら遠慮なく相談させてもらいますよ！」

どうやら本気で俺やお店のことを心配してくれるようだ。困ったら遠慮なく相談させてもらうとしよう。

「おうよ！　そんじゃあ今日はとことん飲むぞ！　冒険者ギルドの食堂にはいろんな肉や魚を揃えてあるからよ、遠慮なく好きなもんを頼んでくれ」

うむ、こういう時はあまり遠慮をすべきではないな。ありがたくお言葉に甘えるとしよう。

「実を言うとまだ食べたことのない肉や魚が多いんですよね。ありがたく楽しませていただきますよ」

「おう、こっちのレッドシュリンプの塩焼きやストライプサーモンの塩焼きもうめえぞ！」

「テツヤ、このラミネー鳥やエグラディアの肉はこの辺りでは獲れないからおすすめだぞ！」

「おお、確かにどれもまだ食べたことがないな！」

冒険者ギルドの食堂には俺がまだ食べたことがない肉や魚が多くあった。やはり異世界の新しい食材というものはどれも楽しみである。

そのあとは酒や料理を楽しみ、ライザックさんやリリアからいろいろな冒険譚を聞く。ライザックさんは元Aランク冒険者で、かなり有名な冒険者だったようだ。

「いやあ～もうお腹がいっぱいです。どの料理も本当に美味しかったですね。なによりこのワインが最高ですよ」

冒険者ギルドの食堂だけあって、今まで食べたことがない食材を楽しむことができた。俺がお世話になっている宿の料理も美味しいけれど、種類はここの方が遥かに多かった。

そしてなによりこのワインは異世界へ来てから飲んだお酒の中で一番美味しいお酒だった。

「こいつは俺のお気に入りのワインでな。パトリスの奴はあまり酒を飲まねえから、テツヤが付き合ってくれてよかったぜ。やっぱいい酒は大勢で飲んだ方がうめえからな」

「そんなにそのワインは美味しいのか？」

「おう、最高だぜ。リリアも一杯だけどうだ？　酒はあまり飲めねえとは聞いたが、一杯くらいなら大丈夫だろ」

「……そうだな。二人がそれほど美味しそうに飲んでいることだし、私も一杯だけ――」

「ストッ～プ!!」

ライザックさんがリリアへお酒を注ごうとしたところでそれを止める。一気に酔いが醒めた。

「ど、どうしたんだテツヤ。私も一杯くらいなら大丈夫だと思うぞ」

「え～と、そろそろいい時間だし、明日も店はあるからね。俺もお酒はここまでにしておくよ！」

リリアにお酒を飲ませるわけにはいかない。以前のバーベキューで、たった一杯のお酒で酔っ払ったリリアが甘えた声を出してくっついてきたことを俺は忘れていないぞ！

しかも今日はフィアちゃんがいないから、俺が理性を抑えられるか怪しい。

「固いことは言いっこなしだぜ、テツヤ。ほら、リリア一杯だけ――」

「ライザックさん、お酒を飲めない人に勧めるのは絶対に駄目ですよ!!」

「おっ、おう……」

「そ、そうだな。やっぱり無理に酒を飲むのは止めておこう！」

珍しく、というより初めて俺がすごんだことによって、ライザックさんとリリアがたじろぐ。

うん、リリアにお酒を飲ませることだけは防がなければ。酔っ払ったリリアは普段の凛とした様子とは違って、可愛らしかったから自制できる自信がないのである。

そんなことはありつつも、ライザックさんと美味しい酒も飲めたし、久しぶりに楽しい夜を過ごせた。

◆　◇　◆　◇　◆

「みんな、お疲れさま。ドルファも一週間お疲れさま。だいぶ仕事に慣れてきたみたいだね。お試しの一週間が終わって、お店としては正式に雇いたいと思うんだけど、ドルファはどうかな？」

「ああ、俺としてもぜひこの店で働かせてほしい。仕事内容も問題ないし、なにより新人冒険者を応援できてやりがいもある」

「そういってもらえてなによりだよ。それじゃあ今後もよろしくな！」

「よ、よろしくお願いしますです！」

「よろしく頼む！」

「ああ、こちらこそよろしく頼む！」

よし、無事に従業員も確保できたな。これで来週からも多少は楽になる。それに来週が終わったあたりで、アウトドアショップの能力がまたレベルアップできそうだ。

おかげで今ある資金の限界まで商品を買うことになって、倉庫がいっぱいになりそうだけど。またいろいろと忙しくなりそうだ。

「新しく従業員のドルファが入ったことだし、明日の休みのお昼頃からこのお店の裏庭で親睦会をしようと思うんだけれど、みんなの予定は空いているかな？」

ドルファが正式に従業員として働くことになったわけだし、このお店での親睦会をしようと思っている。

もうリリアやフィアちゃん達とも普通に話せるようにはなっているが、ここらで息抜きと親睦を深めようというわけだ。

元の世界の息が詰まりそうな強制参加の会社の親睦会ではなく、みんなが心から楽しめるような親睦会にしたい。

「私は大丈夫だぞ」

「フィアも大丈夫です」

「ああ……いや、俺は……」

リリアとフィアちゃんは大丈夫で、ドルファは予定あるのかな。主役がいないなら別の日の方がいいな。それともこういう店員同士の交流とか煩わしかったりするのだろうか。

「もし予定があるなら明後日はどうだ？　それかあんまり大勢で酒を飲んだりとかは嫌か？」

「すまないが、休みの日はずっと妹のアンジュと一緒にいると決めているんだ」

「「「……………」」」

さすがにこれは想定外の理由だった。ちなみにアンジュさんもそれは了承済みだよね？

休みの日に勝手にストーカー行為とかしていないよな……

「もしよかったら妹さんも一緒にどうだ？　珍しい料理を用意しておくぞ」

「アンジュも？　いいのか？」

「ああ、何人か増えても変わらないしな。それにこういうのは人が多いほうがいい。フィアちゃんも予定が空いていたら、お母さんも誘ってみてくれる？」

「はいです！　テツヤお兄ちゃん、ありがとうです！」

「わかった。明日アンジュの予定はないはずだが、念のためにすぐに確認してくる。もし大丈夫ならぜひ参加させてくれ」

「ああ、せっかくなら二人とも参加してくれると嬉しいよ」

妹さんの予定を当然のように把握していることについてはスルーしておこう……

閉店作業が終わったあと、一度家に帰って妹さんと一緒に参加するという連絡をもらった。フィアちゃんのお母さんはまだ仕事中だったが、明日は休みだからたぶん参加できるとフィアちゃんが言っていた。

明日の午前中で準備をして、お昼はみんなでパーっと過ごすとしよう！

3章　親睦会

「休みってすばらしい！」

今日は休みだ。最高だぜ、ヒャッハー！

……いかんいかん、久しぶりのまともな休みでテンションがおかしくなっていた。こっちの世界に来てからはブラックな環境で働いていたわけではなかったが、それでも起きる時間を考えなくていい休日は最高である。

もうこんな時間か。いつもリリアは早起きだし、もうとっくに起きているに違いない。

「やっほ〜お久しぶりだね、テツヤ！」

「……久しぶりだね、ランジェさん」

自分の部屋の扉を開けて居間へ行くと、そこにはエルフのランジェさんが当たり前のように座っていたので驚いた。

ランジェさんは収納魔法を使える冒険者で、依頼をして数週間に一度この店の商品を仕入れるフリをしてもらっている。

「おはよう、テツヤ。朝ランジェが来たから、中に入ってもらったぞ」

「おはよう、リリア。大丈夫だよ、ありがとうね」

「リリアから話は聞いたけれど、順調なようでなによりだよ。新しい従業員も雇ったんだってね」

「おかげさまでね。ランジェさんのほうは大丈夫だった？　変なやつに絡まれたりしていない？」

「うん、少なくとも今回は尾行されたり絡まれたりすることはなかったよ」

さすがにまだこの店に探りを入れてくる者はいなかったか。どちらかというと、この店を開いてから少し経ったこれからだな。

「このお店を開いて二週間が経ったし、そろそろランジェさんを尾行する人達が出てきてもおかしくない。次回は特に気を付けてね」

「了解～バッチリ気を付けるよん！」

軽い感じだが、ランジェさんは現役のBランク冒険者だ。隠密や逃げることは得意らしいし、ここはランジェさんを信じるとしよう。

「今から朝食を作るけれど、ランジェさんも食べる？」

「もちろん！　テツヤが前に作ってくれた料理はとても美味しかったからね！　今回も楽しみにしているよ」

「そう言ってくれると、こっちも作る甲斐があるよ。そういえば今日は昼からみんなで新しい従業員と親睦会をする予定なんだけれど、よかったらランジェさんも参加しないか？」

「うん、もちろん！　さっきリリアに教えてもらったよ。喜んで参加させてもらうね！」

　どうやらランジェさんもドルファ達との親睦会に参加してくれるようだ。朝ご飯を食べたら、早速親睦会の準備をするとしよう。

「今日は集まってくれてありがとう。みんなのおかげでこのお店も今のところ順調だ。これからも引き続きみんなの力を貸してほしい。それじゃあ今日は楽しんでいってくれ。乾杯！」

「「乾杯！」」

　アウトドアショップの裏庭、そこに今は店の従業員四人とランジェさん、アンジュさん、レーアさんの合計七人がいる。

　普段裏庭に置いてあるポータブルシャワーを片付けて、テーブルを外に出し、市場で椅子を追加で購入してきた。さすがにそこまで広い裏庭ではないので、これくらいの人数が限界だな。

　こっちの世界では堅苦しい挨拶なんて必要ない。とりあえず食べながら交流していけばいいだろう。

「今日は俺の故郷のバーベキューという形式でいく。薄く切った肉や野菜をどんどん焼いて持っていくから、各自で好きな味を付けて食べてくれ」

　テーブルの横に、こちらの世界の市場で新しく購入した大きな焼き台で火を起こして、どんどん食材を焼いてテーブルまで持っていき、そこから各自で取ってもらう。

　親睦会を始める少し前から焼き始めていた肉を皿に載せてテーブルまで持っていく。

「こっちの皿はアウトドアスパイスを振ってあるから、何も付けないか、こっちの酸味のある果汁を付けて食べてみて。こっちの皿は味を付けていないから、タレを付けて食べると美味しいよ」

こっちのタレは以前庭でのバーベキューでも使っていたタレだ。

おろしたニンニク、生姜、リンゴのような果物、酒、砂糖、魚醤、ゴマ、唐辛子などを混ぜ合わせたものになる。

この世界で日々料理をしていると、こちらの世界の食材で元の世界の料理や調味料を再現するのが楽しくなってくるんだよな。もちろん元の世界で市販されている物には及ばないが、そこそこの味は再現できたと思う。

「うん、これはうまいな！　タレもそうだが、こっちの肉が柔らかくてうまいぞ！」

「ドルファも気に入ってくれたようでよかった。この肉はランジェさんが狩ってきてくれたマルセ羊の肉だよ」

今回はランジェさんにお願いしていた元の世界の調味料や食材などは見つからなかったが、道中で狩ったというマルセ羊の肉をお土産にもらった。

マルセ羊はこの辺りには生息しない高級食材らしい。ランクとしてはダナマベアよりは少し劣るらしいが、それでも十分過ぎるほどうまい。

「へえ～薄く切ってタレを付けて食べても美味しいんだね。それに普通の塩で食べるよりも、このアウトドアスパイスで食べると本当に美味しいよ！」

「美味しい肉をありがとうね。こっちはランジェさん。うちのお店の仕入れを担当してもらっているんだ。うちの商品は特別な場所から仕入れをしている。ランジェさんは収納魔法を使えるから、荷馬車とかを使わずに持ち運べるんだよね」

「ドルファだ。今週からここで働かせてもらっている」

「ランジェだよ。といっても僕は毎日ここで働いているわけじゃないけどね。はい、お近付きに一杯。テツヤの分も」

「ああ、ありがたくいただこう」

「おっ、ありがとう」

ランジェから氷魔法で少し冷やしたエールを受け取る。女性陣はお酒を飲めないようだが、ドルファはお酒が飲めるようだ。

「ぷはあ！　やっぱりエールはうまいな！」

「これはいけるな！　少し冷やしたエールはこれほどうまいのか！」

「美味しいでしょ。これがまたこのお肉に合うんだよねえ！　そういえばドルファは冒険者だったの？」

「ああ、つい先日引退をして、この店に雇ってもらったんだ。ランジェはBランクの冒険者としても有名だから知っているぞ」

「はは、たぶん気に入った依頼しか受けない変わり者のエルフとかかな。これからはここでお世話になる仲間だからよろしくね」

「こちらこそよろしく頼む」

二人とも普通に話せているようだし、どうやらうまくやっていけそうかな。

しかし、ランジェさんも美形のエルフだし、二人でいると絵になるな。腐っている女性達がいたら歓声が上がっていてもおかしくはない。いや、腐っている女性がこの世界にいるのか知らんけれど……。

「あっ、あの可愛い子がドルファの妹さんだね！　初めまして、ランジェだよ」

ランジェさんとドルファの顔合わせが終わったところで、アンジュさんもこっちのほうへやってきた。

「初めまして、ランジェさん。アンジュと申します。これから兄がいろいろとご迷惑を掛けると思いますが、どうぞよろしくお願いします」

今日のアンジュさんは以前店まで挨拶に来てくれた時と同じ白をベースとしたワンピースだ。可愛らしい彼女にとても良く似合っている。

「うわあ～アンジュさんは本当に綺麗だね。もしよかったら、僕と一緒にデートでも――」

「ちょっ、ランジェさん!?」

いきなりランジェさんがとんでもないことを言い出す。

当然ながら、超が付くほどのシスコンであるドルファが目の前で妹がナンパされるところをただ見ているわけがなく、いきなり鬼の形相となって、腰に差した短剣へ手を伸ばそうとした。

「兄さん、待って！」

アンジュさんの反応も非常に早く、焦った様子で振り向き、ドルファを制止しようとする。

「……と思ったけれど、アンジュさんみたいな美しすぎる女性に、僕は釣り合わないから止めておこうかな。それじゃあ、今後ともよろしくね！」

一触即発の空気の中、アンジュさんがドルファを制止し、ランジェさんがアンジュさんから離れたことによってドルファも短剣に手を伸ばすのを止め、先ほどまでの鬼の形相が和らいだ。

「ふう～」

思わず安堵の息をつく。

アンジュさんの方を見ると、彼女もほっとしている様子だ。ドルファが動こうとした時の反応はとても早かったし、きっと同じような経験を何度もしてきたのだろう。

ランジェさんは逃げるのが得意と言っていたし、どうやら身の危険を察知したらしい。しっかりとアンジュさんを持ち上げつつ回避する手腕はさすがと言うべきか。

……というか、こうなることは予想できていたから、ドルファがシスコンであることと、アンジュさんをナンパしないようにランジェさんへ事前に伝えておいたのに完全に忘れていたようだな。

あるいは綺麗な女の子を見つけたら反射で声を掛けてしまうのかもしれない。

一瞬修羅場になるかと思ったけれど、ランジェさんはすぐに引いたし、ドルファも妹さんの前ではギリギリで抑えられたようだ。

まったく、寿命が縮むよ……

「テツヤさん、改めまして、この度は関係のない私もお招きいただきありがとうございます」

アンジュさんは今日も茶色い髪を後ろに束ねたポニーテールだ。よくよく見ると、やっぱり兄妹だけあって、顔立ちはドルファに結構似ている。

ランジェさんはすでにアンジュさんから離れており、こっちにはリリアが来てくれた。

……ドルファはアンジュさんと話している俺の方をじっと見ている。心配しなくても、俺はナンパなんてしないから！

「このお肉もこのタレも本当に美味しいです。兄が買ってきてくれたインスタントスープもとても美味しかったですし、テツヤさんは料理がとてもお上手なんですね！」

まあインスタントスープは俺が作ったわけではないのだが。

「楽しんでいただけてなによりだよ。料理はいっぱいあるから遠慮なく食べてね」

「はい、楽しませていただきます。テツヤさん、兄は大丈夫そうですか？」

「一週間試しに働いてもらったけれど、もう普通に接客も人並み以上にできているし、ドルファを雇えてラッキーだったよ」

「ああ、ドルファが来てくれて、私達の仕事がだいぶ楽になった。とても助かっているぞ」

「今のところは皆さんに迷惑を掛けていないようでなによりです。今後とも兄をよろしくお願いします」

「こちらこそ今後ともよろしくお願いしたいところだよ」

お店としてもこのままドルファには店員として続けてほしいところである。

問題はさっきのランジェさんのようにアンジュさんが絡んだ時だけだな。

「そういえばアンジュさんはどこかで働いているの？」

この世界の人達は中学生くらいの年頃からお店で働き始めるらしい。

あるいはアンジュさんくらいの年頃で結婚をしている女性も大勢いる。まあドルファの様子からみると、たぶんアンジュさんは結婚していないんだろうな……

「はい、週の半分くらいは商店のほうで働かせてもらっています」

「そっか残念……もしも仕事を探しているなら、ぜひうちで働いてほしかったのにな」

一応ドルファを雇ったことでアウトドアショップの人手は足りるようになったけれど、風邪などの病気で一人休んでしまうと人手が足りなくなってしまう。

アウトドア商品の利益率が高いこともあって、店の利益は結構なものとなっているし、もう一人くらいなら雇う余裕は十分にある。

アンジュさんなら性格は良さそうだし、男性冒険者のお客さんが増えることは間違いないからな。

「ああ、アンジュならとても可愛いから、いい看板娘になってくれるだろう」

「ありがとうございます。リリアさんみたいな綺麗な女性にそう言われると、とても嬉しいです」

「き、綺麗って!?」

人には平気で可愛いって言うのに、自分が綺麗と褒められると恥ずかしがっているリリアはなんだか微笑ましい。

確かにアンジュさんもこのお店で働いてくれるようになったら、フィアちゃんとリリアと一緒にすばらしい看板娘になるだろう。

あれ、でもそうなるとこの店で普通の容姿の人って俺だけになるんじゃ……そもそも俺って普通の容姿くらいはあるよな？

……うん、たぶん、おそらく、きっとあるはずだ！

「そうだな、アンジュもこの店で働かせてもらったらどうだ。今働いている店が嫌だと言っていただろう？」

うおっと⁉

いきなりドルファが話に入ってきた。相変わらず妹さんのことになると反応が早い。ドルファからしたら、アンジュさんと一緒の職場で働きたいのだろう。

「嫌と言っても働けないほどではないわ。それにまだ雇ってもらったばかりだし」

アンジュさんはまだ今の仕事に就いてから日が浅いようだ。

「もしも今の仕事を辞めるようなことがあったら、声を掛けてくれると嬉しいかな」

「はい、ありがとうございます」

ドルファと一緒に働くなら別の問題が発生するかもしれないけれど、真面目で優しそうなこの子なら大歓迎だ。駄目元で優秀な人材に声を掛けておくことは大事である。

「テツヤさん、本日は私も誘っていただいて、本当にありがとうございます。それにこの前は美味しいお肉までいただいてしまってすみません」

「こちらこそ、いつもお世話になっています」

「テツヤお兄ちゃん、このお肉はとっても美味しいです！」

「それはよかった。マルセ羊のお肉はランジェさんがお土産に持ってきてくれたお肉なんだ。あっ、ランジェさん。お土産、とっても美味しいって」

フィアちゃんの母親であるレーアさんとフィアちゃんと話していると、ちょうどそこに料理を食べているランジェさんが通り掛かった。

「それはよかったよ。でも今日のはテツヤが用意してくれた味付けが美味しいおかげだけれどね」

「いや、元々の肉の味のおかげだよ。そういえばランジェさんと会うのは初めてか。こちらはフィアちゃんの母親のレーアさんだよ」

「レーアです。娘がいつもお世話になっております」

「これはレーアさん、ランジェと申します。うん、フィアちゃんのお母さんだけあって、とても美人さんだね。もしよろしければ、僕とデートしていただけませんか？」

「あらあら」

「…………………」

さっきアンジュさんをナンパしかけておいてすぐにこれかよ！　本当にこの人はブレないな!?

ランジェさんらしいと言えばランジェさんらしい。どうやら相手が未亡人でも関係がないようだ……

「ランジェお兄ちゃんはお母さんに近付いちゃ駄目です！」

「おっと」

ランジェさんがレーアさんをナンパしていると、フィアちゃんが両手を広げてランジェさんがレーアさんに近付くのをブロックする。

フィアちゃんもランジェさんと出会った時に大人になったらデートしてと言われていたし、いろいろと警戒しているようだ。

「こんなおばさんを誘ってくれるのは嬉しいですけれど、私はまだ夫一筋ですので」

「う〜ん、残念」

レーアさんもきっぱりとランジェさんのお誘いをお断りすると、がっくりと肩を落とすランジェさん。

フィアちゃんもその様子を見てほっとした様子だ。ランジェさんはとてもいい友人だけれど、父親になるというならちょっとあれだよなあ。

……本当に何をしているんだか。


「それじゃあそろそろデザートを用意しようかな。みんなはもう少し話していてね」

そろそろ締めのデザートといこう。といっても簡単な果物のデザートだけどな。

「お待たせ、今日のデザートの焼きフルーツだよ」

バーベキューを焼いていた炭を使って焼いた果物の数々が皿の上に載っている。この世界の野菜や果物は元の世界とほとんど同じものも多くある。

厳密には元の世界のものと少し違うと思うが、リンゴとかバナナとかの言葉でリリアやフィアちゃん達にも通じたから大丈夫だろう。

「へえ～果物を焼くなんて初めてだね。普通に生で食べるよりも美味しいの？」

ランジェさんも初めてか。この世界でも果物を焼いたりする習慣はないみたいだ。元の世界でも基本的に果物は生で食べることが多いもんな。

「果物にもよるかな。いろいろと焼いてみたから試してみてよ」

「どれも美味しそうだな。それじゃあ私はこっちの赤いのをいただこう」

「うわあ、それじゃあフィアはこの紫色のやつにするです！」

それぞれが焼きフルーツをとっていく。今回用意したフルーツはリンゴ、バナナ、ブドウの三種類だ。

「……っ!?　テツヤ、とっても甘いぞ！」

「普通のブドウよりも甘くて、とっても美味しいです！」

基本的に果物は焼くと水分が飛んで、味が凝縮して甘味が強くなり、香りもよくなる。フライパンで直接焼くというよりは、アルミホイルなどに包んで蒸し焼きにするといったかんじだな。

「えっと、こっちの真っ黒なのはなんなのでしょう？」

「ああ、これはバナナだよ。真っ黒コゲに見えるけれど、中はこんなかんじで大丈夫だから」

バナナはバナナの皮があるので、アルミホイルは使わずに直接火に掛けても大丈夫だ。皮は真っ黒になるが、意外と分厚く水分を含んでいるため、中身は無事である。

「ネットリと柔らかくてとっても甘いですね！」

「本当！　バナナを焼くとこんな味になるんですね！」

アンジュさんもレーアさんも焼きバナナに驚いている。バナナの場合は食感もだいぶ変わって面白いんだよな。

「リンゴのほうはバターの香りがするね！　甘くてとても美味しいよ！」

「ブドウは皮ごと食べられてうまいな」

リンゴのほうは芯をくり抜き、中に砂糖とバターを入れて焼いてある。どちらもこの世界ではそこそこお高いので、ちょっと贅沢なスイーツだ。

本当はシナモンがあれば香りがもっとよくなるのだが、売ってはいなかった。確か何かの木の皮でできているんだっけか。

ブドウのほうは焼くと硬い皮も柔らかくなるので、アルミホイルに皮付きのまま入れている。こちらも甘味が凝縮して美味しいんだよなあ。

「どれも本当に甘くて美味しいぞ。私はこのリンゴが一番好きだな」

「初めて食べる味で、目移りしてしまいます」

「お母さん、今度おうちでも作るです！」

「そうね、こっちのブドウとバナナは焼くだけだから簡単にできそうね」

……う～む、女性陣はバーベキューの時の反応と全然違うな。やっぱり女の子は甘いもののほうが良いのかもしれない。

あと個人的には焼きパイナップルが好きなのだが、この街にパイナップルは売っていなかったので残念だ。ブラジル料理のシュラスコとかでも食べられるんだけど、甘くて本当に美味しいんだよね。

「ちょっと多めに作ったから、余った分はみんなで持って帰ってね。本当は温かいうちが一番美味しいけれど、冷めても十分美味しいから」

そう言っておいてなんだが、最終的に思ったよりもみんなたくさん食べてくれたので、持ち帰る分は残っていなかった。

そこまで手の込んだ料理は作っていないのに、これほど喜んでくれるとは嬉しい限りだ。


「ふあ〜あ、お腹いっぱいで動けないよ」

「そうだな、私も当分は動きたくないな」

「俺もしばらくは動けないよ。後片付けはもう少ししてからだな」

みんなで親睦会を楽しんだあと、後片付けを手伝うと言ってくれたみんなの申し出を丁重に断って、今はランジェさんとリリアと一緒に居間で寝転んでいる。

後片付けを手伝ってくれるのはとても嬉しいが、休みの日にわざわざ集まってくれたし、これ以上手伝ってもらっては申し訳ないからな。

それにしてもバーベキューとかみんなで集まると、ついつい食べ過ぎたり飲み過ぎたりしてしまう。お酒はなんとか自重したからよかったが、お腹いっぱい食べてしまってしばらくは動けそうにない。

「そうだテツヤ、さっきのバーベキューの時に肉に付けていたタレを分けてほしいな」

「ああ、もちろん。あとはランジェさんからもらったマルセ羊の肉をいつもみたいに燻製にするから持っていってね」

「やったね！　この前の燻製肉もすごく美味しかったよ。やっぱり肉についているこのアウトドアスパイスが塩やコショウよりも美味しいよね！」

「喜んでくれてなによりだよ。あと来週くらいに俺のアウトドアショップの能力がレベルアップできそうなんだ。もしも、来週もこの街に来れそうなら寄ってくれると嬉しいな」

「へえ～それは楽しみだね！　オッケー、来週も戻ってくるよ！」

「また新しい商品が増えるのだな」

ランジェさんやリリアには俺の能力のことは話してある。新しい商品が増えた時に、現役冒険者であるランジェさんの意見があるととても助かる。

それにしても今日は本当に楽しかったな。定期的にみんなを誘って、また裏庭でバーベキューを楽しむのもいいかもしれない。

◆　◇　◆　◇　◆

昨日の親睦会のあとはどこにも出掛けずに、後片付けをしたり、ランジェさんのためにいろんな料理を作ったりして過ごした。

やっぱり休みというのはいいものだな。もちろん平日も元の世界にいた時に比べて働いている時間は短いのだが、それでも一日中仕事のことを考えないというのはいいことである。

朝食を食べるとランジェさんはお店を出発していった。冒険者ギルドへ寄ってから、また別の場所に行くらしい。

「いつも買い物にまでついてきてもらって悪いね」

「日々の食事の買い物だから私も手伝うさ。次はあっちの方の店だな」

今日の休みはリリアと一緒に買い物に来ている。昨日の親睦会で元の世界の料理やデザートが好評だったこともあり、またいろいろと作ってみようと思い、いい食材がないか市場にやってきた。

……それにしても、休日にリリアと一緒に街中を歩いていると、なんだかデートをしている気分である。服装もいつものお店で着ている服よりも軽装だしな。

「それに私はテツヤの護衛だからな。外に出掛けるのならついていくのが当然だ」

「………………」

ですよねー（棒）。

悲しいけれど、知っていましたよ。まあそんな真面目なリリアだからこそ、信頼できるというものである。

そういえば、そろそろリリアとの付き合いも一月近くになる。少しだけ踏み込んだ話になるが、聞いてみたいことがあったんだ。

「……リリアの腕のことなんだけど、この世界にはリリアの無くなった腕を元に戻す方法とかはないの？」

「うん？　ああ、この腕のことか。……あることはあるのだが、あまり現実的ではないな。この街にはないが、王都には完全回復薬というポーションが存在する。それを飲めば、大きな怪我どころか部位欠損まで治すことができると聞いている」

「そんなものがあるんだ！」

　さすが異世界！

　元の世界の医学では考えられないようなファンタジーなものが存在するようだ。

「ああ。しかし、問題はその値段だな。希少な素材を大量に使用しているため、金貨何千枚もするそうだ。競りに出れば一万枚を超えることもあるらしい。一級のAランク冒険者であっても、そう簡単に手にできるものではない」

「金貨一万枚……」

　金貨一枚で一万円換算すると約一億円か……確かにそれはとんでもない金額だ。少なくとも今の俺には手も足も出ない金額である。

「……こっちの世界には魔道具とかもあるんだよね。便利な義手とかはあったりしないの？」

　ここが異世界なら魔道具とかもあるし、装着した人の思考を読み取って、自由自在に動く義手なんてものがあるかもしれない。

「義手もあるにはあるが、それほど便利なものではなかったな。一度試したことがあるのだが、それほど普段の生活が便利となるものでもなかった。逆に動きが阻害されることも多いから、今は外している。魔道具の義手もあることはあるのだが、そちらも完全にオーダーメイドになるため、かなり高額になってしまうんだ」

……なるほど、この世界の義手だと電動で動くこともないから、あってもそれほど便利なものではないのかもしれない。

「テツヤが私のことを心配してくれるのはとても嬉しいが、私は腕を失ったことをまったく後悔してはいない。腕は失ったが、その代わりに大切な仲間を守ることができたし、冒険者を引退したあとも、こうして冒険者と関わりのあるテツヤの店で働けることになった。片腕では多少不便なこともあるが、それでも私は今の生活に満足しているぞ」

「…………………」

今のリリアの表情から暗い気持ちは感じられないところからみると、本当に後悔はしていないのかもしれない。

腕を魔物にやられたと言っていたが、どうやら仲間をかばって腕を失ってしまったようだ。それを後悔していないと言えるのは、やはりリリアらしいな。

「ほら、テツヤ。そんな暗い顔をするな。私が気にしていないのだからテツヤが気にする必要はない。さあ、買い物を続けよう」

「……そうだね。それじゃあ次はあっちの店に行こうか」

「ああ、了解だ」

この世界に来てから、リリアには本当にいろいろと助けてもらっている。後悔はないのかもしれないが、もしもリリアの腕を治せるようなら治してあげられればいいな。

少なくとも今の俺では力になれそうもないが、なにかできることがないか調べてみることにしよう。

そのあとはリリアと一緒に市場を回って買い物をしたあとに店へと戻り、俺はいろいろな料理を作り、リリアは裏庭で鍛錬をして休日を過ごした。

やっぱりのんびりと過ごすことができる休日は大事である。この二日間の休みでだいぶリフレッシュすることができた。来週末にはアウトドアショップの能力がレベルアップできそうだし、来週も頑張るとしよう！

4章　レベル4

親睦会から五日後。今週は大きなトラブルもなく、無事にお店の営業を終えた。明日からはまた二日間の休日である。

従業員も四人になって、日々の仕事も楽になってきた。

うむ、人間働き過ぎはよくない。働くのはほどほどでいいんだよ。

「さて、それじゃあいつものように閉店作業をしてから、ドルファはフィアちゃんを家まで送っていってね」

「おう、任せてくれ」

「ドルファお兄ちゃん、ありがとうです！」

「ああ、フィアちゃんの家は俺達の家からそんなに遠くないから気にしなくていい」

フィアちゃんを家まで送る役目はドルファに任せている。ドルファの家の方向がそれほどフィアちゃんの家から離れていなかったため、一緒に帰ってもらっている。

この街の治安はそれほど悪くなく、日も完全に暮れていないし、家まで送ってもらう必要はないとレーアさんからは言われているのだが、念のためにドルファに頼んでいる。

閉店作業を終えて、リリアと一緒にフィアちゃんとドルファを見送った。

「ふう〜今週も無事に終わってなによりだよ」

「ああ。お店も順調なようでよかったな。お客さんも継続的に来てくれてなによりだ」

さすがにお店を開いてから三週間目ともなれば、ある程度お客さんも落ち着いてきた。とはいえインスタントスープを目的に継続的に店に来てくれているお客さんも大勢いる。

まあ一部の女性客はドルファ目当てで、一部の男性客はリリアやフィアちゃんと話をしに店に来ているみたいだがな。

それに加えて、依頼でお金を貯めつつ、クールタオルや折りたたみスプーンやフォークなどを少しずつ揃えている駆け出し冒険者もいるみたいだ。それほど高い商品は置いてないとはいえ、すべて揃えると結構な額になるからな。

「それでテツヤ、目標にしていた金額は達成できそうなのか？」

「ああ。今日はかなり多くの商品を買うことになると思うけれど、金貨五百枚を達成できるよ」

「おお、それはよかったな！」

さすがに金貨五百枚分はなかなか時間が掛かった。それに現金はある程度貯まっているが、商品をかなり買う必要があるから、倉庫だけじゃなくて二階にも商品を置かないと駄目だろうな。

「俺のアウトドアショップ能力のレベルが上がって、これから売れる商品が増えることになると思う。ドルファを雇ってから二週間になるし、そろそろ俺の能力のことをドルファに話してもいいと思うんだけれど、リリアはどうかな？」

「ああ、いいと思うぞ。仕事に関しても問題はないし、お金を積まれて裏切るようなことはなさそうだ。……まあ妹のアンジュが絡むとなれば、話は別だがな」

「その場合はしょうがないよ。誰かの身に危険が迫るくらいなら、むしろ喋ったほうがいい。俺の秘密よりもみんなの身の安全のほうが大事だからな」

俺の秘密を知ったら、面倒な相手が現れるかもしれないが、この街にやってきてすぐならいざ知らず、今では俺の味方になってくれる人も大勢いる。

その場合は迷わず話すようにみんなに伝えてあるが、特にリリアはちゃんと話してくれるか不安なんだよな。拷問とかされる前にすぐに話してほしい。


「さて、これで金貨五百枚分だ」

案の定一階の倉庫には収まらずに、二階の居間にまで商品がいっぱいになってしまった。ゆっくりと在庫を減らしていくとしよう。

『アウトドアショップのレベルが4に上がりました。購入できる商品が増えます』

よし、前回と同様に能力のレベルが上がって購入できる商品が増えるようだ。

「どれどれ……って次は金貨五千枚かよ!?　こりゃ次のレベルまでにどれだけ掛かるんだ……」

金貨五枚、五十枚、五百枚ときていたからある程度予想していたとはいえ、さすがに五千枚はヤバい……数年くらい掛かってもおかしくないな。

「さ、さすがに五千枚は先が長いな……」

さすがのリリアもこの金額には驚いていた。

「おっ、でもかなりの種類の商品が追加されているみたいだな！　ふむふむ……おお、こりゃすごい！」

「テツヤ、どんな商品が出てきたのだ？」

「ちょっと待ってね……むむっ、こんなものまで！」

リリアには俺の能力のウインドウが見えないから申し訳ないけれど、新しく増えた商品を見るのはとても面白い。

この様子だと、もしかしたらアウトドアショップ能力は次のレベル5で最高なのかもしれないな。前回と同じ割合だったら、レベル6に上がるためには金貨五万枚が必要になる。現実的にそれは難しいだろう。

それにレベル4でこの商品のラインナップだと、元の世界のお店に置いてある商品の多くが購入できることになる。これだけの商品があれば十分といえば十分だ。

「……とりあえず一通りは確認できたよ。リリア、今日の晩ご飯は楽しみにしておいてくれ」


「お待たせ！　今日の晩ご飯はカレーだよ！」

「カレー……聞いたことがない料理だな。すごい色をしているが、本当に美味しいのか？」

カレーとはいっても、ルーのカレーではなく『レトルトカレー』である。

今回俺のアウトドアショップ能力がレベルアップしたことによって購入できる商品が大幅に増え

た。その中でも特にインスタント商品やレトルト食品が増えていた。

アウトドアショップに置いてあるインスタント食品やレトルト食品にも想像以上に種類があるんだな。

「この下に白いご飯があるからそれと一緒に食べる料理なんだ。少し辛いかもしれないけれど、独特なスパイスの味がして美味しいよ」

アウトドアショップでは『アルファ化米』と呼ばれる水やお湯を加えるだけで、簡単にご飯ができるインスタント食品が売られている。

登山やキャンプの時にお手軽に食べられるし、災害用の保存食として長期保存が可能となっているのだ。

今回はそのアルファ化米の白米にお湯を入れて作ったご飯にレトルトカレーを温めてから掛けている。残念ながら、カレーの味は一種類しかなさそうだったが、それでもカレーはカレーだ。

俺も相当久しぶりのカレーである！

「ああ～レトルトだけどカレーの味だ！」

なんだかすごく久しぶりに元の世界の料理を味わった気がする。こちらの世界の料理も美味しいのだが、やはり元の世界の慣れた味には敵わない。たとえそれがレトルトだとしてもだ。

「おお、これは今までに味わったことのない不思議な味だが、とても美味しいぞ！　少し辛いが、外見からは考えられないほど複雑で後を引く味だな！」

「俺がいた元の世界の国ではこの白い穀物がご飯といって、パンの代わりの主食なんだ。ご飯だけだとあまり味がないけれど、味の濃いものと合わせると本当に美味しいんだよ」

久しぶりのお米の味だ。やはり日本人はお米だよ！

それに最近のレトルト食品は美味しいな。全然普通のご飯として食べられるぞ！

「いやあ満足だ。やっぱりカレーは正義だな！」

「正義かどうかはわからないが、とても美味しかったぞ」

リリアは律儀に俺へちゃんと返事してくれた。元の世界ではカレーもラーメンも寿司も正義である。

久しぶりのカレーということもあり、二人前をペロリと食べてしまった。こうなると福神漬けかラッキョウあたりが欲しくなってくるな。今後カレーが食べられるようになるなら、なにか漬物を作ってみるのもいいかもしれない。

「たぶん明日はランジェさんも来ることだし、どれを販売するか相談しないといけないな」

「ああ、間違いなくこのカレーは売れると思うぞ。それに水やお湯を入れるだけで簡単に作れるこの便利な米というものも、間違いなく売れるだろうな」

カレーについては容器である銀色のレトルトパウチがないから販売するのは微妙なところだ。出す場所を指定して購入するので、今回は鍋に出してそのまま温めた。

アルファ化米の方は水やお湯を入れるだけで簡単に作ることができるから、冒険者にとっては便利だろうな。

しかもなんとこのアルファ化米は白いご飯だけではない。他にも五目ご飯、チキンライス、わかめご飯の合計四種類もある。これはインスタントスープと一緒で、駆け出し冒険者達に売れるに違いない。

「このアルファ化米は数年もつはずだから、何かあった時の非常食としても使えるんだよね」

「おお、それはすごいな！」

アルファ化米は炊いたご飯を乾燥させて水分を抜いたものだから保存も利く。なかなか便利なものが出てきたものだ。

「しかも今回新しく購入できるようになったのはこれだけじゃなくて、甘いお菓子もあるんだよ」

「甘いお菓子だと!?」

そう、今回買えるようになった商品の中にはスイーツと呼べるものがあった。

「これは『ようかん』と『チョコレートバー』だよ」

そう、元の世界のアウトドアショップには登山をする人のために、高カロリーな行動食が置いてある。

ようかんは一口サイズに切って、皿の上に取り分けてテーブルの上に置く。

「ようかん、チョコレートバー……どちらも聞かない名前だな」

当然と言うべきか、リリアはようかんもチョコレートも食べたことがないらしい。

「……っ!?　これはとっても甘いな！　この前の焼いた果物も美味しかったが、こちらの二つは果物とは違った甘さだ！」

確かにようかんやチョコレートバーは、果物とは違った甘さがある。

この街には砂糖は売っているが、小豆やチョコレートなんてものは売っていなかった。本当はどちらもエネルギー補給目的の行動食だが、甘いものが少ないこの街では立派なスイーツになる。

「しかもこれ一つで結構なエネルギーにもなるから、冒険者のお昼ご飯代わりにもなるんだ」

当然本来の目的であるエネルギー補給にも適しているから、冒険者にとっての行動食になる。

「すごいぞ、テツヤ！　これは間違いなく冒険者達に売れるな！」

「そうだね、甘いもの目的とエネルギー補給目的の両方で売れると思うよ。チョコレートバーは、三個セットとかにして売るのがちょうどいいかな」

相変わらずこの能力には包装紙などが付いていないから、インスタントスープと同じように容器と一緒に販売するようになりそうだ。そうなるとやっぱりカレーの販売は少し難しいかもしれない。

「他にもいろいろな商品が買えるから、商品として売れるか検討していこう！」

◆　◇　◆　◇　◆

「やっほ～テツヤ。いるかい？」

「やあ、ランジェさん、おはよう……」

「ど、どうしたのテツヤ！　目の下にクマができているけれど寝てないの!?」

「ああ、昨日は夜遅くまで起きていたから、少し寝不足なんだ」

「もしかして前に言っていたテツヤの能力で買えるものが増えたからかい？」

「そうなんだ。今回は思ったよりも多くの商品が購入できるようになったから、何を売るかをリリアと一緒に考えていたら遅くなっちゃって……」

「へえ～それはとても楽しみだね！　僕にも見せてよ！」

「もちろんだよ。ランジェさんの意見もぜひ聞かせてくれ」

ランジェさんを部屋の中に入れる。リリアもちょうど起きてきたみたいだ。

「あっ、その前にちょっと報告なんだけれど、実は先週この街を出た時に僕を尾行しているやつがいたよ」

「えっ!?」

「相手は三人の男で僕を襲うつもりはなさそうだったね。遠くからずっと跡をつけてきていたから、道中の森で撒いてきたよ。尾行の腕もまだまだだったし、大した相手じゃなさそうだったね」

「……そうなんだ。ランジェさんが無事で本当によかったよ」

「テツヤ、やはりこの店の商品を狙っているやつか？」

「たぶんそうだと思う。うちの店も多少は有名になってきたし、商品の仕入れルートを探っている感じかな。これから新しい商品を売り始めたら、もっとそんな奴らが出てくるかも……」

「あれくらいの連中だったらまったく問題ないよ。今回も一応テツヤに報告しておいただけだからね」

「う～ん、ランジェさんが大丈夫そうでも、ちょっと不安だな」

ランジェさんの実力なら問題はないようだけれど、もうランジェさんを尾行してくる奴が出てきたか。これから新商品も発売するつもりだし、何か手を打っておいた方がいいかもな。

「とりあえず朝食にしようか。ちょっと食べてみたいものがあるんだけれど、二人ともそれでいい？」

「うん、もちろん」

「ああ、テツヤに任せるぞ」


「よし、できたよ」

「だいぶ早いね」

「昨日のカレーという料理は本当に美味しかったからな。今回のも期待しているぞ」

「なにそのカレーってやつ!?　もしかしてテツヤの能力で新しいものが出たの！　僕にもちょうだい」

「ああ、そう言うと思ってランジェさんにはどっちも作ってきたよ。リリアもおかわりがほしかったら、どっちもすぐに作れるから言ってね」

「ああ、すまないな」

「さて、これはラ、ラーメンと言って、俺の世界で大勢に愛されてきた料理だ！」

「へえ〜とっても良い香りだね！」

「スープの中に細い麺が入っているのだな」

「説明はあとでするから、とりあえず食べてみてよ！」

といううより俺が待ちきれない！　久しぶりのラーメンの香りだ！

昨日のカレーも食欲をそそる良い香りだったが、こちらのラーメンもまったく負けてはいない。

トッピングには昨日の夜にしっかりと作っておいたゆで卵と燻製肉とネギを添えている。

「ああ～懐かしい味だ！」

「おおっ!?　この濃厚なスープの味はたまらないな！　麺はこんなに細いのに、噛むとちゃんと歯応えがあり、スープに絡んで美味しいぞ！」

「うわっ、なにこれ!?　めちゃくちゃ美味しいよ！　それにこの茹でた卵と肉も美味しい！」

どうやらラーメンの味はこちらの世界の人達にも受け入れられたらしい。

「テツヤ、おかわりを頼む！」

「テツヤ、カレーってほうもお願い！」

「オッケー。俺もラーメンをもう一杯食べよう」

朝っぱらからラーメンにカレーと重いメニューだが、うまいから気にしちゃいけない！

リリアとランジェさんと一緒に朝からラーメンとカレーを楽しんだ。

「いやあ～朝からお腹いっぱいだよ！　ラーメンもカレーも本当に美味しかったね！」

「ああ、どちらもとても美味しかったぞ」

「カレーのほうは容器の関係上販売できなそうだけれど、『棒状ラーメン』のほうは商品になりそうかな。麺は元々こんな感じになっていて、お湯でほんの数分茹でて粉のスープを入れるだけで完成するんだよ」

「ふ～ん、こんなものがさっきの美味しい麺料理に変わるんだね」

「それにたった数分茹でるだけでできるのか。それなら冒険者が昼に簡単に食べることができるな」

俺のアウトドアショップの能力で購入できるラーメンは、カップラーメンではなく、棒状のラーメンだ。麺が細いので、お湯の沸点が低い山の上でもお手軽に食べることが可能な物である。

さらに麺が棒状となっているので、あまり荷物の場所を取らないし、保存期間が長いからこれも非常食になる。

唯一惜しむべき点は、味が醤油味と豚骨味の二種類しかないことだな。元の世界ならもっといろいろな味があったはずだ。

「とりあえずインスタント食品系はまたお腹がすいたら味を見てもらうとして、あとは他の商品だな。リリアには見てもらったんだけれど、ランジェさんに見てほしいものがあるんだよね」

「んん、どれだい？」

「これなんだけどね……」

ランジェさんの前に一枚の地図と二冊の本を置いた。

「これは……」

「このあたり周辺の『地図』と『魔物図鑑』と『植物図鑑』なんだ」

そう、確かに元の世界のアウトドアショップでは、地図や植物図鑑に野鳥図鑑や昆虫図鑑などが販売されていた。

いや、そんなもの異世界で何の役に立つんだと思ったのだが、野鳥図鑑や昆虫図鑑ではなく魔物図鑑という名称が気になって購入してみた。

すると中にはこちらの世界の魔物の情報が詳しく書かれていた。魔物の生態や弱点についてまで詳細にだ。

「……すごいね、これは。僕の知っている情報と完全に一致しているよ。それにこの絵はとても精密だね！」

リリアにも確認してもらったが、文字はこの世界の共通語で書かれているらしく、文字を読める人ならこの本を読むことができるらしい。

そしてこの本に載っている魔物の姿はすべて鮮明な写真に写っている。

「これはとても便利な情報だよ。でも基本的にはこの付近にいる魔物しか載っていないかんじかな？」

「そうだね。リリアもそう言っていたよ」

……いや、逆にこの世界のすべての魔物の情報が載っていたら、いくらなんでも手に負えないところだった。

「とはいえ、さすがにこれを普通に販売するのはどうかと思ってね。この綺麗な絵も俺の世界では写真と言って、目に見える景色をそのまま絵にする道具なんだけれど、明らかにこの世界だと目立っちゃうよね？」

「さすがに目立つだろうね。この地図もかなり精巧なものになっているから、あれば絶対に便利だけれど、いろいろと問題が起きそうかな……」

そうなんだよなあ……

地図も方位磁石と合わせるとめちゃくちゃ便利なんだけれど、誰がこんな精巧な地図を作ったかという問題が起きそうだ。

とはいえ、こんな便利なものを使わないというのも勿体ない。植物図鑑や魔物図鑑があれば駆け出し冒険者の役に立つことは間違いないだろう。

「とりあえず販売はやめておき、冒険者ギルドに相談してみるというのはどうだ？」

「……なるほど、リリアの言う通り、その辺りが一番妥当かな」

普通に販売するのは難しいが、冒険者ギルドに寄付するというのはありかもしれない。冒険者ギルドに置いておけば、駆け出し冒険者も情報を共有できるからな。そっちの線で考えてみるか。

「あとは『バーナー』や『ライト』や『ランタン』みたいなキャンプギアもある。バーナーは販売しないけれど、ライトやランタンはどうしようかな……」

「バーナーはテツヤがいつも料理する時に使っている火を出す魔道具みたいなやつだよね。ライトやランタンっていうのはどういうものなんだい？」

「ちょっと待っていてね。確か俺が元の世界から持ってきたライトがあったはず……おっ、あったあった」

自分の部屋に戻り、この世界に来た時に持っていたリュックの中からライトを持ってきた。

「なにかの棒みたいだな。どうやって使うんだ？」

「見ていてね。ここのスイッチを押すと……」

「なにこれ、光魔法!?」

「な、なんだ、この光は!?」

充電式のライトだが、まだ充電が残っていてよかった。商品の中には『ソーラーパネル』があったから、多分あれで充電して使うのだろうな。

「う～んと、詳しい仕組みは俺にもわからないんだけど、太陽の光をエネルギーに変えて、そのエネルギーを光に変えるのかな。夜に火を起こさずに明かりを付けることができるんだよ。ちなみにこの世界だと魔道具って高価だったりするの？」

「ピンキリって感じかな。ガラクタみたいなものもあれば、国宝級のものもある感じだよ」

「そうだな。量産されている魔道具もあることだし、すべてが高価というわけじゃない」

一応魔道具のような不思議な道具として売れば、売れないこともないわけか。

とはいえ、ライトやランタンみたいな電気を使う系は俺も仕組みを知らなくて説明ができないし、あまりにもオーバーテクノロジー過ぎて貴族から目を付けられそうだから、商品として販売するのは止めておいた方がいいかな。

「あとバーナーは俺が使っているのを見たことがあるよね。今まではガス缶だけしか購入できなかったけれど、新しくバーナー本体も購入できるようになっていたよ。ランジェさんも使ってみる？」

「ありがとう！　前々からちょっと興味はあったんだよね！　野営をすることも多いから助かるよ」

「ただ取り扱いには気を付けてよ。下手をすると爆発するからね」

「えっ!?」

二人ともとても驚いた顔をしている。いや、爆発すると言ったけれど、ガス缶を火の中に突っ込むとかしない限りは大丈夫だぞ。

ガス缶とバーナーについては店では販売しない予定だ。特にガス缶については、取り扱いを誤ると大変なことになる。便利なはずのキャンプギアにも危険なものはあるからな。

それに故意に爆発させたりと、悪用しようと思えば悪用できてしまう。少なくとも信用できる知り合いにしか渡すつもりはない。

「普通に使う分には大丈夫だよ。あとで使い方を説明するからね」

「そ、そうだね。使い方はちゃんと聞いておかないといけないね！」

爆発する可能性があるという事実に思ったよりも驚愕しているな。バーナーを扱う際は普段以上に注意してもらわないといけない。

「あとは定番の『テント』に『寝袋』に『チェア』も購入できるようになったな。でも品質はそんなによくはないみたいだ」

ようやくアウトドアショップっぽい商品が続々と購入できるようになった。しかし購入できる商品は最低限の品質を持つ一種類ずつだけだ。

テントや寝袋について、最初は普通のものでも十分かもしれないが、余裕が出てくるとより高品質な物が欲しくなるんだよなあ。

いつになるかはわからないが、次のレベルに上がったらもっと良いテントや寝袋が購入できるかもしれない。さすがにテントや寝袋が一種類ということはないだろう。どちらも元の世界には相当な種類があったからな。

「それでも購入できるテントや寝袋には興味があるな。今テツヤが持っているものは少しいいやつなのだろう？」

「僕も気になるね」

俺が持っているテントは二～三万円するそこそこのもので、寝袋も二万円くらいする。寒い時期にもキャンプすることが多かったから、ある程度の寒さに耐えられるものを購入した。

確かにアウトドアショップの能力で購入できるテントや寝袋の品質は見ておきたいところだな。

「そうだね。試しに見てみようか」

新しくテントと寝袋を一つずつ購入して、裏庭で俺が持っていたテントと一緒に建ててみる。

「面白い形だね。それに紐でテントを引っ張らなくていいんだ」

こちらの世界のテントは一本のポールを中心に建てる円錐型か、二本のポールか紐で建てる三角形のテントが多い。

購入したテントはテント本体の上部に二本のポールをクロス状に通して自立させる、いわゆるスリーブ式のテントだ。色は薄い緑色で、一〜二人用の小さめなテントである。

「なるほど、テツヤの持っているテントのほうが布の材質などが良いのだな」

「そうだね。高いテントのほうが材質が良かったり、耐久性があったりするよ」

テントの値段の違いは主に材質の違いだ。雨などであまり劣化しない素材や、丈夫な素材、室内の温度をできるだけ保てるような素材のほうがより高価になる。

「テツヤのテントのほうが建てやすくて楽だね。それに軽いから持ち運びもしやすいよ」

「テントのほうはアウトドアショップの能力で購入したものでも売れるかもしれないね」

ランジェさんが持っているテントと比べて、このテントのほうが設置するのが楽だし、何より軽い。耐久性については確認する必要があるけれど、テントはこちらの世界でも需要があるかもしれない。

「寝袋の方はそこまで変わらないかな」

「うむ、ランジェが持っているものとそれほど変わりはないように思えるな」

こちらの世界の寝袋は魔物の羽根を使っているらしい。こっちのほうは実際に寒いところで使ってみないと違いがわからないな。

ランジェさんにお願いして、寒い場所に行った時に違いを確認してもらうとしよう。

チェアの方は簡易なフレームを広げるだけのものだ。こちらの世界の人は直接地べたに座るから、需要があるかは微妙なところだな。テントや寝袋と一緒にランジェさんに使い心地を確認してきてもらうとしよう。

「次はリュックだな」

リュックも一種類しか購入できないが、水を通さない『防水リュック』らしい。

「ふむ、このリュックはこちらでは見ない素材を使っているが、軽くて丈夫そうではないか」

「そうだね。形も珍しいけれど、悪くはないんじゃないかな」

デザイン的にはこっちの世界でも問題なさそうか。素材についてはなんらかの魔物の素材とでも言えば、問題なく販売できそうである。

「こっちのリュックは防水リュックといって、水を通さない素材でできているんだ。中に入れている物は濡れずにすむよ」

「おお、それは便利だね！」

とはいえ、ランジェさんは収納魔法が使えるし、この世界だとそれほど濡れて困るような物もなさそうなんだよな。まあ濡れないに越したことはないし、そこそこ丈夫そうだから、売れないこともないだろう。

「お次は『ジャケット』と『ウインドブレーカー』か」

こちらは服のサイズということもあって、三種類から選べるようだ。ただし色は選べず、ジャケットは灰色のみ、ウインドブレーカーは黒色のみとなっている。

とはいえ派手な蛍光色でないのは助かった。元の世界だと、登山中に遭難する可能性もあり、発見されやすいような目立つ色のものが多い。

しかし、こちらの世界では魔物などの危険な生物がいるため、目立たない色のほうが逆にありがたいだろう。理想を言えば、緑や茶色の迷彩柄とかがあると完璧だったんだけどな。

元の世界ではアウトドアショップもカジュアルな服を置いている。服関連については、レベルアップで何かしら購入できるようになると思っていた。

「こっちのほうはふわふわしていて暖かいね。寒い場所だったら、結構使えるかもしれないよ」

ジャケットのほうは少し厚めの服なので、寒いところで着ればだいぶ暖かいだろう。しかし、今のところこの街付近の気温はそれほど低くないので、需要はそれほどないかもしれない。

「こちらのほうは薄いのだな」

「ウインドブレーカーといって、風をあまり通さなくて、体温をできるだけ保ってくれるんだよ」

ウインドブレーカーも防風性と防寒性に優れており、風を防いで体温の低下を防いでくれる効果がある。

「持ち運びには便利かもしれないね」

「だが、普段装備している防具の上や下に着るのは少し邪魔になるかもしれないな」

「なるほど、確かに……」

リリアの言う通り、基本的に冒険者はもともと結構な厚着だ。服の上に防具を着込むし、常に動いていることが多いから、そこまでジャケットやウインドブレーカーが必要になることはないかもしれない。

「服の品質としては良さそうだから、試しに販売してみるか」

「ああ、この辺りでは見ないデザインで目新しいし、丈夫な普段着として購入してくれると思うぞ」

「うん。細かい部分まで凝っていていいね！　スッキリしているけれど、上に着るとシルエットが綺麗に見えて悪くないと思うよ」

元の世界では服のセンスのなかった俺だが、リリアとランジェさんがそう言うのなら大丈夫だろう。

こんな感じで新しく購入できるようになった商品を二人と一緒に確認していった。


「ふう～とりあえず商品として売れそうな物はこんなところか。新しい商品が一気に増えたから、せっかくドルファを雇って負担が減ったと思っていたけれど忙しくなりそうだ」

「そうだな。どれも魅力的な商品ばかりだし、またしばらくは忙しくなると思うぞ」

「大変そうだね。僕も少しだけ手伝おうか？」

「本当！　それはすごく助かるよ！」

「うん、今回はいっぱい便利な道具をもらうからそのお礼だよ。それにみんなと一緒に働いてみるのも面白いかもしれないね」

「大歓迎だよ。実際に新しい商品を販売していくのは次の週からだな。今週中に新しい商品を販売するって通知するから、来週は結構なお客さんが来ると思うんだ。来週の数日間だけでも臨時で働いてくれると、とても助かるよ！」

少なくとも今週中はアウトドアショップの能力をレベルアップするためにかなりの商品を購入し

てしまったから、販売するための新しい商品を購入するお金がない。

それに棒状ラーメンや粉末スープを入れるための木筒も準備しておかなければならないし、冒険者ギルドにいろいろと相談したいこともある。

実際に新商品の販売を開始するのは来週からになりそうだ。

「接客は私が叩き込んでやるから任せておいてくれ！」

「そうだね、リリアの接客はとても上手いから、接客を教えるのはリリアに任せるよ」

リリアもこのお店で働くようになってからしばらく経った。もう立派に新人に教えることができるくらいに接客が上手くなっている。

さて、新しく購入できるようになった商品はまだまだあるが、主な商品はこれくらいか。今週はいつものお店の営業に加えて、来週のための準備も必要になるな。今週も頑張るとしよう！

◆　◇　◆　◇　◆

「……というわけで、俺はこことは別の世界からやってきたんだ」

「…………………」

「今見せたように、お金と引き換えに俺の元の世界の物を取り寄せることができる能力を持っている。ここのお店で売っている商品は俺の能力で出した物なんだ。ランジェさんには商品を仕入れるフリをしてもらっているだけだ。今まで秘密にしていて悪かった、ドルファ」

「…………………」

アウトドアショップの能力のレベルが４に上がり、扱う商品が増えたということもあって、ドルファにも俺の秘密を話すことに決めた。

今日のお店の営業も無事に終わり、閉店作業を始める前にみんなの前でドルファに俺のことを話した。

すべて話したのはいいが、ドルファは黙ったままだ。実際にドルファの前で金貨をチャージして、商品を購入して見せたのだが、ドルファは黙ったまま何も話さない。

やはり別の世界から来たなんていう荒唐無稽な話は信じることができないのだろうか。あるいは、そのことを信じてくれた上で、なにか考えているのだろうか。

「……このお店で売っている商品が、見たこともない物ばかりだったのはそういう理由か。なるほど、よく考えてみれば納得もいく。リリアもフィアちゃんもそのことは知っていたみたいだな」

「二人にはドルファを雇う前から話していたんだ。ドルファにすぐに話さなかったのは悪いと思っているよ」

「いや、そんな大事なことをすぐに話せないのは当然だ。むしろ、ただの従業員である俺に話してくれたのは嬉しく思う。……しかし別の世界か。頭ではわかっているんだが、あまり想像ができないな。テツヤさんも普通の人族に見えるし、実感がわかないぞ」

「……まあすごく遠い国から来たと思ってくれればいいかな」

ぶっちゃけ外国も異世界も似たようなものである。文明がそれほど進んでいないこっちの世界ならなおのことだな。

「俺を信用して話してくれたんだ、金を積まれても絶対に誰にも話さない……と言いたいところだが、アンジュに何かあった場合に限っては約束できない。どうやら俺はアンジュに関しては少し過剰に反応してしまうことがあるからな」

「…………………」

……うん、あの反応が少しなのかはこの際置いておこう。

「その場合はもちろんアンジュさんを優先してくれて構わないよ。俺の秘密なんかよりも、みんなやみんなの家族の身の安全の方が大事だからね。少なくとも俺の秘密が知られても、害するより利用するように考えるのが普通だから、遠慮なく話していいからね」

ぶっちゃけ俺も拷問なんてされたら、秒で秘密をしゃべってしまう可能性が高い。最悪拘束されたり監禁されたりするかもしれないが、殺されることはないだろう。

「……可能な限り話さないことは誓う！」

「ぜ、絶対にしゃべらないです！」

「ああ、命に懸けても話さないと誓う！」

「いや、だから俺の秘密よりも、みんなの身の安全を優先してね」

今では俺の味方をしてくれる人達も大勢いる。その人達を信じて助けが来るのを待てばいい。とはいえ、みんなの気持ちはとても嬉しく思う。

「二人ともお疲れさま。明日もまたよろしくね」

「お疲れさまです！」

「ああ、また明日」

ドルファに俺の事情を説明したが、どうやら納得してくれたみたいだ。そのあとはみんなでいつも通りの閉店作業を終えて、ドルファにフィアちゃんを送ってもらう。

「ちょっと待って。はい、二人にお土産だよ。新しく買えるようになった俺の世界の甘いお菓子なんだ。アンジュさんとレーアさんと一緒に食べてね」

「ああ、ありがとうな」

「テツヤお兄ちゃん、ありがとう！」

二人にはチョコレートバーとようかんを包みに入れて渡してあげた。ランジェさんもリリアも気に入っていたから、きっとみんなも気に入ってくれるだろう。

さて、それじゃあこのまま、さらに味方を増やしにいくとしますかね。敵になってしまう可能性もゼロではないところが怖いところでもあるがな……

「おう、テツヤにリリア。どうしたんだ？」

「ちょっと用事がありましてね」

二人に話があると受付で伝えたところ、すぐに部屋へ案内してくれた。

「テツヤさん、リリアさん。先日いただいたワイルドボアの燻製肉はとても美味しかったですよ。

ありがとうございました」

「喜んでいただけたならなによりですよ」

ドルファとフィアちゃんを見送ったあと、俺とリリアは冒険者ギルドを訪ねた。

リリアとランジェさんにも相談したのだが、俺の能力のことをライザックさんとパトリスさんには話すという結論に至った。

方位磁石や浄水器以外の様々な商品を購入できるようになったから、今後はより一層面倒な輩が現れるかもしれないし、いろいろと協力してもらいたいこともある。

短い付き合いだけれど、二人がそんな人ではないことはわかっている……のだが、冒険者ギルドという大きな組織だからな。

リリアも万が一の場合には二人と敵対してでも俺に味方してくれると言ってくれたのはとても嬉しかった。俺も覚悟を決めるとしよう！

「ライザックさん、パトリスさん、大事なお話があります」

「ん、なんだ改まって？」

「……テツヤさんがなにをお話しするのかわかりませんが、この部屋は声が漏れないような細工をしておりますので、安心してお話しください」

……パトリスさんは俺の能力で出した商品のことについて何か察しているのかもしれないな。とはいえ、まさか異世界の商品とは思っていないだろうけど。

「実は俺は別の世界からこの世界へやってきました」

「「……………」」

「なるほど、気付いたら全然知らない世界に迷い込んでしまった……か」

「テツヤさんが販売している商品は特別な物だとは思っておりましたが、まさか別の世界とは……」

みんなに話した時と同じようにこの世界にやってきてからのことや、俺の能力についてを二人に説明した。

「俺以外に別の世界からやってきたという話は聞いたことがありませんか？」

一番気になっていたことを二人に聞いてみる。リリアやランジェさんにも聞いてみたのだが、二人とも心当たりはなかった。冒険者ギルドの偉い二人ならもしかしたらなにか知っているかもしれない。

「いえ、申し訳ないですが、心当たりはありませんね」

「ああ、俺もねえな」

「そうですか……」

二人とも心当たりはないようだ。やはりそのあたりの情報はないか……

「もしもですが、そんな情報が入ってきたら、俺に教えてくれると嬉しいです」

「おう、テツヤには世話になっているからな。もしもそういった情報が入ってきたら教えるぜ！」

「この街だけでなく、王都のほうでもそのような情報がないか確認してみましょう。この街よりも王都のほうが情報が集まりますからね！」

「ライザックさん、パトリスさん、ありがとうございます！」

俺の話を信じて情報集めにも協力してくれるようだ。やはり方位磁石や浄水器だけでなく、ライトやバーナーは別世界から来たということを証明するのに十分に役立ったようだ。

「それで、ここからが本題なのですが」

「今のでも十分すぎるほどに驚いたんだがな……」

「まだあるんですね……」

二人ともとても驚いている。まあ異世界から来たなんてこと以上に驚くことはもうないから大丈夫だろう。

「実は俺の能力で買える商品の中にこんな物がありまして」

持ってきたリュックの中から、例の植物図鑑と魔物図鑑、そして地図を取り出した。

「……こ、これは!?」

「こいつはすげえじゃねえか!!」

……俺が別の世界から来たという事実よりも驚いていないか？

異世界から来たなんて非現実的なことよりも、実際に目の前にある便利なものに驚くのはある意味普通の反応なのかもしれない。

「この付近に生息する魔物や植物の図鑑となっている。ランジェとも確認したのだが、私達の知っている内容と違いはなさそうだ」

リリアが図鑑の内容について補足してくれる。

「ものすごく精巧な絵ですね！　まるで本物みたいです」

「それは写真といって、見たままの光景を絵にするという機械……魔道具みたいなものですね」

「文字はこっちの世界の言葉みてえだが、テツヤの世界でも共通語を使っていたのか？」

「いえ、なんでかはわからないですが、みんなの言葉や文字も俺の世界の言葉に変換されて聞こえているんです。この図鑑の文字も、購入したら勝手にこちらの世界の言葉に訳されていたんですよ」

この点についてはよくわからないが、この世界に来てからなぜか言葉も通じるし、文字の読み書きも不思議とできるんだよな。

そもそも不思議といえば、どうやってこっちの世界に来たのかも、俺のアウトドアショップの能力についても不思議なんだけど。

「……ざっと見たところ、俺の知っている情報にも合致しているな。しかも俺が知っているよりも詳しい情報が載っているようだ。マダラナヘビの好物がアグタヤガエルなんて初めて知ったぜ」

最初はそんな情報何の役に立つんだとも思ったけれど、好物がわかれば罠を仕掛けたりすることができるかもしれない。

「こちらの植物図鑑のほうも正確なようですね。見分けのつきにくいハシナカ草とヤナカミ草の区別方法まで載っておりますよ！」

植物図鑑のほうには区別方法だけでなく利用方法までが載っている。特に利用方法については、駆け出し冒険者だけではなく、ポーションを作製する人達の役にも立ちそうである。

「こいつはまた便利な代物だな」

「ええ。でもみんなと話し合った結果、これをそのまま販売するといろいろと問題が起こりそうで……」

「そうですね……情報についてもそうですが、これほど精巧な絵である写真というものについてはいろいろと嗅ぎ回ってくる輩も多そうです。それにこの紙もかなり上質な物なので、そちらについても問題が起こりそうですね」

言われてみると確かにこちらの世界にも紙はあるのだが、この図鑑に使われている紙ほど良いものではない。

それについてもいろいろと追及されるかもしれない。さすがパトリスさんである。

「パトリスの言う通り、こいつを売るとなると問題が起きそうだな。とはいえこんな便利なもんを使わねえのも勿体ねえしどうすっかな」

「……それでしたらテツヤさん、こちらの図鑑を写本したものを売っていただけないでしょうか？」

「写本ですか？」

「はい。テツヤさんの能力で出してくれたこの図鑑というものを、口が堅くて絵の描ける信頼できる者へ依頼し、複製した図鑑を冒険者ギルドに置かせていただけないでしょうか？」

……なるほど、この図鑑をこちらの世界の紙とインクで写せば、他の人に見せても問題はないわけだ。

「冒険者ギルドでも魔物の情報については無償で公開しているのですが、こちらの方がより正確でわかりやすいようです。こちらを写させていただき、冒険者ギルドで公開と販売をさせていただければと思います。植物図鑑のほうは特に情報を精査させていただき、必要な情報だけを公開した方がいいですね。写本させていただく権利とあわせて、テツヤさんの情報によって得た利益もテツヤさんに還元するという誓約書も書きましょう」

「……うむ？　情報によって得た利益とはどういうことだ？」

リリアがパトリスさんに質問する。なるほど、そっちのほうも考えなければならないのか。

「魔物図鑑の情報のほうは冒険者しか使用しないと思われますが、こちらの植物図鑑のほうは冒険者だけでなく、ポーションを作る者や木材を扱う職人などにも需要がありそうです。テツヤさんの情報によって新しい発見や発明もあるかもしれません。それによって得た利益はテツヤさんに還元されなければなりませんからね」

言われてみると、魔物図鑑よりも植物図鑑のほうが新しい発見や発明があるかもしれないな。

それにしてもさすがパトリスさんだ。写本のことや情報によって得られる利益のことをわかっている。そしてなによりそれをちゃんと俺に教えてくれた。やはりライザックさんだけでなく、パトリスさんにも俺のことを話したのは正解だったらしい。

「なるほどな、さすがパトリスだぜ！　俺じゃそんなところまで気付けねえからな。ガハハッ！」

「「「…………」」」

……やっぱり正解だったらしい。

「あとはこちらの地図ですね。う～ん、街どころか村の位置まで正確に記載されているようです。こちらの地図が現在冒険者ギルドでも使われている地図ですが、比べてみると断然こちらのほうがわかりやすいですね」

測量士なんかもいないだろうし、当然といえば当然か。こっちの世界の地図はどう見てもアバウトな感じで街と街を繋げているようにしか見えないんだよなあ……

「もしかしてこっちの赤いマークが方位磁石の赤い方向だったりするのか？」

「ええ。さすがライザックさんですね、正解ですよ」

「だろ！」

うん、ライザックさんも決して頭が悪いというわけではない。

「……なるほど、本来はこちらの地図と方位磁石をあわせて使うものだったようですね。この地図と方位磁石があれば、移動で道に迷うことはなくなりそうです。これはすばらしいですね！」

そしてそのさらに上をいくパトリスさん。この地図と方位磁石の有用性をすぐに理解したようだ。

「こちらの地図についても写させていただきたいのですが、村などの集落の情報は外しておいたほうが良いでしょう。盗賊や悪人達の手に渡ってしまうと、悪用されてしまうかもしれませんからね」

「それは俺も思っていました。必要があれば、また購入することもできますから、写し終わったら処分したほうがいいかもしれませんね」

精巧な地図というものは悪用されてしまえば、普通の武器以上に厄介な代物となる。街ならば防衛体制はある程度整っているから問題ないが、小さな村や集落などは大勢の悪党に攻められたらひとたまりもない。

「それにしてもこうしてみるとやっぱりあの森は大きいですね」

「ええ。さすがにこの地図でも森の細かいところまでは描かれていないですね」

例の大きな森についても地図に載ってはいたが、すべて緑色で塗り潰されている。この街の大きさと比較しても相当な大きさだ。そりゃこんな大きな森で方位磁石がなければ、遭難する人が出てきても不思議じゃない。

「今までよくあれだけしか遭難者が出なかったものだな」

「俺達の活動も無駄じゃなかったのかもしれねえな」

「ええ、きっとそのおかげですよ」

確かに森の中のあちこちにある目印の布や、遭難者が出た時の救助隊の働きも大きかったのだろう。

「今はランジェさんにお願いをして、一応この地図の精度を確認してもらっています」

ここにある地図は正確だとは思うが念のためだ。

「なるほど。そちらが確認でき次第、主要な街と地形のみを記載した簡易版の地図を作成したいと思っております。もちろんその地図の販売で得た利益はテツヤさんにお渡しするということでいかがでしょうか？」

「はい、それでお願いします」

「ではこちらでよろしくお願いします」

「はい、今後ともよろしくお願いします」

冒険者ギルドとの契約が無事に完了した。

まず地図については冒険者ギルドに所属している口の堅い者に依頼をして簡易版の地図を作成してもらう。

そしてその地図は駆け出し冒険者に安値で販売されることになる。依頼費や材料費、販売のための経費と冒険者ギルドへ少し利益を渡して、残りの利益の大半は俺に入ることとなった。

とはいえ、駆け出し冒険者が購入しやすいように販売金額はたった銀貨五枚ほどなので、利益は銀貨一枚あるかどうかだ。そもそも紙やインクなどの材料費などで銀貨三〜四枚分だからな。

それでも副収入があるということは嬉しいことである。不労所得バンザイだ！　……あまりに嬉しくてガッツポーズしてしまったぜ。

「魔物図鑑のほうは依頼できる者が見つかり次第、写本を始めさせていただきます。とはいえ、かなり時間は掛かると思いますが」

「ええ、植物図鑑もありますし、ゆっくりでいいので確実にいきましょう」

印刷技術なんてものはないこの世界だから、一ページずつ手書きで写していかなければならない。

当然一日や二日程度で終わる量ではない。元々時間の掛かる作業なので焦って情報を漏らさないように着実に進めていきたいところである。

植物図鑑のほうは冒険者向けの図鑑とそれ以外の用途の図鑑に分けるそうだ。写本する人以外に情報を漏らさないようにするため、副ギルドマスターであるパトリスさん本人が確認しながら情報を精査していくらしい。

「はい、テツヤさんの情報が漏れないようにすることを最優先とします。それに地図のほうは一枚写してしまえば、それを基に複製できますからね」

そう、地図のほうは俺の能力で出した精巧な地図を簡易版の地図に写したら、それを基に別の人が写して、できたものをまた複製と人を雇っての量産が可能だ。

簡易版に写した地図なら秘密もなにもないからな。もちろんこの地図の大元を俺が提供したことはライザックさんとパトリスさんだけの秘密である。

「それではもろもろよろしくお願いします」

他にもアウトドアショップのお店や俺の周りを嗅ぎ回るやつがいたら、いろいろと対処してくれるそうだ。冒険者や商人が何か因縁を付けてきたらすぐに冒険者ギルドに連絡するようにも伝えられた。商業ギルドの方にも話を通してくれるらしい。

俺が異世界から来たことや、俺の能力を伝えたところ、全面的にこちらに協力してくれることになって本当に助かった。

今まで駆け出し冒険者のために貢献してきたおかげでもあるんだろうな。うむ、やっぱり信用は大事である。

「テツヤ、あれを渡すのだろう？」

「あっ、そうだった。完全に忘れていたよ！」

無事に契約も終わって帰ろうとしたところで、リリアに言われて思い出した。そういえばライザックさんとパトリスさんにお土産を持ってきていたのをすっかりと忘れていた。

「今度うちのお店で販売しようと思っているお菓子です。これも俺の故郷の食べ物なのでお試しにどうぞ」

「おお、テツヤの世界の食い物か！　興味あるな！」

「インスタントスープもテツヤさんの世界の食べ物なのですよね。とても期待してしまいます！」

ドルファやフィアちゃん達みたいにようかんとチョコレートバーを持ってきた。

……賄賂ではないぞ、あくまでも試供品だからな。食べてもらって感想をいただきたいだけである。いろいろと便宜を図ってもらいたいだなんて思惑は、ほんのちょっぴりしかないよ。

「ぬおっ、なんだこりゃ!?　甘すぎる！」

「これは甘くて本当に美味しいですね！」

どや、俺の世界のお菓子は甘くてうまいだろう？

反応は上々のようだ。たとえ男性二人であっても、ようかんとチョコレートバーはこちらの世界の人に受け入れられている。

あんまり美味しそうに食べるから、ついドヤ顔を決めてしまったぜ。やっぱりこっちの世界の人は甘いものに飢えているようだ。

「こいつはすげえな！　こんな甘いもん初めて食ったぜ！」

「こっちのほうは不思議な甘さですね。ちょっとほろ苦いような甘いような……ですがとても美味しいですよ！」

「どちらもカロリー……エネルギーがとても豊富なので、行動食としても優秀ですよ。それとこっちのやつは非常食としても優秀ですね。味はまあそれほどといったところですが」

そして二人にブロック状のクッキーを渡す。いわゆるカロリーの『栄養補給食』である。確か五大栄養素をバランスよく摂取できるんだよな。

こっちのほうはようかんやチョコレートバーよりも水分が少なく日持ちするだろうから、非常食としても優秀なはずだ。

「……まあさっきのに比べれば味は普通か」

「いえ、非常食として味は優秀ですよ。さっきのは行動食というよりはお菓子として売れそうですね。こっちのは口の中がパサつくのが少し欠点でしょうか」

……そう、それが唯一の欠点である。そしてチョコレートバーやようかんほど甘くはないので、衝撃もそれほどではなかったようだ。どうやら渡す順番を間違えたらしい。

ただ、どれも反応は上々だし、どの商品もきっと売れてくれるだろう。

5章　人気商品と招かれざる客

「さあ、そろそろ店を開けようか」

「す、すごいお客さんです……」

「この店をオープンする時よりも並んでいるな」

ここのお店を開く時もかなりのお客さんが並んでくれていた。しかしフィアちゃんやリリアの言う通り、その時よりも大勢のお客さんが、列を作ってアウトドアショップの開店を今か今かと待っている。

「こりゃすごいな。この店が開いた時もこんなに客が並んでいたのか……」

「僕は従業員をやるのは初日なんだけどなあ。やばっ、Bランクのクエストを受ける時よりも緊張してきたよ……」

さすがのドルファもランジェさんも、これだけのお客さんを前に驚いている。でもさすがにBランクのクエストを受けるよりは全然マシだと思うぞ。

ちなみにランジェさんもこのお店のエプロンを着けている。ありがたいことにレーアさんとアンジュさんが先日のバーベキューのお礼にと、スペア用に数着分刺繍をしてくれたのだ。

「この店をオープンした時や、そのあとこのお店に来てくれたお客さんが、新商品を販売するって告知を見て大勢来てくれたみたいだね」

先週俺のアウトドアショップの能力がレベルアップしてから一週間が過ぎた。それまでに新しく能力で買えるようになった商品の精査、今日から新商品を販売する旨の広告を冒険者ギルドやこのお店に貼って準備をしてきた。

図鑑や地図については冒険者ギルドのライザックさんとパトリスさんに一任しており、地図のほうは来週にでも販売できそうだが、図鑑のほうはまだまだ時間が掛かりそうである。

「とりあえず、開店と同時にまずは新商品の説明をするから、全員で表に出てお客さんに挨拶をしようか。忙しくなると思うけれど頑張っていこう！」


「みなさま、大変お待たせしました！　本日は朝早くから並んでいただきまして、誠にありがとうございます。開店の前に、まずは当店の新しい従業員を紹介したいと思います」

ドルファとランジェさんが前に出てくれる。

ドルファは少し前から働いてくれているけれど、お客さんが数多く来てくれているこの機会に紹介させてもらう。

「すでにご存じの方は多いと思いますが、リリアと一緒に当店の従業員兼護衛をしてもらっているドルファです」

「ドルファだ。よろしく頼む」

「そして臨時で手伝いをしてくれるランジェです。数日間の予定ですが、今後も働いてくれると嬉しいなと勝手に思っています」

「ランジェだよ、よろしくね」

二人のイケメンが前に出たことで、女性のお客さんが明らかに目を輝かせている。

……おかしいな、この店がオープンした時に自己紹介した俺への反応と全然違うんだが。

ランジェさんについては若干外堀を埋めておく。臨時ではなく、アレフレアへ戻って来た時だけでもいいから店を手伝ってくれると非常に助かるからな。

「二人とも冒険者の経験がありますので、少しでしたら皆様へアドバイスができると思います。なお、いくら二人がイケメンだからといって、営業時間中のナンパはお控えください」

「営業時間後だったら、いつでもナンパしてくださいね！」

ランジェさんの言葉にお客さんがクスリと笑う。

たぶんランジェさんは冗談でなく本気で言っているんだろうなあ。まあ営業時間外だったら、あえて俺は何も言うまい。

「続いて本日より販売する新商品について、簡単に説明したいと思います」

「「おお～！」」

何度かこのお店で新商品を販売した際の実績があるため、お客さんも期待しているようだ。

「さあさあここに取り出したのは、細い棒状の乾燥させた麺でございます。こちらは棒状ラーメンといって、これをお湯に入れて茹でてたったの三分！　お湯さえあればたったの三分で完成する優れもの！」

「へえ～そんなすぐにできるのか！」

「最近はお湯を沸かすのも楽になってきたからな。すぐに食えるのは便利だな！」

実際に草原や森でお湯を沸かすのは結構時間が掛かってしまう。早いのはお湯さえあればだからな。お湯を沸かすのは時間が掛かるけれど、お湯さえ沸かせばすぐだから嘘は言っていない。

「これならどんなに忙しい冒険者であってもすぐに食べることができます！　それに難しい作業は一切なし！　お湯で茹でたら、インスタントスープと同じこの魔法の粉を入れるだけなので、料理ができない冒険者でも簡単に作ることができます！」

「お湯だけで作れるのは便利だな」

「普段は料理をしないから助かるぜ！」

「今回はさっぱりとした鶏と野菜ベースの醤油味と濃厚でクリーミーな動物の骨から出汁を取った豚骨味の二種類を用意しました。こんな朝早くからわざわざ並んでくれたお客様のために、少しだけ試食分を用意しましたので、ぜひ味を見てください！」

今回もしっかりと試食分を用意してある。こういうのは実際に見て食べてもらった方が話は早い。

「そして今回はこちらの棒状ラーメンの他にもう一つ新商品がございます！　こちらはエナジーバランスといって、人が生きていく上で必要な栄養をバランスよく摂ることができる保存食となっております」

確かこの栄養補給食は身体に必要な五大栄養素であるタンパク質、脂質、糖質、ビタミン、ミネラルが手軽にバランスよく補給できるようになっていたはずだ。さすがにカロリーをメイトする商品名だとアレなので、エナジーバランスという商品名で販売することにした。

「お湯を沸かして三分も待てないというそこのあなた！　これまでの固くて臭い干し肉にうんざりとしていた皆様！　このエナジーバランスなら手軽で簡単に栄養補給ができる上に、味も少し甘くてとても美味しいですよ。さらにさらに、こちらの商品は日持ちもするので、非常食としてとても優秀なんです」

「マジか!?　甘いのか」

「それは試してみないとね」

口の中が多少パサつくという欠点もあるが、こちらの世界でよく食べられている保存食や非常食として扱われている干し肉に比べたら断然美味しい。

ちなみに購入できる味はチーズ味とメープル味である。甘い物が少ないこっちの世界ではたぶんメープル味のほうが人気はあると思っている。

「こちらも棒状ラーメンと同様に、朝早く並んでくれたお客様に試食分をご用意しておりますので、ぜひ試してみてくださいね」

そしてこのエナジーバランスはかなり日持ちする。もちろん個別包装している元の世界の賞味期限には敵わないが、それでも水分が少なく、日持ちすることは間違いない。

「できあがった棒状ラーメンがこちらになります。それじゃあ二人ともよろしくね」

「ああ」

「うん」

店の中で作ったラーメンをドルファとランジェさんへ渡す。バーナーを見せるわけにはいかないから作っているところは見せられないが、食べ方を教えるのを兼ねて、実際に二人が食べている様子をお客さんに見てもらう。

麺料理はあるらしいが、ラーメンはこの世界にない料理のようだしな。

「へえ〜あんな硬そうだった麺が、あんな風に柔らかくなるんだな」

「おいおい、すでにうまそうな香りがここまで届いてくるぜ！」

ドルファがフォークで麺を持ち上げる。

そう、ラーメンはこの香りがたまらないんだよ。

「うん、弾力があってモチモチとした麺がこの様々なうまみが溶けだしたスープに絡んで本当にうまい！」

「こっちのスープの色は白いけれど、濃厚な味がして癖になる味だよ！　それにすごく温かいから、寒い時に食べると身体が温まるね！」

ドルファとランジェさんがラーメンを食べている様子をじっと見つめるお客さん達。すでに二人はラーメンを食べたことがあるけれど、本当に美味しそうに食べてくれる。

このラーメンは何度食べても美味しいから、気持ちは十分にわかる。おっと、お客さん達もそろそろ我慢の限界みたいだ。

「それでは順番に配っていきますので、お楽しみください」

「うおっ！　こりゃうめえ！」

「なにこれ!?　こんな美味しい麺料理は初めて食べたわ！」

「温かくて最高だ！　これは寒い夜に食べたら絶対うまいに違いない！」

「おおっ、このエナジーバランスってやつは甘くてうまいな！　あの干し肉と比べたら雲泥の差だ！」

　どうやら試食品はお客さんに大好評のようだ。

「おっす、テツヤ」

「おはよう」

「二人ともおはよう！　ハァハァ……久しぶりのフィアちゃん成分はたまらないわね！」

　フィアちゃんと一緒に試食品を並んでいるお客さんに配っていくと、見知った顔を見つけた。ロイヤ達も朝から並んでくれていたようだ。

　ニコレは久しぶりにフィアちゃんに会うからか、いつも以上にヤバい表情をしている。というか、フィアちゃん成分ってなんだよ……

「ロイヤ、ファル、ニコレ。朝から並んでくれてありがとうな」

「前回のインスタントスープはとても便利で美味しかったからな。今回も期待しているぞ」

「すごくいい匂いがするわね！　朝ご飯食べてないからお腹空いちゃった！」

「前回は試食があったと聞いていたからな。今回は頑張って早く並んだよ」

「前回のインスタントスープに負けないくらいうまいと思うぞ。棒状ラーメンは醤油味と豚骨味、エナジーバランスはチーズ味とメープル味があるけれど、どっちにする？」

「どう味が違うんだ？　チーズ味しか聞いたことがないぞ」

「う〜ん、どれも実際に味を見てもらわないと説明が難しいな。醤油は穀物からできている調味料で少ししょっぱくて、豚骨は動物の骨から取った出汁だね。メープル味は樹液で少し甘い味がするぞ」

「へえ〜じゃあ俺は醤油味とチーズ味にするかな」

「それじゃあ私は豚骨味とメープル味にするわ」

「そしたら俺は豚骨味とメープル味にするかな。少しずつ分けようぜ」

「オッケーだ。相変わらず購入制限はあるけれど、気に入ったらぜひ買ってみてくれ」

「はい、こちらです！」

ロイヤ達はパーティだから、パーティ内で試食品をいろいろ試せるのは大きいな。インスタントスープと同様に今回販売する商品にも購入制限を付けている。転売防止策にはこれが一番いい。

「うわっ、なんだこれ!?」

「んん、おいし〜！」

「おお、これはうまい！」

ロイヤ達の驚きの声を聞きつつ、試食品を配っていった。

「……大変申し訳ありません。ここまでになりますね」

「うおっ!?　目の前ってマジかよ！」

一応試食用の棒状ラーメンは五十人分以上作ったのだが、それでもお店に並んでいるお客さんのほうが多かったようだ。

「エナジーバランスのほうはまだあるので、こちらのチーズ味かメープル味のどちらかをお選びください」

「うう……それじゃあメープル味でお願いします」

「はい、こちらです！」

「ああ、ありがとう」

まだ若くて装備品もロイヤ達と同じくらいのだから、たぶんこの人も駆け出し冒険者だろう。フィアちゃんからエナジーバランスを受け取るが、目の前で終わってしまった試食品である棒状ラーメンをうまそうに食べている前の人を羨ましそうに見つめている。

「うわっ!?　こんなにうまいのか！」

「こんな美味しいものが簡単にできるのか！　こりゃ買うっきゃないな！」

「うう……」

そう、ラーメンの美味しそうな香りはこの辺り一面に漂っている。ラーメンの香りに誘われて通行人がこのお店を見ている。

たぶん飯屋と勘違いして新しく並び始めた人もいるだろうな。今日だけとはいえ、この香りは飯テロとなって周りのお店にも迷惑を掛けてしまいそうだ。早く店を開けるとしよう。

「大変お待たせしました、ただ今よりお店を開きます！　店内はそれほど広くありませんので、店内への入場制限をさせていただきます。従業員の指示に従ってください。何かありましたら、このエプロンを着ている従業員にまで、お気軽にお声をお掛けください」

さて、いよいよお店のオープンである。最初にこの店を開いた時と同様に店内へ何十人も入りきらないため、二十人くらいでいったん区切らせてもらい、一人退店したら一人入店するようにさせてもらった。

「皆さん、押さないでくださいね～！　はいここまで、少しだけ待っていてね」

お店の入口でお客さんを順番に入れるのはランジェさんにお願いした。

ランジェさんは今日がお店で接客をする初日だから、いきなりこの数のお客さんのお会計を相手にするのは難しい。夕方くらいになって、お客さんの数が減ったらレジを任せてみるつもりだ。

昨日と一昨日の休日に俺とリリアでランジェさんに接客を教えた。言葉遣いは少し軽い感じだが、ランジェさんの明るい雰囲気に合っているので、お客さんもそれほど気にはしないだろう。

「待っている間に何か質問があったら答えるからね！　このお店の商品のことから、冒険者についてでも質問があったら遠慮なく聞いてよね！」

「あ、あの。さっきの棒状ラーメンなんですけれど……」

「はいはい。えっとそれはねえ……」

そう、そしてランジェさんはこの街には数少ないBランク冒険者だ。知名度はこの街で駆け出し冒険者のために活動していたリリアよりもないかもしれないが、その実力は冒険者ギルドマスターのライザックさんも認めている。

そんな冒険者のランジェさんにいろいろと話を聞くことができるため、待っているお客さんも有意義な時間を過ごせるだろう。

通常営業の時も、リリアのアドバイス目的でお店に来てなにか買ってくれるお客さんもいるからな。

珍しいエルフの高ランク冒険者に話を聞ける機会なんてそうそうないし、ランジェさんは美形だから、女性冒険者にも人気が出そうだ。現に今話している女性冒険者なんか顔が真っ赤である。

……羨ましい。


「はい、お待たせしましたです。銅貨三枚のお釣りです」

「銀貨二枚と銅貨一枚のお釣りだ。またのご利用をお待ちしております」

店の中ではフィアちゃんとドルファに会計を任せている。ドルファもだいぶお店での仕事に慣れてきて、計算もだいぶ早くなったし、言葉遣いも丁寧になってきている。

「こちらの棒状ラーメンはお湯で少し茹でて、お湯に付属の木筒に入っている粉を入れるだけで完成するぞ。お湯の量は麺が浸かるぐらいだが、こっちの『シェラカップ』という物があれば、正確な量が計れるようになっている。そのまま火に掛けたりもできるし便利だぞ」

「なるほど。リリアさん、ありがとうございます」

リリアは店内を回って、お客さんの質問を受けたり、怪しい人物がいないかを見回ってもらっている。

新しい商品についても詳しい説明ができるし、別の商品をすすめてくれたりと完璧な接客である。

リリアの冒険者のころを知らないが、今の接客の仕事のほうが天職だと思ってしまうな。

そして俺は店を見回って商品を補充したり、お客さん対応をしたり、店の外のランジェさんの様子を見たりと店全体を見ている感じだ。一人ずつ休憩する時も空いた仕事を交代していく。

「さっき試食で食べた棒状ラーメンってのはいくらするんだ？」

「はい、五回分がセットになって銀貨三枚となっております。次回以降に木筒と入れ物を返却してくれれば、銀貨二枚となります」

「てことは次からは一食あたり……銅貨四枚ってわけか。量にもよるけれど、それくらいであのうまさならめちゃくちゃ安いな！」

棒状ラーメンはアウトドアショップで一人前銅貨二枚で購入できる。約二百円だから元の世界で買うより少し割高なようだ。

それを五人分で銀貨一枚。木でできた入れ物と粉末スープを入れるための小さな木筒が合わせて銀貨一枚、銀貨一枚が利益というわけだ。

「そのぶん量は少し少ないかもしれません。野菜を入れたり、一・五人分くらいにしたほうがいいかもしれませんね」

棒状ラーメンは普通の男性が食べると少し足りないかもしれない。冒険者として行動するなら、なおのこと一食分では足りないかもしれないな。

「なるほどな。もう一つのエナジーバランスってやつはいくらだ？」

「こっちは十本セットで銀貨二枚です。入れ物は別売りとなっていますね」

エナジーバランスは一本で銅貨一枚、十本で銀貨一枚の仕入れ値だ。元の世界では四本入りで二百円くらいだったかな。こちらは木の入れ物ではなく、こちらの世界で使っている抗菌作用があるらしい包みに入れている。

「こっちも安いな。一本くらいじゃ腹一杯にはならなそうだけれど、軽くつまめそうでいいかもしれない。それに甘くてうまかったから、いいおやつにもなりそうだ。一セットもらうよ」

「ありがとうございます」

ようかんやチョコレートバーと比べればそこまで甘くないが、こちらの世界では十分なお菓子になるようだ。

今週は棒状ラーメンとエナジーバランスとシェラカップを新しく販売する。他にもレベルアップしたことにより販売できる商品はたくさんあるが、すべての商品を一気に販売すると、お客さんだけでなく俺達がパンクしてしまう。

これから時間を空けつつ、少しずつ新商品を販売していく予定である。

◆　◇　◆　◇　◆

「「ありがとうございました！」」

無事に本日の営業が終わり、最後のお客さんが帰っていった。

「ふう～みんなお疲れさま。いやあ、今日は疲れたね。もしかしたら今までで一番お客さんが来てくれたかもしれないよ」

「接客業って本当に疲れるんだねえ……下手な高難度クエストよりも疲れたかもしれないよ。みんなよく平気だね？」

「いや、いつもよりお客が多くて疲れている。ただ多少は仕事にも慣れてきたから、慣れの分だけだと思うぞ」

ドルファの言う通り、なんだかんだでこの仕事にも慣れてきたからな。

「ランジェさんは初日なのに接客は問題なさそうだったね。今日はお客さんが多かったから、臨時で手伝ってくれて本当に助かったよ」

「それならよかったよ。普段からいろんな場所に行って人とはよく話すから、こういうのは得意なんだ。それに可愛い女の子とも知り合えるから、この仕事も悪くないかもしれないね！」

「「……………」」

「ランジェは相変わらずだな。頼むから女関係のトラブルをこの店には持ち込まないでくれよ」

「大丈夫だよ、リリア。そのあたりはこれまでもうまくやってきたからね！」

冒険者パーティの女性関係とかで、問題を起こすのだけは勘弁してほしい。まあランジェさんは結構軽そうな性格をしていそうだが、そのあたりの分別はありそうだし、ランジェさんを信じるとしよう。

アンジュさんをナンパした時は本気で焦ったけれどな。

「そのあたりはほどほどにね。フィアちゃんも今日はお疲れさま」

「お客さんがいっぱいきてくれたし、新しい商品がいっぱい売れてよかったです！」

「うん。用意していた分は昼過ぎには全部売れちゃったからね。たぶん今日の噂を聞いて明日の朝もお客さんが大勢並ぶんだろうなあ……」

今回棒状ラーメンとエナジーバランスは最初に店をオープンした時のインスタントスープと同じ数を用意しておいた。前回は夕方くらいにその日の分が完売したが、今日は昼過ぎには用意していた分がもう完売してしまった。

常連のお客さんもできてきたし、冒険者ギルドに方位磁石や浄水器を置いてもらえて、この店の知名度も上がってきた結果だろう。

それに今回の棒状ラーメンは試食の時にだいぶ美味しそうな香りを振り撒いていたからな。道を歩いていた人も気になって買ってくれたようだ。

「あのラーメンという食べ物は本当にうまかった。日持ちもするし、お湯で茹でるだけとなれば、冒険者は重宝するに違いないからな」

「とっても美味しかったです！」

二人とも棒状ラーメンの味を気に入ってくれたようだ。

「こちらのエナジーバランスも他の保存食と比べれば、甘くてとてもうまいからな。冒険者に人気が出るだろう」

エナジーバランスも棒状ラーメンほどではないが、冒険者によく売れた。

お一人様一セットまでとしたが、二種類の味がほしいという人も多くいた。こういう時にパーティだとシェアできるのが強いよな。

「棒状ラーメンと一緒にシェラカップも売れてくれたのは大きいな。やっぱり普通に売るよりも、棒状ラーメンと一緒に売るのが正解だったみたいだ」

棒状ラーメンと合わせて、沸かすお湯の量を正確に計れるシェラカップもかなり売れてくれた。シェラカップも便利なのだが、普通に売っても今日ほどは売れないだろう。

シェラカップは計量カップとして使えるだけでなく、直接火に掛けて調理もできるし、取り皿やインスタントスープなどを入れる器にもなる。いろいろと万能なので、一つくらい持っておいて損はないと思う。

「このカップも丈夫だし、便利そうだものな。たぶん明日は今日買うことができなかったお客さんや、別の味を購入したいというお客さんが大勢並ぶだろう」

「たぶんリリアの言う通りだ。列の並びとかで揉めるお客さんがいるかもしれないから、気を付けようね。ランジェさんはどうする？　計算もできるみたいだし、列の整備の役割を代わろうか？」

新商品が完売したあとは、お客さんも減ってきたので、ランジェさんにも会計をやってみてもらったが、こちらも問題なくこなせていた。

「ううん、外でお客さんと話しているほうが面白いから大丈夫だよ。明日も来てくれるって約束した女の子もいるからね！」

「「「…………」」」

まあ、たまに様子を見ていたけれど、女性冒険者だけでなく、男性冒険者の質問にもちゃんと笑顔で答えていたから大丈夫だろう……たぶん。

「とりあえずみんな今日はお疲れさま。それじゃあ早く閉店作業をして明日に備えようか」

「やっぱり閉店作業も五人いると早いね」

「いつもお店が終わった後にこんな作業をしていたんだ。やっぱりお店を営業するのは大変なんだね」

売り上げの計算、お店の掃除、明日の商品の品出し、返却された木筒の洗浄、営業中に倉庫からすぐに商品を出せるように商品を整理するなどといった閉店作業をおこなっていく。

今日はランジェさんがいるので、五人で閉店作業をおこなった。やはり一人増えるだけでもだいぶ楽になる。

「それじゃあドルファはフィアちゃんをお願いね。あとこれはエプロンにアウトドアショップの刺繍を入れてくれたお礼だよ。アンジュさんとレーアさんにお礼を伝えておいてね」

お土産はまだお店では販売していないようかんとチョコレートバー、それと棒状ラーメンにアルファ化米などを入れておいた。

「テツヤさん、ありがとうな。前にようかんとチョコレートバーをもらった時に、アンジュはとても喜んでいたから、今回もきっと喜ぶよ」

「テツヤお兄ちゃん、ありがとうです！」

「うん、それじゃあまた明日ね」

ドルファとフィアちゃんを三人で見送った。明日も今日と同じくらい忙しくなるだろうし、二人には頑張ってもらわないとな。

◆　◇　◆　◇　◆

新商品を売り出してから二日目の営業が終了した。

「ふう〜さすがに今日は疲れたね」

「ああ。まさか本当に昨日よりもお客さんが増えるとはな」

やはりこちらの世界の情報は口コミが基本なだけあって、口コミでの情報拡散の早さはなかなかのものだった。昨日販売し始めたばかりの棒状ラーメンやエナジーバランスの噂を聞いて、多くのお客さんがやってきてくれた。

それに加えて昨日売り切れで新商品を買えなかった人や、棒状ラーメンの違う味を求めるお客さんも来てくれたため、朝から長蛇の列ができていた。たぶんしばらくの間は忙しくなりそうである。

「テツヤさん、昼間はすまなかったな。おかげで助かった」

「僕も助かったよ」

「ドルファもランジェさんも対応に問題はまったくなかったよ。あれはお客さんのほうが熱くなりすぎていただけだから。二人とも手を出さずに我慢してくれて本当に助かったよ。みんなも面倒なお客さんがいたらすぐに俺を呼んでくれていいからね」

今日は一つトラブルがあった。これだけお客さんが多くなると、多少のトラブルが起こることは仕方のないことである。

「お釣りを間違えただけで、まさかあれほどお客さんが怒るとは思わなかったな」

「本当だよね。僕が止めようとしたら、さらに激昂しちゃうんだもん……」

「ああ～あれはたぶん何かにいちゃもんをつけたかっただけだと思うよ。俺のいた世界だとクレーマーっていうんだ。すぐに助けに行けなくて悪かったね」

ドルファがお客さんに渡すお釣りを間違えてしまい、少ない金額をお客さんに渡してしまったらしい。ドルファは俺が教えた通りに、ちゃんと頭を下げて謝罪したのに、その若い男のお客さんは大声で怒鳴った。

俺が別のお客さん対応をしていたから、近くにいたランジェさんが間に入ろうとしてくれたのだが、その男はさらに激昂して怒鳴り散らし始めた。

二人とも今までそんな経験はなかっただろうから、だいぶ慌てただろう。

そのあと俺が対応したが、男は怒りを鎮めることはなく、挙げ句の果てに購入した商品をタダにしろと無茶苦茶なことを言い始めた。

これはクレーマーの類いと判断しつつも、お釣りを間違えたことについてはきちんと謝罪して、タダにしろという要求は決して受け入れなかった。最終的にお金は返すから商品を購入するのをやめるかと聞いたところ、怒りながらもしぶしぶ正規の料金を支払って帰っていった。

ああいうお客さんは要注意だな。しっかりと顔は覚えておいたので、次にまた同じような騒動を起こしたら躊躇なく出禁にするとしよう。

もしかしたら、お釣りが少なかったというのも嘘だったのかもしれないし、他の商店からの嫌がらせの可能性もある。

「それにしてもテツヤはそういったお客への対応に慣れていたな。とても怒っていたお客さんに対しても冷静だったぞ」

「テツヤお兄ちゃん、すごかったです！」

リリアとフィアちゃんが褒めてくれた。

「元の世界でもそういう面倒なお客はいっぱいいたからね」

元の世界では面倒な顧客を相手にすることが非常に多かった。また、ブラック企業での経験が役に立ってしまったぜ……

「へえ～テツヤの世界にも面倒なお客さんはいたんだね」

「むしろ俺の故郷のほうが面倒なお客さんは多かったよ。武器を持っていないのが唯一の救いかな」

こちらの世界のお客さんは武器を持っているので、それだけは怖いところだが、リリアやドルファもいるし、今日はランジェさんもいる。俺一人なら武器をチラつかせられたら、すぐに要求を呑んでしまっていたかもな。

「面倒なお客さんがきても、とりあえずこちらのほうからは手を出さないようにね。もちろん向こうから手を出そうとしてきたら、迷わずに自衛してほしい。それと俺やフィアちゃんに戦闘能力はないから、お客様対応中になにか起きそうだったら、そっちも気にしてくれるとありがたいかな」

この街のお客さんでリリアやドルファより強い人はほとんどいないからな。

「今週中はたぶん今日くらい忙しいと思うから、今回みたいなトラブルもあるだろうけれど、落ち着いて対処すれば大丈夫だからね」

みんながいればなんとかなるだろう。今週はランジェさんもいてくれて本当に助かったよ。

◆◇◆◇◆

「この店の責任者はおるか！」

新商品の販売を始めて三日目。予想通り連日お客さんがやって来てくれて、忙しく多少のトラブルが起きつつも対処してきたのだが、なにやら面倒そうなお客さんがやってきた。

「ちょっと、ちょっと！　ちゃんと順番に並んでくれないと困りますよ」

ランジェさんが突然お店に入ってきた男を咎めた。どうやらこの男は列に順番に並ばずにいきなり入ってきたらしい。

三十～四十代くらいの小柄な男で、この世界に来てから初めて見る立派に仕立てられた服装だ。パリッとした布地に刺繍で模様などが入っており高価そうに見える。おそらくだが冒険者ではないのだろう。

「ふん、私は客などではない！　早くこの店の責任者を出してもらおうか」

「……私が店主のテツヤと申します。何かご用でしょうか？」

どう考えても面倒ごとの予感しかしないが、一応お店にやってきた人にはちゃんと対応しないといけない。もしかしたら、ライザックさんみたいに外見は怖いが、実際にはまともな人という可能性もある。

「ふむ、テツヤと言ったな。喜ぶが良い、我が主人であるクレマンス＝リジムン男爵様が、このアウトドアショップとかいう店に興味をお持ちだ。この店の経営権と、ここで売られている商品の製造方法や仕入れ先を、お前のような庶民が一生見ることもできないほどの大金で買ってやろうというありがたい申し出を伝えに参ったのだ！」

「…………………」

そんな可能性はなかった。間違いなく面倒な連中だ。

男爵だと言っていたが、確かリリアに聞いた話だと、貴族の爵位の中では一番低かったはずだ。

そもそもこの冒険者の始まりの街と呼ばれるアレフレアは大きな街ではあるが、物価も低くて経済や文化の中心からはほど遠い街なので、男爵よりも上の貴族はいないと聞いている。

「店の前に馬車を待たせてある。話の詳細は我が主人より聞くが良い。……見窄らしい格好ではあるが、まあ仕方あるまい。さあ、我が主人を待たせるな、早く来るのだ！」

「お断りします！」

「……なに？」

こういう輩が来る可能性は考えていたが、すでに答えは決まっている。

「……聞き間違いであると思うが、貴族であるリジムン男爵様からのありがたい申し出を、話も聞かずに断ると言ったのか？」

「はい。申し訳ありませんが、このお店はお金の為だけに開いているわけではありません。私はこの街の冒険者に命を救われ、そのあともこの街の冒険者達にとてもお世話になりました。その恩を返したくて、この街に店を開いたのです。いくら大金を積まれても売ることはできません。お手数をお掛けして申し訳ないのですが、リジムン男爵様にはそうお伝えください」

はっきり言って、まったく望んでいない申し出ではあるが、貴族様からの遣いということだし、こちらもちゃんと頭を下げて誠意を見せる。

そもそもお金を稼ぎたいだけなら、王都みたいな大きい街に店を開いているし、どの商品ももっと高い値段で売れることはわかっているから、値段をもっと上げている。

それと面倒な貴族達が少ないと思っていたから、この始まりの街で店を開いたという理由もあったのだが、こういった連中はどこにでもいるらしい……

「そちらに悪い話ではないぞ。お前が思っている以上の大金をもらえる上に、リジムン男爵様との繋がりまでできるのだ。庶民であれば、会うことすらできない貴族様であるのだぞ？」

「大変光栄な申し出ではありますが、すでに心に決めていることですので、申し訳ございません」

全然光栄じゃないからね。気を遣っているだけだから、言葉通りに取らないでくれよ。

「……詳しい話は我が主人としてもらおう。とりあえず一緒に来てもらおうか？」

「いえ、たとえリジムン男爵様にお会いしたとしても、気持ちは変わりません。男爵様の貴重なお時間を割いてもらうのは心苦しいので、遠慮させていただきます」

その手には乗らんよ。わざわざ貴族の屋敷になんて行ったら何をされるかわからない。話を断ったらいきなり監禁、拷問コースだってありえる。たとえ話の内容を聞く前であっても、何かと理由を付けて断るつもりだった。

「……あまり手荒なことはしたくないのだがな」

パチンッ
男爵の遣いの男が指を鳴らすと、全身に鎧をつけた騎士のような格好をした三人の男達が店の中に入ってきた。

「話し合いはそこまでになりそうだな、テツヤ」

「テツヤさんは下がっていてくれ」

話し合いではすまなくなりそうになったところで、リリアとドルファが俺を庇うように前に出てくれた。

「え、衛兵に知らせてくる！」

「俺は冒険者ギルドに知らせてくる！」

お店の常連のお客さん達が、店を出て人を呼びに行ってくれた。

しかし不味いな……

このまま貴族の遣いの人と戦闘になるのは避けたい。たとえリリア達がこの人達を倒せたとしても、いろいろと問題になることは間違いないんだよな。とはいえ、この人達を怪我しないように捕らえてくれなどという甘いことを二人に言うつもりもない。

「……リリア、ドルファ、大丈夫そう？」

「問題ないな。装備は良いかもしれないが、身のこなしでその者の腕はだいたいわかる。私とドルファで十分対処できる相手だ」

戦闘についてはまったくわからないが、元Bランク冒険者のリリアがそう言うなら信じるしかない。

「まったく庶民風情が手間をかけさせるな。ほら、さっさと取り押さえるんだ。くれぐれも殺したりはするなよ！」

鎧を身につけた三人の男達が前に出てくる。相手のほうが数は多いけれど、本当に大丈夫なのか？

「断っておくが、先にそちらから手を出すのなら、こちらも容赦はしない。たとえ鎧があっても命を捨てる覚悟で来い！」

「悪いが俺も手加減する気はねえ！　そっちが来るなら殺す覚悟でいく！」

「「うう……」」

リリアとドルファの迫力に圧倒され、前に出ることができない男達。どうやら二人よりも格下の相手らしい。

「そこまでだ！　双方武器を下せ！」

「なにっ!?」

戦闘が始まるかと思った矢先、ライザックさんの大声が周囲に響き渡った。

ふう～どうやら間に合ってくれたらしい。

「テツヤ、大丈夫!?」

「ありがとう、ランジェさん。まだ戦闘になってない。おかげで間に合ったよ！」

店の外にはランジェさんが呼んできてくれた冒険者ギルドの人達が大勢いる。危ないところだった、もう少しランジェさんが冒険者ギルドのみんなを連れてくるのが遅れていたら、戦闘が始まっていたかもしれない。

こんなこともあろうかと、面倒な貴族が来た時の対応はすでに決めていた。基本的にはこちらからは手を出さず、ランジェさんがいるときは冒険者ギルドへ連絡をしてもらい、ライザックさんを連れてくるように頼んである。

お店のことを思って冒険者ギルドと衛兵さんに連絡をしてくれたお客さん達には悪いが、こちらは貴族や貴族の遣いが買い物目的以外でお店に現れたら、すぐに連絡をするように手はずを整えていた。

「冒険者ギルドマスターのライザックだ。街中で戦闘が起きそうになっていると連絡があってやってきたわけだが、一体これはどういうことだ？」

「い、いや。私はこの街のクレマンス＝リジムン男爵様に仕える身である。さ、最近噂となっているアウトドアショップなる商店の店主と一度話がしたいと男爵様に申し付けられ、店主を迎えに来たところ、あまりに男爵様に対して不遜な態度を取られたので、少し灸を据えようとしただけである！」

強面であるライザックさんに睨まれ、怯えながらも必死に弁明しようとしている。言っている内容はメチャクチャだがな。

「いえ、このお店の経営権と、ここで売っている商品の製造方法や仕入れ先を購入したいとの申し出を受けました。申し訳ないが売る気はないとお伝えしたところ、無理やり馬車に乗せられそうになったため、やむを得ず自衛しようとしただけです」

「……なるほど、互いに言っていることが食い違っているようだな」

「ふん、そこの庶民が嘘をついているに決まっているであろう？　さっさとその者をひっ捕えよ！」

すげえ無茶を言うな、この人……

いや、この文明レベルの貴族なんて、こいつみたいなやつらがいても不思議ではないのかもしれない。しかもこいつ自身は貴族どころか、ただの使いっ走りなんだけど。主人が貴族だったり、良い服を着たりすると、自分が偉い人物だという気持ちにでもなるのかな。

「はあ……はあ……やっと追いつきました……」

ゼエゼエと息を吐きながら冒険者ギルドの副ギルドマスターであるパトリスさんもやってきてくれた。よっぽど急いで来てくれたようで、息がだいぶ上がっている。

「……貴様は何者だ？」

「はあ……はあ……大変お見苦しいところをお見せしました。私は冒険者ギルドの副ギルドマスターのパトリスと申します。表に停められている馬車より、リジムン男爵様の遣いの方とお見受けいたします」

「いかにもクレマンス＝リジムン男爵様の遣いの者である。そちらの強面の大男よりも話がわかりそうであるな」

「ああん？」

「ひっ!?」

ライザックさんがムッとする。

ライザックさんには申し訳ないのだが、強面というところだけは同意してしまう……

「ありがとうございます。それで、こちらのお店の方々が、男爵様の遣いのあなた様にご無礼を働いたとお聞きしましたが？」

「うむ、この店の者が我が主人である男爵様を侮辱したのである。即刻ひっ捕えよ！」

話が通じそうなパトリスさんが来たからか、先ほどよりも大きな仕草で俺を指差してくる。

「……なるほど、事情はわかりました。一つお聞きしたいのですが、今回のご訪問は男爵様ご本人の指示であると理解してもよろしいですね？」

「うむ、当然である！　私はリジムン男爵様の正式な遣いであるのだからな！」

「そうですか。それでは、リジムン男爵様に抗議させていただくとしましょう」

「…………はあ？」

「男爵様の遣いの方であれば、当然ご存知のことであると思いますが、先日この街に住む貴族様と商店および商業ギルドに、冒険者ギルドよりこのアウトドアショップに関する正式な通達をさせていただきました」

そう、今後は写本した地図や図鑑などが公開されることもあって、貴族や大手の商店がちょっかいを出してくることは予想できた。そのため、事前にライザックさんとパトリスさんと相談して、一つの対策を講じていた。

「こちらのアウトドアショップという商店は冒険者ギルドと契約をした協力店となっております。何か交渉ごとがある場合には、いかなる場合においても、冒険者ギルドを通すよう通達しております」

「なっ!?」

簡単な対策がこのアウトドアショップというお店を冒険者ギルドに保護してもらうということだ。何か交渉ごとがある場合には、必ず冒険者ギルドを通してもらうことによって、相手方も無茶な要求はしてこなくなるはずである。下手をすれば冒険者ギルドを敵に回すんだからな。

もちろん冒険者ギルドの保護下に入るということは、冒険者ギルドから無茶な要求をしてくる可能性もあるが、その辺りはライザックさんとパトリスさんを信用することにした。

まあ本当に最悪の場合は、店を畳んで別の街で新しい店を始めるなんてこともできるから、頭の良いパトリスさんはそんなことをしてこないだろう。そんなことになったら、冒険者達から冒険者ギルドが非難を受けることは間違いないもんな。

「ばっ、馬鹿な！　そんな話は聞いていないぞ！」

「あなたがその通達を知っていたかどうかは関係ありません。このお店の者が男爵様を侮辱したかどうか以前に、このお店に遣いを出した時点で、そちらに問題があるということです」

「そういうわけだ。詳しい話を聞きたいから、ちょっくら冒険者ギルドまでご同行願うぜ」

「ひっ!?」

肩をライザックさんに叩かれて震え上がる遣いの男。うん、それほど怖い気持ちもわからんでもない。

鎧を身につけた男達も冒険者ギルドの職員達に囲まれていたので、無駄な抵抗はせずに冒険者ギルドへと連行されていった。

「パトリスさん、ありがとうございました」

「いえ、皆さんがご無事で本当によかったです」

「それにしても、まさかこんなすぐにちょっかいを出してくるとは思ってもいませんでしたよ
……」

「貴族様や大手の商店に通達をしたのが先日でしたからね。もしかすると、向こうの連絡ミスか何かで、あの遣いの者は本当に知らなかったのかもしれません」

「なるほど」

「あるいは主人があえて教えずに遣いに出したのかもしれません。うまく屋敷に連れて来られればそれでよし。たとえ失敗したとしても、そんな遣いの者は知らないと言えばいいだけですからね。どちらにせよこうなってしまっては、トカゲの尻尾切りでそんな遣いは知らないと言い張られるでしょう」

「…………」

どこの世界でも権力者によるトカゲの尻尾切りはあるようだ。そうなるとあの威張っていた遣いの人も少しだけ可哀想な気もするな。とはいえわざわざ庇う気もない。

たぶんうちの店に手を出そうとして酷い目にあったという事実はすぐに街中に広まるだろう。あの遣いの人はともかく、リムジンだかリジムンだかわからない男爵には、ぜひとも厳罰を与えてほしいところである。

「なんにせよ皆さんが無事でよかったです。それでは私はギルドに戻って話を聞いて、リジムン男爵に今回の出来事を抗議したいと思います。あわせて商業ギルドにも報告しておきますね。結果は後ほどお伝えします」

「はい。本当に助かりました」

「いえいえ。どうぞ今後ともよろしくお願いします」

パトリスさんは他の冒険者ギルド職員と一緒に冒険者ギルドへ戻っていった。また改めてお礼を伝えに行くとしよう。

「皆さん、大変お騒がせしました。衛兵や冒険者ギルドに知らせに向かってくれたお客様も、本当にありがとうございました。今後ともアウトドアショップをよろしくお願いします」

従業員のみんなと今日のことを話すのはお店が終わってからでいい。まずは店にやって来てくれたお客さんの対応をするとしよう。

◆　◇　◆　◇　◆

今日は面倒なトラブルがあったが、それ以外は問題なく営業を終えることができた。

「ふう〜みんな今日はお疲れさま。いろいろとあって大変だったけれど、みんなのおかげで乗り切ることができたよ」

「しかし災難だったな。今までも販売制限以上の商品を購入したいという商人が来たことはあったが、まさかあそこまで面倒な貴族がいるとは驚きだ」

「リリアの言う通り、まさか白昼堂々とお店にやって来て大騒ぎするとは思ってもいなかったよ。これだから貴族ってやつは面倒だよね」

「もしかしたら、ランジェさんが見つけた尾行者は男爵の手先かもしれないね」

「そういえば確かにそいつらも三人組だったけれど、はっきりとは見てなかったからなあ。尾行の腕はまだまだだったし、さっきの遣いの取り巻きもそんなに強くなかったんでしょ？」

「ああ。確かに装備はまともだったが、あの身のこなしではいいところDランク冒険者相当だろう。あの程度の相手なら、十人単位で来ても私とドルファがいれば対応できた」

「じ、十人もです!?」

「それは頼もしいね」

フィアちゃんが驚くのもわかる。高ランク冒険者というのは本当にすごいな。

「……一応補足しておくが、この街に現役Bランク冒険者と、元Bランク冒険者が一緒にいるのは相当おかしいことだからな。この街で兵を雇うにしても、さっきのやつらの腕なら十分上の方だぞ」

「そういえばそうだったね」

あまりに身近過ぎて忘れそうになるが、ドルファの言う通り、みんなこの始まりの街では相当な実力者だ。今日はランジェさんもいてくれたが、リリアとドルファだけでも戦力的にはまったく問題なさそうなことが再確認できたな。

「とりあえず打ち合わせていた通り、何かあったらすぐに冒険者ギルドに連絡をして、ライザックさん達を呼びに行くで大丈夫そうだね」

「うん。たぶんこの街で一番強いのはライザックだから、とりあえずライザックさえ連れてくればなんとかなると思うよ」

「ライザックさんってそんなに強いんだ……」

「元Aランク冒険者だからな。引退したとはいえ、正面からまともに戦えば、少なくともこの街に彼より強い者はいないだろう」

そこまでなのか……

味方になってくれるなら、これほど頼もしいことはない。

「たぶん今日の出来事はすぐに広まると思うから、ちょっかいを出してくるやつらは減ると思うけれど、警戒はこのまま続けていこう。ランジェさんも街を出る時は尾行者には気を付けてね」

「ああ、了解だ」

「了解だよ」


「こんばんは～ブライモンさん、マドレットさんいらっしゃいますか？」

「おお、テツヤさんに、リリアさんか」

「あらあら、いらっしゃい。さあ、どうぞ上がってくださいな」

「それでは失礼します」

「お邪魔します」

従業員のみんなと今後のことを話し合ったあと、閉店作業をみんなに任せて、俺とリリアはアウトドアショップの隣にある不動産屋にやってきている。

この不動産屋は六十代くらいのご夫婦が経営しているお店だ。引っ越して来た時や新商品の販売を始める時は必ず挨拶に来ている。当然今回は昼間の件についてだ。

「しかし、昼間は災難だったらしいな。こちらの店まで騒ぎが聞こえてきたぞ。従業員のみんなは無事だったようでなによりだ」

「ええ。みんな怪我一つなかったのは、不幸中の幸いでした」

「テツヤさんが仰っていたように、すぐに衛兵さんに知らせに行きましたけれど、あれで大丈夫でした？」

「はい、マドレットさん。衛兵を呼びに行ってくれて、本当に助かりました」

結果的には冒険者ギルドのみんなの方が早く到着してくれたが、そのあとにマドレットさんや常連のお客さんが呼んでくれた衛兵達も到着したので、リジムン男爵の遣いの件について事情を説明した。

そのあと衛兵達は連行された遣いの者から話を聞くために、冒険者ギルドへと向かっていった。あの遣いの人達や男爵がどのような処分を受けるかは、ライザックさんとパトリスさんの報告待ちになる。

「なあに近所なんだし、お互いさまだろう。はっはっは！」

「そうそう、うちの店の隣にリリアさんみたいな強い元冒険者の人が来てくれて、私達も安心なんですよ」

「ああ。なにせ老夫婦二人でやっている店だからな。いくら治安の良い街であっても、悪いやつはどこにでもいるもんだ。お隣さんに元高ランクの冒険者が引っ越してきてくれて本当に助かるよ」

確かにこういう世界だからな。隣人が強い人だと大歓迎なのだろう。

「ああ、何かあったら頼ってくれて構わないぞ。私もできるだけ隣人の力になりたいからな」

相変わらず格好いいリリアである。

今日も敵と対面していた時も改めて思ったのだが、とても頼りになるんだよな。リリアがこのお店で働いてくれることになったのは、本当にラッキーだった。

「いつもお店のほうが騒がしくなって申し訳ないです。あっ、これは前回持ってきたのと同じで甘いお菓子です」

伝家の宝刀、ようかんとチョコレートバーである。うむ、営業もそうであるが、接待やお土産を渡すという行為はコミュニケーションを円滑にするために必要なことである。

「おお、これはありがたいなあ。あんな甘いお菓子を食べるのは初めてだったよ。たぶん貴族様でもこんなお菓子を食べることはできないんじゃないか？」

「ええ。甘くて本当に美味しかったですよ。それにテツヤさん達のお店に並んでいるお客さんが、うちの店の前に貼ってある広告を見ていってくれるから、いつもよりお客さんも店にやってきてくれるんですよ」

お隣さんが不動産屋でよかった。もしも同じような商品を扱っている商店だったら、ここまで友好的な関係にはなれなかっただろう。まあそれもあって、お店はこの場所を選んだんだけどな。

「そう言っていただけると助かります。今後ともどうぞよろしくお願いします」

「よろしくお願いします」

「ああ、こちらこそよろしく頼むよ」

「ええ、よろしくお願いします」

うん、ご近所さん付き合いも大事だよな。今週はランジェさんがいてくれたからよかったが、もしもランジェさんがいなかったら、ライザックさん達が来てくれるのはもっと遅くなっていたはずだ。

冒険者ギルドや衛兵に知らせに行くのは常連のお客さんやご近所さんに任せることになる。戦闘能力のない俺やフィアちゃんが行くのは危険だ。待ち伏せされている可能性もあるからな。普段のご近所さん付き合いはこれからもマメにしていこう。

ちなみに右隣のお店は薬屋さんで、向かいのお店は服屋さんだ。ブライモンさん達のお店に挨拶をしたあとは、そのままリリアと一緒に反対のお隣さんと向かいのお店へと挨拶しに向かった。

6章　アルファ化米と鍛冶屋への依頼

新商品の販売を始めて、いろいろとトラブルがあったが、なんとかこの一週間を無事に乗り越えることができた。

そして休みの日に例の貴族の遣いがどうなったのかと地図の作成状況を聞くために、リリアとランジェさんと一緒に冒険者ギルドを訪れている。

「テツヤさん、おはようございます。ギルドマスターの部屋へお願いします」

「はい、ありがとうございます」

なんだかんだで冒険者でもないのに冒険者ギルドの職員さんに顔を覚えられてしまった。毎週方位磁石や浄水器などを納めに来てもいるからな。

「残念ですが、リジムン男爵への追及はできませんでした」

「そうですか……」

やはりと言うべきか、パトリスさんが以前に言っていたように、冒険者ギルドを通さずに貴族からの遣いが来たことに関して、男爵に責任を負わせることはできなかったようだ。

「まあ、向こうにそんな遣いを出した覚えがないと言われてしまえば、それ以上のことは追及できねえな」

「ふむ……例の貴族の遣いの男が正式な男爵の遣いと証言しているのに駄目なのか？」

「それが男爵からの助けが来ないのを悟ったようで、例の遣いの男も証言を覆して、自分一人が勝手にアウトドアショップの評判を落とすために騒ぎを起こしたと言い始めましてね……」

「えっ、そんなのありなんですか？」

「まあ下手をしたら、解放されたあとに男爵に消されるとでも思ったんだろ。武器を抜こうとしていたから、衛兵に引き渡してしばらくは牢屋に入ってもらうが、別に命までは取りゃしねえからな」

「なるほど……」

「男爵程度にそれほどの力があるとは、とても思えないけれどねえ」

「ランジェの言う通り、男爵にそれほどの権限もないし、衛兵のいる牢屋を襲撃できるようなやつもいねえだろ」

……逆に言うと公爵みたいな上流貴族や王族とかなら事件を揉み消すこともできそうだし、それほどの人を雇うこともできるのかもしれない。

やっぱりいくら治安が良い街であるとは言っても、物騒な世界であることに変わりはないんだよなあ。

「少なくとも今回の出来事はこの街に広まるでしょうから、冒険者ギルドを通さずに直接このお店に手を出してくる輩は減るでしょう。すでにいくつかテツヤさんの店へ交渉したいというお話があるのですが、いかがいたしますか？」

「もう来ているんですか……そうですね、一応目を通させてもらいますね」

今までも店に直接交渉に来ていたお客さんや商人もいたが、基本的にはすべて断ってきた。アウトドアショップで売っている品を大量に購入したいという話しかなかったからな。たぶん大量に仕入れて、別の街で高く売るとかだろう。

今回来ている話もやはり商品の大量購入を希望する話だった。大きな商店から今アウトドアショップで販売している値段よりも高く大量に購入するという話も来ていたが、貴族の遣いの男にも言ったように、お金の問題ではないので断るとしよう。

とはいえ、方位磁石や浄水器など冒険者に早く広めたい商品もある。せっかく冒険者ギルドと協力することになったわけだし、方位磁石や浄水器などは他の街の冒険者ギルドに卸してみても良いかもしれないな。

「それではテツヤさん、こちらはテツヤさんが提供してくれた地図を基に写した簡易版の地図となります。大きな街や山や川のみで、小さな村は写しておりません。問題がないようでしたら、この簡易版の地図をさらに複製して販売させていただきたいと思います」

「あっ、もうできたんですね」

パトリスさんが机に二枚の地図を広げる。一方の精巧な地図のほうは、俺がアウトドアショップの能力で出した地図で、もう一方の地図はライザックさんとパトリスさんが信頼のおける人に依頼して写してもらった地図である。

地図の内容もそうだが、元の世界の高品質な紙やインクとは異なって、品質もだいぶ劣っていた。やはりアウトドアショップで購入した地図をそのまま販売していたら、完全に悪目立ちしてしまうところだったな。

「……ふむふむ、俺が見る限りは問題なさそうですね。リリアとランジェさんはどう？」

「問題ないと思うぞ。ちゃんとある程度知名度がある街しか記載されていない」

「うん、大丈夫そうだね。前に実際に使ってみたけれど、方位磁石と合わせて使うと本当に便利だったよ。たぶん地図と方位磁石があれば、初めて通る道でも迷うことはほとんどなくなると思うね」

目印になる山や川も記載されているから、よっぽどのことがなければ道に迷うことはなくなるだろう。

まあ、元の世界の人なら地図や方位磁石だけじゃなく、スマホのマップ機能や検索機能がないと道に迷う人はいるかもしれないな。俺も地図と方位磁石だけでは少し不安だ。

「二人ともありがとう。パトリスさん、ライザックさん、問題ないです」

「ありがとうございます。それではこちらの簡易版の地図を複製させていただきますね」

「うしっ、すでに大量に複製する準備は整っているからな。次の週には販売できるようになるだろ！」

すでに量産体制は整っているらしい。この一週間で写本ができる信頼のできる人を探して、さらに写した簡易版の地図を大量生産する準備を整えていたとは驚いたな。

それだけ冒険者ギルド側も地図の販売に力を入れるつもりなのだろう。冒険者ならよっぽどのことがない限り、地図は持っておいたほうがいいもんな。

「テツヤさんには毎月、売り上げの一部をお支払いします。ほとんどのギルド職員はテツヤさんが地図や図鑑に関わっていることを知らないので、お支払いの際は私かギルドマスターをお呼びください」

「わかりました」

俺が精巧な地図や図鑑を提供したことは冒険者ギルド職員にも秘密になっている。写本の基にした地図や図鑑も後ほど処分する予定だ。

最初は写本した地図や図鑑をアウトドアショップでも販売しようとも思っていたが、販売したせいで今回みたいな貴族がちょっかいを出してくる可能性はあるし、販売はすべて冒険者ギルドに任せることにした。

そもそもアウトドアショップの利益だけでも結構な金額を稼いでいるわけだし、最初の地図と図鑑を提供しただけで、少しの不労所得があるなら十分である。というより不労所得バンザイだぜ！

「ふう〜美味しかった。明日からテツヤのご飯が食べられなくなると思うと寂しいね……」

冒険者ギルドから戻ってリリアとランジェさんと一緒に晩ご飯を食べ終わった。

ランジェさんは明日の朝にまた別の街に出発してしまう。俺としてもランジェさんがいてくれると、魔法で冷えたお酒が一緒に飲めるから寂しい限りである。そしてお酒とは別に食事は大勢で食べたほうが美味しいもんな。

「そう言ってくれるのは嬉しいね。今週はランジェさんがいてくれたおかげでとても助かったよ。また収納魔法に入る分の料理を作っておくし、棒状ラーメンや他のやつも渡しておくからさ」

「うん、ありがとうね！」

予想通り棒状ラーメンとエナジーバランスの新商品は大人気で、結構なお客さんが来てくれた。今週はランジェさんがいてくれて大助かりだった。接客業は初めてだと言っていたが、これまでの経験があるのか、すぐに仕事に慣れていた。

……というかランジェさんて、いったいいくつなんだろ？

「また再来週からも新しい商品を販売するんでしょ？　よければまた手伝うよ」

「えっ、いいの！　ランジェさんがいてくれるとこっちはすごく助かるんだけど」

「そうだな。やはり新しい商品を販売してすぐはとても忙しい。ランジェがいてくれると助かるぞ」

来週は今週よりもお客さんも落ち着くとは思うが、また新しい商品を販売してすぐはお客さんが並ぶから、今週みたいにランジェさんがいてくれるとすごく助かる。

「うん、いいよ。店員の仕事も結構面白かったからね。しばらくは冒険者の依頼と半々くらいにして、このお店を手伝おうかな」

おお、それは本当に助かる。とはいえ本当にいいのだろうか？

今週ランジェさんがアウトドアショップで働いてくれた分の給金は他のみんなと同様に渡したが、Bランク冒険者の稼ぎに比べたら全然少ないと思うのだが……

「それに再来週は今週知り合った女の子と、こっちでデートする約束もしているからね！」

「「…………」」

うん、ランジェさんはランジェさんのようだ。

……というか、もしかしたらデートの方が本命で、お店の手伝いの方がついでだったりするのかも。

お金に関わらず、自分の気に入った依頼しか受けないそうだし、ある意味自由な冒険者らしいといえばらしいのかもしれない。

女の子にモテてデートなんて羨ましいとか、ほんのちょっとしか思ってないからな！

◆◇◆◇◆

さらに一週間が過ぎたが、予想通り新商品である棒状ラーメンやエナジーバランスを求めて、朝から大勢のお客さん達がお店に来てくれた。

やはり外に列を作って待ってくれているお客さん達のトラブルは多少増えたが、それ以外に大きなトラブルはなく、無事に先週を終えることができた。

先週はランジェさんがいなかったから、なかなか忙しかったな。アウトドアショップの能力がレベルアップしたことで購入できるようになった商品の中でも、棒状ラーメンとエナジーバランスは人気が出そうな商品だったから仕方がないか。

今週からはまた新しい商品を販売するし、冒険者ギルドの方では写した地図を販売する。また忙しくなりそうだ。


「やっぱりこのカレーは美味しいです！」

「ああ。この複雑な香辛料の味と、独特な辛さがあとを引くな」

フィアちゃんとドルファもカレーライスを美味しそうに食べている。

「うむ。ラーメンも美味しいが、こっちのカレーという料理も本当に美味しいぞ」

「本当だよね。こんなに美味しい料理が外でも簡単に食べられるんだからすごいよ」

収納魔法を使えるランジェさんは、カレーをいつでも温かい状態で食べられるから羨ましい。アルファ化米はお湯さえあればすぐに温かいご飯を食べられるが、カレーのほうは毎回温めないといけないからな。

ありがたいことに、今週はランジェさんもお店のほうを手伝ってくれ、今日からまた新商品であるアルファ化米を販売することになる。

週始めの今日は忙しくなりそうだから、開店前にみんなで早めのご飯を食べていた。レトルト味のカレーだが、この世界では棒状ラーメンと同様になかなかのご馳走である。

お店の二階の生活スペースで食べてはいるが、この美味しそうなカレーの匂いがお店に早くから並んでいるお客さんのほうにまで届かないことを祈ろう。このレトルトカレーも早く販売できるようにしたいところだ。

新商品を売り始める際はお客さんが大勢並んでしまうが、これればかりは仕方がない。

「さあさあ、いつも朝早くから当店に並んでいただきまして誠にありがとうございます。いつも通りお店を開く前に、本日から新しく販売する商品の説明をさせていただきます」

数日前からアウトドアショップに通知を貼っていたおかげもあり、多くのお客さんが並んでいる。今日は前回よりも多めに試食品を用意しているから大丈夫だろう。

「こちらはアルファ化米といって、お湯を加えて少し待つだけで、簡単に美味しい米という料理が食べられます！　時間は長くなりますが、普通の水を加えるだけでも簡単にできてしまう優れものです！」

「また見たこともない新商品だな！」

「へえ～お湯や水を入れるだけなんだ」

お湯ならば十五分で済むが、水だと一時間くらい掛かってしまう。それにお湯のほうが少し温かくてふっくらとした食感になるから、お湯で作るほうがおすすめだ。

「しかもなんとこちらのアルファ化米は、水分さえ加えなければ一月以上は持つという優れもの！冒険者には何があるかわかりません。森で迷ってしまったり、怪我をして動けなくなってしまった時の非常食としてもお使いください！」

「それは便利ですね」

「前のエナジーバランスも非常食といいながらうまかったから楽しみだぜ！」

パッケージに入っているアルファ化米なら五年は持つらしいが、パッケージも乾燥剤もなければ、よくて半年くらいではないかと思う。少なくとも初めてアルファ化米を購入してから一月ほど経過したものを食べてもなんの問題もなかった。

「論より証拠に、こちらが十五分ほど前にお湯を加えたアルファ化米になります。アルファ化米は四種類ありますが、これも棒状ラーメンと同じで、お一人様一つずつでお願いします」

「うわ〜これも制限があるのかあ……」

「また並ばないといけないわね……」

アルファ化米は五回分をワンセットにして販売するが、他の商品と同じで購入制限を付けているし、一日の販売量も決めてある。お客さんには申し訳ないが、それほど大きくないこのお店で無制限に商品を販売するのはいろいろとまずいからな。

アルファ化米はいつものように木筒に入れて販売し、使った木筒はまた回収して再利用する。元の世界のアルファ化米には、パッケージの中にここまでお湯を注いでくださいという線があったが、こっちの世界ではシェラカップを使わないと正確な水の量がわからない。

「お湯の量はこちらのシェラカップで計るのがおすすめですよ」

棒状ラーメンの時も活躍したこのシェラカップだが、アルファ化米の水分量は結構シビアだ。計量だけでなくインスタントスープや料理を入れたり、炒めたりもできる万能ツールなのでおすすめしておく。

いつものように早くから並んでくれたお客さんのために試食用のアルファ化米を小さなおにぎりにして用意してある。

「おお、モチモチしてうまいな！　それにいろんな具材が入っているぞ！」

「こっちのオレンジ色のは酸味が少し効いていて美味しいわね！」

「こっちのは刻んだ海藻が入っているようだ。少ししょっぱくていけるな」

アルファ化米は普通の白米に、五目ご飯、チキンライス、わかめご飯の合計四種類がある。

「……教えてもらった通り、この白いやつは味がほとんどないんだな」

「こっちの白米は他のオカズや味の濃いものと一緒に食べると美味しいですよ」

この中だと、たぶん味が付いていない白米の売り上げが一番少ないと思う。しかし、白米は料理をする上では必須だし、今後味の濃い様々な料理と合わせて真価を発揮することがわかれば、徐々に売れていくだろう。

今回試食品の量は足りたようだな。棒状ラーメンと違ってご飯は多く作りすぎても問題ないから、多めに作っておいて正解だったようだ。

「続いての商品はテントとチェアと寝袋になります」

「おっ、一気に三つも出てきたぞ」

「へえ～初めてこの店で大きな商品が出てきたな」

先週ランジェさんにこれらのキャンプギアの使い心地を確認してきてもらい、問題ないようなので販売することにした。

ドルファとランジェさんが大きめの袋を持ってきてくれる。他のキャンプギアや商品の包装はなかったけれど、この三つに関しては専用の袋が付いていた。

お客さんの言う通り、これまでは小さなものが多かったかもしれないが、アウトドアショップの能力がレベル4になり、大きな商品も出てきた。やはりこの辺りがあるとアウトドアショップと言えるだろう。

「まずはテントです。一般的に販売されているテントとは組み立て方が異なるので、こちらをご覧ください」

俺の合図でドルファがテキパキとテントを組み立ててくれる。

「ふ〜ん、二本のポールを布に通して建てるのか」

「確かに簡単そうだな」

こちらの世界のテントは一、二本のポールを立てて、そこに布を張るテントだ。それよりも組み立てがシンプルで、ペグと紐で布を張らなくとも自立できるのが良い点である。

「とても簡単な構造をしているので、誰でも簡単に組み立てることができ、しかも従来の物よりも丈夫で長持ち。お値段は金貨二枚となります！」

このテントは銀貨五枚で購入できるので、一つ売れるだけで金貨一枚と銀貨五枚の儲けとなる。

正直に言うともっと安く販売したかったのだが、他の店で販売されているテントよりも質が良くて安すぎるとまずいからな。

この店で扱うテントは少し高級な丈夫で便利なテントとして販売するつもりだ。

「でもテントはまだいいかな」

「冒険者ランクが上がって次の街へ行く際に買っていくか」

そう、確かにこの世界にあるテントよりも便利ではあるが、この街ではあまり需要がないと思っていた。アレフレアの街では野営をするような依頼はほとんどないらしいからな。野営用の道具であるテントや次に紹介する寝袋の需要はそこまでないのだろう。

「寝袋は金貨一枚となります。こちらの寝袋は丈夫で暖かいのが特徴となります」

「こっちもまだいいかな」

「いつかは日をまたぐ依頼を受けてみたいぜ」

アウトドアショップで購入した寝袋は銀貨五枚で、いわゆる化学繊維と呼ばれる素材でできている。こちらの世界の寝袋は魔物の羽毛を素材としているダウンだ。

元の世界ではダウンの方が軽くて高級品として扱われており、暖かさで言ってもダウンの寝袋に軍配が上がる。化学繊維は水に少し強く、ふんわりしているといった特徴がある。

寝袋に関しては同じ値段であっても、この世界の物の方が暖かく眠れるかもしれないな。こちらの世界の素材の方が優れているということもあるようだ。

「最後はチェアとなります。こちらのチェアはとても簡単に持ち運ぶことができます。野営の時だけでなく、普段使いもできますよ。お値段は銀貨三枚となります」

「おおっ、これは面白いな！」

「場所を取らないで置けるのはいいな」

チェアは銀貨二枚で購入できたので、銀貨三枚で販売する。正直なところ、この世界の人達は地面に座ることにあまり抵抗はないので、屋外での需要があるかは微妙なところである。

フレームを広げて座れる椅子の仕組みは面白いので、テントと同様に鍛冶屋のグレゴさんのような職人さんは興味を持ってくれるかもな。

「それではお店を開きますので、順番にゆっくりとご入場ください」


「「ありがとうございました」」

今日の最後のお客さんが退店した。

「ふう～なんだか日に日にお客さんが増えている気がするよ」

「そうだな。ランジェがいてもなかなかに忙しい。もう少しお客さんが増えるようなら、もう一人店員を雇っても良いかもしれないな」

確かに新商品を販売していく度にお客さんが増えてきているようだし、リリアの言う通り新しい従業員をもう一人くらい雇ってもいいころかもしれない。

「僕もようやく仕事に慣れてきたかな」

「ランジェさんも一人で大丈夫そうだったね、さすがだよ」

ランジェさんはまだ接客を始めてから二週目なのに、すでに接客はみんなと同じくらいできるようになっている。このあたりは性格の合う合わないもあるからな。ランジェさんは接客業にも向いているようだ。

ちなみに昨日は前に約束していた女性の冒険者とデートしていたらしい。今日はそれとは別の女の子に声を掛けていた。まあ、お店に影響が出ない限りは止めるつもりはない。

……ちっとも羨ましくなんてないぞ！

「…………………」

「あれ、ドルファ、大丈夫？」

「ドルファお兄ちゃん、どうしましたです？」

「あ、ああ。すまない、大丈夫だ」

ドルファが天井を見てボーっとしていたことに気付き、俺とフィアちゃんがほぼ同時に声を掛けると、ドルファは頭を振ってそう答えた。

「最近は忙しくて疲れたよね。体調が悪そうなら、明日は休む？」

「いや、本当に大丈夫だ。少し考え事をしていただけなんだ」

「……わかった。みんなもそうだけれど、体調が悪かったら、無理だけはしないでね」

俺だけでなくフィアちゃんも気になるくらいだった。ドルファ自身がそう言うのなら大丈夫だろうけれど、新商品の発売日から数日間はどうしても忙しくなってしまう。

誰かが体調不良になると従業員の人数的にも厳しいし、やはりもう一人くらいは人を雇った方がよさそうだな。

◆　◇　◆　◇　◆

「すみません、本日の営業はついさっき終わってしまったところで……」

「そうか、間に合わなかったようだな。どうする、テツヤ？」

「今日は約束もしていないからね、明日また改めて来よう」

新商品の販売を始めてから二日後、今のところはアルファ化米の売り上げは順調だ。テント、寝袋、チェアの売上は予想通りぼちぼちといったところだろう。

今日はお店を閉めたあと、みんなで閉店作業を終えてから、リリアと一緒に前に一度訪れたグレゴ工房へとやってきた。ちなみにランジェさんは今日は別の女の子とディナーらしい……

残念ながらタッチの差で鍛冶屋の営業は終わってしまったようだ。明日は閉店作業をもう少し早めに終わらせてから来るとしよう。一応グレゴさんへ伝言を残しておこうかな。

「おう、リリアにテツヤじゃないか？」

「あっ、グレゴさん」

「お、親方!?」

「グレゴ殿、ご無沙汰しているな。すまない、ちょっと依頼したいことがあったのだが、遅くなってしまった。また明日改めてお邪魔させてもらう」

「なんじゃ、別に構わんぞ。リリアとテツヤの依頼か、面白そうじゃ。さあ、中に入ってくれ！」

グレゴさんはこのアレフレアの街で一、二を争うほどの有名な鍛冶屋の親方だ。元Bランク冒険者のリリアもこの街に戻ってきてからは、グレゴさんに武器や防具の手入れをお願いしている。

以前にリリアの紹介で挨拶に来たことがあるが、ローテーブルや折りたたみスプーンやフォークなどのキャンプギアにすごく興味を持っていた。それに今のアウトドアショップがオープンしてからも何度かお店に来て、商品を買ったりもしてくれていた。

「そういえばまた新しい商品を売り出したようだが、どんな商品だ？　前に売っていたあのシェラカップとかいう計量ができる道具だが、あれはかなり良い仕事をしておった。どれもきっちり同じ形に加工されておって、正確に同じ量の水を計れるようになっておったぞ！」

「ありがとうございます。今回はお湯を加えると食べられるようになる非常食です。いろんな味もあって、普通に食べてもなかなか美味しいと思いますよ。あとは組み立てて使うテントやチェアなんかがありますね。興味があるかと思って持ってきていますよ」

「おおっ、それはありがたい。非常食よりテントやチェアが気になるのう」

やはりグレゴさんは棒状ラーメンやインスタントスープよりも、テントやチェアのようなキャンプギアのほうに興味があるらしい。まさに職人さんといった感じだな。

「それで、儂に依頼とはどういった用件じゃ？」

「こんなことをグレゴさんに頼んで良いのかわからないんですけれど、作ってもらいたい物がありまして……」

リリアに相談したところ、グレゴさんなら面白そうな依頼を引き受けてくれるだろうというわけで、駄目元で相談にやって来た。

この世界の工房では武器や防具などの鍛冶だけでなく、家を建てたり、道具を作ることも引き受けているらしい。

「普通の容器ではなく、完全に密閉できて熱湯の中に入れても問題なく、繰り返し使える容器を作ってもらいたいのです」

ここまで言えば元の世界の人ならわかると思うが、繰り返し使えるレトルトパウチみたいな容器が理想だ。もしもそれができれば、レトルトカレーの販売もできるようになる。

そもそも食べ物が傷む理由は、空気中にいる微生物が食べ物にある水分を使って増殖し、その過程で食べ物が腐っていくからだ。

それをできる限り防ぐためには、燻製や塩漬けなどで食べ物の水分を極限まで減らしたり、他の微生物や菌が入らないように密閉した上で煮沸消毒することによって、中の微生物や菌を殺菌することができ、増殖を防ぐという方法が挙げられる。

今回は後者の方法を取りたいのだが、市場を探してみても、密閉した上で煮沸消毒に耐えられる容器は見つからなかった。見つからないのならば作ってしまおうという発想でグレゴさんの鍛冶屋を訪れたというわけだ。

「ふむ……いろいろと難しそうじゃのう」

「実は今度こういった商品を販売しようと思っていたところでして……」

持っていたバッグから、一口サイズのようかんとチョコレートバーを取り出した。

「こいつは食い物なのか？」

「ええ、実はこれはお菓子なんです。まずは味を見てもらえませんか？」

「ふむ、この街で菓子とは珍しいな。どれ……ほうっ！　こいつは甘いわい！　それに甘いだけじゃなくうまいのう！　こいつは儂が今まで食べたことのあるどんな菓子よりもうまいぞ！」

おお、そこまで食に興味がなさそうなグレゴさんでもここまでの反応を見せるとは、ようかんとチョコレートバー恐るべし……

「実はこのお菓子なんですけれど、ただ甘くて美味しい菓子というだけではなくて、カロリー……エネルギーもあって携行食としても優秀なんですよ。ですが、唯一欠点があって、それほど日持ちしないんです」

他に販売している棒状ラーメンやエナジーバランスやアルファ化米とは異なり、ようかんとチョコレートバーは密封しないとあまり日持ちしない。そのため、店での販売は控えていた。

しかし、レトルトパウチみたいな容器があれば、レトルトカレーだけでなく、ようかんやチョコレートバーなどのいろいろな商品が販売できるようになり、他の街にまで商品を運んで販売することができるようになる。

「……なかなか面白そうじゃな。それにこの菓子が食えるようになるのはありがたいのう」

「試作品を作る費用についてはすべてこちらで持つので、試してみてもらえませんか？」

レベルアップして扱う商品が増えてから、店の利益も大幅に増えた。そのおかげでグレゴさんに試作品を作ってもらうくらいの余裕はできた。

もちろん試作費用の上限は決めさせてもらう。グレゴさんみたいな職人さんって、こだわるところにはとんでもなくこだわるからな。知らないうちにとんでもない素材とかを使われては困る。

「うむ、ええじゃろ！　この依頼引き受けるぞ。ただし、今は他にも多くの依頼を受けておるから、少しばかり時間が掛かるかもしれん。それでも良いか？」

「ええ、もちろんです！　よろしくお願いします！」

おお、まさか本当に受けてもらえるとは思わなかったぞ。別にこちらも急ぎではないからな。のんびりと試作品ができるのを待つとしよう。

７章　新たなる問題

　グレゴさんに試作品の依頼を無事に受けてもらうことができてから三日が経った。

「今日もお疲れさま。みんなのおかげで今日も無事に乗り切れたよ」

　今週も新商品であるアルファ化米の販売を始めたし、特にお客さんが並ぶ昼過ぎまでの時間はとても忙しかった。その時間帯を過ぎれば、新商品が売り切れてお客さんもだいぶ落ち着いてくれる。

「新しいアルファ化米の売り上げも順調そうだね。棒状ラーメンやエナジーバランスもそうだけど、やっぱり日々の食事は大事だよ」

「最近では冒険者だけでなく、普通の人も日々の食事や軽食として購入しているみたいだからな」

「フィアのおうちでもたまに食べるです！」

　確かに最近では冒険者の格好をしていない人もアウトドアショップに来て食品系の商品を購入してくれている。本当は駆け出し冒険者にこそ買ってほしくて安く販売しているのだが、そのあたりは難しいところである。

　ちなみに従業員のみんなには棒状ラーメンやアルファ化米の他にも、ようかんやチョコレートバーなどをアウトドアショップで購入できる原価で販売している。このあたりは従業員の福利厚生扱いだな。うちのお店はホワイトなお店を目指しております。

「そういえば冒険者ギルドで販売を始めた地図の売れ行きも順調らしいね」

うちのお店の常連さんに聞いた話だが、今週の頭から冒険者ギルドで販売されたアレフレアの街周辺の地図もだいぶ売れているらしい。

「今まであった地図よりも詳細で広い範囲がある地図だからな。それに販売価格も高くはないし、冒険者であれば大半の者が購入するだろう」

「そうだね。ここから他の街に移動する時や、依頼で遠くに向かう時も絶対にあったほうが便利だよ。それに方位磁石と合わせて持っていると、より正確な道がわかるからすごいよね」

ランジェさんとリリアの言う通り、やはり冒険者にとっては方位磁石や地図は本当に重要なのだろう。地図の売り上げの一部はうちの店にも入ってくるし、地図を販売することによってうちのお店が忙しくなることもないし、販売は冒険者ギルドに一任して正解だったようだ。

次に冒険者ギルドへ行った時に詳しい報告を受けるとしよう。


「テツヤさん、フィアちゃんを送ったあとに話があるんだが、少し時間をとってもらえないか？」

「時間は大丈夫だけど、どうしたの？」

「……詳しくはあとで話す。フィアちゃんを送ったらすぐに戻ってくるから、少しだけ待っていてくれ」

「……わかった、待っているよ。話を聞くのは俺一人のほうがいいよね。あとでリリアとランジェさんには上の部屋で待っていてもらうよ」

「いや、二人が一緒でも問題ない。むしろ二人にも聞いてほしい話だ」

「わかった……」

いつになく真剣な顔でドルファが話してくる。おいおい、ちょっと待ってくれよ。これってどう考えても……


「うわ～マジかあ……これ絶対にドルファがお店を辞めちゃうやつだよ！　そういえば最近はボーっとしている時もあったな。どうしてその時に気付いてやれなかったんだよ！」

「テツヤがドルファからどう聞いたのかはわからないが、たぶん違うと思うぞ」

「いや、俺の世界では仕事を辞めるって言う時はこういう雰囲気になるんだって！　マジかあ～ドルファに辞められるとすごく困るのに。なんでだろう、給料が低かったからか？　それとも仕事が忙しすぎたからか？　今からでも給料を上げたら考え直してくれないかなあ……」

伊達にブラック企業で数年間働いてきたわけではない。俺は何人もの同僚が会社を去っていくのを見送ってきた。

その中には辞める直前に最近のドルファのようにどこか上の空だった人もいた。他にも何も話さなくなったり、会社の愚痴を急に言い始めたりと、どこかしら普段と違う行動が目立つようになる。

ドルファもこの店での仕事にだいぶ慣れてきてくれた。言葉遣いは元の世界の接客に比べればまだそこまで丁寧とは言えないが、こちらの世界ではこれくらいで問題ない。

接客のほうも問題ないし、最近ではもう計算間違いもほとんどない。イケメンで女性冒険者にも人気があるし、護衛もできるほどの強さも持っている。少なくともこの始まりの街で、ドルファのような人材と再び巡りあうことは今では不可能に思える。

「う～ん、ドルファもここで楽しそうに働いていたように見えたけどなあ。僕としてはここでの仕事にはなんの不満もないけれど、僕はちょっと変わっているって自覚しているからねえ」

ランジェさんがそう言ってくれるのはとても嬉しいが、確かにランジェさんの基準が少し人と違うのは否定できない。

「リリアは何か不満とかあったりしない？　明日フィアちゃんにも聞いてみないと。店主の俺に問題があるとか言われたらマジで凹むんだけど……」

「とりあえず落ち着けテツヤ、不満なんてない。少なくとも店に対する不満でないことは、私が保証するから安心しろ。もしも本当にドルファが辞めるとしたら、おそらくは家庭の……いや、妹のアンジュの事情だろうな」

「そうなのかな。もしそうなら何か力になれるといいんだけど……」

もしもドルファかアンジュさんに何か事情があるのなら、力になってあげたい。従業員が快適に働ける環境を作るのも店主の仕事である！

コンコンッ

「テツヤさん、待たせてしまってすまない」

「大丈夫、今開けるよ」

リリアとランジェさんと話をしていたら、ドルファが帰ってきた。

「夜分遅くにすみません」

「いえ、大丈夫ですよ。アンジュさんもどうぞ上がってください」

ドルファと一緒にアンジュさんも来ている。やはり、これはアンジュさんになにか事情があるのかもしれない。

このお店には応接室なんてものはないので、普段生活している居間のテーブルにドルファとアンジュさんが着き、その正面に俺とリリアとランジェさんが着く。そしてゆっくりとドルファが話を切り出す。

「実は……」

胃が痛い……

お願いします、頼むからドルファが店を辞めるとか言い出さないで！

「テツヤさんに頼みがある。妹のアンジュをこの店で雇ってくれないか！」

「テツヤさん、私をこちらのお店で雇っていただけないでしょうか！」

うん？　アンジュさんを雇う？

「アンジュさんをこの店で雇う……ということはドルファはこの店を辞めるわけじゃない？」

「……もちろん従業員が十分に足りていると言うなら、俺がアンジュの代わりに辞めるのは仕方がない。だが可能ならば、俺もこのままこのアウトドアショップで働き続けたいんだ」

「いやいやいや、従業員はむしろ足りてないから！　ドルファもこの店で働くことに慣れてきてくれて頼りになるし、お客さんからの評判も良くて、店での護衛もこなしてくれるから本当に頼りにしているんだ！　ドルファにはこのまま引き続き働いてほしいから！」

「そ、そうか」

あまりに勢いよくまくし立ててしまったから若干ドルファが引いてしまった。ドルファが辞めるわけではないと聞いて、本当に安心したのだ。

「テツヤはドルファがこの店を辞めるのではないかと心配していたんだ。何かこの店に不満があるんじゃないかと見当違いなことを考えていたんだぞ」

「ちょっ、リリア！」

「まさか!?　給与は他の店よりも高くて、休みも一日どころか二日もある。他の駆け出し冒険者達の役に立てて仕事にやりがいもあるし、何より俺を雇ってくれて、一から丁寧に仕事を教えてくれた。感謝こそすれ、不満なんて何一つないぞ！　むしろこんなによくしてくれているテツヤさんにさらに頼みごとをするのが申し訳なかったんだ」

「ドルファ……」

「だからテツヤは心配し過ぎだって言ったじゃん。他の店がどうかは知らないけどさ、このお店はとても良いお店だよ」

「俺も店を持つことなんて初めてだし、人を雇うなんてことも初めてだったからさ……わからないことばかりだし、みんなにはいろいろと迷惑を掛けることもたくさんあったし。ドルファが辞めないでくれて本当によかった……」

元の世界で働いていたブラック企業で後輩が入ってきたこともあったが、すぐに辞めてしまった。その時もドルファのように真剣な表情で話があると切り出されて、仕事を辞めると言われた。その時の理由は俺ではなく会社に不満があると言ってはいたが、先輩の俺がもう少し何かできたこともあったんじゃないかと考えたりもした。今考えると後輩はあの会社を辞めて正解だったと思うが。

「あれっ、でも最近は少しボーっとしていることが多くなかった？」

「ああ、それについてはすまない。アンジュのことを考えていたら、つい呆けてしまっていたんだ」

「…………」

まあ、ドルファらしいと言えばドルファらしい。

「あっ、ごめん、ごめん。アンジュさんがこの店で働きたいって話だよね？　もちろん大歓迎だよ。お客さんも増えてきて、ちょうどもう一人くらい従業員を増やそうかなと思っていたところだったんだ」

「本当ですか！　あのっ、でも本当に大丈夫なんでしょうか？」

「アンジュさんとは何度か話していて、性格に問題ないことは知っているから。それに商店に勤めていたって言っていたから、計算も多少はできるよね。まあできなくても少しずつ覚えていけばいいだけだからさ」

「はい、計算はできます。兄から聞いていた仕事の内容でしたら、前の仕事とほとんど同じなので大丈夫だと思います」

「うん、それなら大丈夫だよ。これからよろしくね」

いやあ、一時はドルファが辞めてしまうかとも思ったが、むしろ従業員が増えてくれるとはな。本当に助かったぜ。

「……あの、その前にテツヤさん達に一つだけ話しておきたいことがあります。悪いけれど、兄さんは私がいいと言うまで外に出ていてね」

「いいや！　何の話かはわからないが、アンジュの話なら俺も……」

「いいから、早く！」

「おう！」

「「…………」」

アンジュさんの命令によって、ドルファが即座に外へ出て階段を下りていく。本当に妹さんには絶対服従のようだ。

「あの、雇っていただいてもらうかの前に、先にテツヤさん達に前の店を辞めた理由をお話しておきたいと思います」

「そういえば、前に話した時は今の職場が嫌だって言っていたね」

確か以前にバーベキューをした時にそんなことを言っていたはずだ。

「はい、実はその商店で一緒に働いていた男性の店員に付きまとわれてしまっていて……」

「えっ!?　付きまとわれるって……」

「その男性から告白されたのですが、性格が合わないと思ってきっぱりとお断りしました。ですが、その後から何度も言い寄ってこられたり、跡を付けられたりするようになりまして……お店の店主にも相談したのですが、取りあってくれませんでした。街の衛兵さんにも相談したのですが、実害が出ていないからと同様でした。もしも兄と同じ職場で働ければ、兄と一緒に帰宅することができるので、安全に帰ることができます」

「なるほど……確かに実際に言い寄られるだけでは衛兵も関与できないか。兄のドルファに相談すれば、むしろドルファがやり過ぎて逮捕されかねないというわけだな……」

う〜ん、日本でもストーカー規制法ができたのはすこし前だし、この世界では実害が出てからでしか衛兵も手を出せないというのも理解できる。しかし、実害が出てからではもう遅い。

かといってドルファに話すと、下手をすれば……というより、ほぼ確実に相手をボコボコにしてドルファが逮捕される結末になりそうだ。

「女性を怖がらせるのは許せないね。アンジュさん、ちょっとその男の名前と人相を教えてくれない？　大丈夫、僕ならバレずにボコボコにするから！」

「えっ、えっと……それはさすがに……」

……ランジェさんもしれっと怖いことを言うなあ。

プレイボーイではあるが、女性は大切にしているみたいだし、女性に迷惑行為をするのは許せないのだろう。

「もしかしたら、その人がこのお店に来てしまうかもしれません。ですので、皆さんにも迷惑を掛けてしまう可能性がありまして……」

先に理由を話しておきたいというのはそういうことか。もしかしたらそのストーカーがこの店にやって来たり、騒ぎを起こす可能性もある。

わざわざ自分が不利になることを自分が雇われるかどうかを決める前にちゃんと話してくれたし、アンジュさんはいい娘だな。それなら俺の答えは決まっている。

両隣を見ると、リリアもランジェさんも俺が何かを喋る前に目を見て頷いてくれた。この異世界にやってきて何度も思ったことだが、やはり俺は従業員に恵まれているようだ。

「問題ありませんよ。アンジュさんをアウトドアショップの従業員として雇います。もちろん従業員の安全は最大限守りますから！」

「……本当によろしいのですか？」

「ええ。うちのお店にはリリアやランジェさんもいますし、冒険者ギルドとも協力関係にあります。普通の商店よりは安全だと思いますよ」

俺自身にはアンジュさんを守る力なんてないが、うちのお店には頼りになる従業員がいる。それに何か問題があったとしても、きっとライザックさんとパトリスさんが力になってくれるはずだ。他力本願であるが、俺の周りには頼りになる人が大勢いるからな。

「テツヤならそう言うと思っていたぞ！　アンジュ、安心してくれ。アンジュに付きまとう男が現れたら、私達でなんとかする！」

「うん、僕もリリアもいるからね！　大船に乗ったつもりで任せておいてよ！」

二人とも頼もしい限りである。

「皆さん……ありがとうございます！　ご迷惑をお掛けしますが、よろしくお願いします！」

◆　◇　◆　◇　◆

「テツヤさん、今日からよろしくお願いします」

「アンジュさん、こちらこそよろしくね」

「アンジュで大丈夫です。皆さんもお気軽に呼び捨てで呼んでくださいね」

今週の休日、アンジュがお店へとやってきた。今日は休日を使ってアンジュの新人研修をすることになった。そしてアンジュが来るということで、当然ながら……

「やはりエプロン姿がとても似合っているぞ、アンジュ！　まるで神話に出てくる女神様のようだ！　お兄ちゃんがなんでも教えるから任せておいてくれ！」

「はあ……兄さんは離れて見ていてください」

シスコンの兄であるドルファも呼んでいないのにお店へやってきている。まあ仕事を教える手伝いをしてくれるのならありがたいか。

アンジュもこの店で使っているエプロンを着用している。レーアさんとアンジュが作ってくれていた予備の物だ。

このエプロンを着けていれば一目でこの店の店員とわかるだろうし、リリアやフィアちゃん、そしてアンジュにもよく似合っている。もうこのエプロンがこの店の制服でいいかもしれないな。

「接客力を鍛えるなら、僕に任せておいてね！」

いや、この店ではランジェさんが一番仕事を始めてから日が浅いんだけどね……

ランジェさんは今週も引き続きお店で働くと言ってくれた。アンジュがお店を移ってすぐに例のストーカー男が姿を現す可能性もあるし、なにより初めて自分の後輩ができて張り切っているのかもしれない。

「私もいるから、わからないことがあれば何でも聞いてくれ」

「はい。ランジェさん、リリアさん、いろいろとご迷惑をお掛けすると思いますが、よろしくお願いします」

今日は休みの日だが、いつも通りリリアとランジェさんはいるので、アンジュの新人研修に付き合ってくれるようだ。

「まずはレジの練習から始めよう。前のお店でも経験があると言っていたから、それと同じようにやってみて。商品の金額はそこの一覧に書いてあるよ。値段は少しずつ覚えていけばいいからね」

「わかりました」

「みんなはお客さん役として、いくつかの商品を籠に入れてレジへ並んでみて。お釣りの計算もできるらしいから、店にあるお金を使って支払いのところまでやってみよう」

「うん、了解だよ」

「わかったぞ」

「任せてくれ！」

俺がそう言うやいなや、ドルファは一気に店内をダッシュしていった。店内で走るのは禁止なんだけれどな……。

「方位磁石とカラビナと浄水器ですね。全部で銀貨六枚です」

「ああ、金貨一枚で頼む」

「はい、銀貨四枚のお釣りとなります。ありがとうございました」

お客さん役のリリアからお金を受け取り、瞬時に計算をしてお釣りを渡すアンジュ。

うん、計算も早いし、商品の渡し方から営業スマイルまで完璧だ。前の店でのレジとまったく同じで問題なさそうだな。

「銀貨二枚と銅貨四枚のお釣りになります、ありがとうございました」

「ありがとうな、アンジュ。ああ～やはりアンジュの笑顔は最高だ！」

「……………………」

アンジュの営業スマイルに顔を崩すドルファ。そしてまた店内をダッシュして商品を取りにいく。

アンジュは営業スマイルを崩してはいないが、内心ではため息でもついていそうだ。

……張り切るのはいいけれど、やっぱりお客さん役としては不向きだな。あんなお客さんがいるわけがない。

「レジは問題なさそうだね。次は商品の品出しとお客さん対応の練習をしよう。みんなはお客さん役としてアンジュにいろいろと聞いてみてね」

お次は品出しの練習だ。

基本的に倉庫から足りなくなった商品を補充するのは俺やドルファの役割だけれど、忙しい時には他のみんなにも手伝ってもらっている。

方位磁石などの軽い商品はフィアちゃんでも品出しできるよう配慮し、倉庫の下の方へ置くようにしている。

「すみません、棒状ラーメンって商品を探しているんですけれど」

「はい、棒状ラーメンですね。こちらになります」

品出しをしている最中にお客さん役のランジェさんがアンジュに商品の場所を聞く。するとアンジュはスムーズにランジェさんを商品の場所まで案内する。すでに商品の場所もある程度覚えているようだ。

「ぐぬぬ……」

「ほら、ドルファはそんな顔でお客さんを睨まないで」

むしろこっちの方が問題だよ。ドルファは俺の横でお客さん役のランジェさんを睨んでいる。商品の場所を聞いただけで本当のお客さんを睨んだら絶対に駄目だからな。

「すまない、このローテーブルという商品はどうやって使うんだ？」

「……申し訳ございません。そちらにつきましては私ではわかりかねますので、すぐにわかる者を連れてまいりますね」

リリアの質問にはその回答が正解だ。自分がわからないことに対しては適当なことを答えるよりも、すぐにわかる人を呼んだ方がいい。

どうやらお客さん対応についても大丈夫そうだ。

「アンジュ、その商品はこうやって組み立てるんだぞ」

「ちょっとドルファ！　お客さん役が教えに行かないで！」

「兄さん……教えてくれるのは嬉しいけれど、今はちゃんとお客さん役をやってちょうだい」

「あ、ああ。すまない！」

またしても問題はこっちの方だ。

今は練習中だからいいけれど、この調子ではアンジュが困っていたら自分の対応している目の前のお客さんを放り出してアンジュの方へ行きそうで怖い。

先が思いやられるぞ……。


「うん、まったく問題なさそうだね。今みたいな感じで働いてもらえれば大丈夫だよ」

「はい、ありがとうございます」

「……うん、僕が教えることは何もなかったみたいだね」

「私も精進しなければ……」

アンジュは今までずっと商店や飲食店で働いていたらしいし、接客業を始めてからまだ一ヶ月も経っていないランジェさんよりも接客がうまいのは当然と言えば当然だ。このお店の店員として板についてきたリリアにとってもいい刺激となったみたいだ。

「ああ、さすがアンジュだ！　まるで天使のように美しい！　しかし、こんなに美しい店員がいるなら、必ず邪な思いを持つ男がいるはずだ。常に目を光らせておかなければ！」

「「…………」」

どちらかというとアンジュの接客よりも、アンジュに対するドルファの反応のほうが問題になりそうである。

「……兄さん、わかっているとは思うけれど、何か問題を起こしたら私達二人ともクビになるのよ。絶対に軽率な行動だけは取らないでね！」

「あ、ああ……わかっているさ！」

一応ドルファのアンジュに対する過保護な対応については知っているが、それについてはアンジュのほうが長年付き合ってきたこともあり慣れているだろう。

もちろんよっぽどの問題を起こさない限りは、二人をクビにするなんてことはしないが、ドルファにはしっかりと釘を刺しておかないといけない。

このお店のお客さんの大半は男性冒険者なので、綺麗な容姿をしているアンジュに声を掛ける人も多いだろう。さすがにその度にお客さんへ突っかかられては困る。その場合には本当にアンジュを雇うのを止めなければならなくなってしまう。

「……何かあったらリリアとランジェさんに任せるけれど大丈夫？」

「ああ、とりあえず止めることならできると思うぞ」

「僕もたぶん大丈夫かな」

アンジュに害を与えたり、セクハラをするようなお客さんがいたらぶっ飛ばしてもいいとは思うが、さすがにやり過ぎてしまってはドルファ自身が逮捕されてしまう可能性もある。その場合はリリアやランジェさんに全力で止めてもらうしかない。

こっちの世界は元の世界とは違って、殴ったら即傷害罪で逮捕みたいなことはないが、やり過ぎれば衛兵に捕まってしまうからな。

「……重ね重ねご迷惑をおかけします」

「そのあたりも含めてアンジュを雇うわけだから、そこまで気にしないでいいからね」

とりあえずドルファと同じで一週間の試用期間になるから、どうなるか様子を見てだ。少しずつ矯正できそうならそれでいいとは思う。

それにしてもストーカーかあ……アンジュも綺麗な女性だからな、綺麗な子は綺麗な子でいろいろと大変らしい。

そしてアンジュがお店に入ったことにより、より一層俺のフツメン具合が際立ってしまうことになる。ドルファとランジェさんは強いイケメンだし、リリアとアンジュは美人、フィアちゃんは可愛い女の子だし、店主の俺の影がますます薄くなるような……いや、気のせいに違いない。

◆　◇　◆　◇　◆

「いらっしゃいませ、アウトドアショップへようこそ！」

「あっ、はい。えっとアルファ化米っていう新しい商品がほしくて……」

「はい、こちらになります。味が四種類あるので、その中からお選びください。調理方法につきましてはこちらに記載されております。こちらの白米は味が薄いですが、他の料理と合わせて食べるととても美味しいですよ」

「あ、ありがとうございます！　えっと……この店には何度か来ているんですけれど、新しい店員さんですか？」

「はい。本日からアウトドアショップで働かせていただくことになりましたアンジュと申します。よろしくお願いしますね！」

「は、はい！　この白米のやつをください！」

「ありがとうございます」

……う〜む、堕ちたな。たぶんあの駆け出し冒険者は、アンジュに会うために、再びアウトドアショップへ買い物に来てくれるだろう。

そして一番売れ筋の悪い味である白米をああも簡単に売るとは……アンジュ、恐ろしい子！

アンジュに任せておけば、どんな商品でも売れてしまうのではと思ってしまう。

丁寧かつ相手のことを考えた見事な接客である。さすがに長期間接客業の経験があるだけあって、元の世界のお店に匹敵するくらい丁寧な接客だし、なにより笑顔がすばらしい。それに美人の店員さんがいるお店って通いたくなるよね。

男たるもの、自分にちょっとでも優しくしてくれた女性の店員さんは、自分に気があるのではないかと誤解してしまう悲しい生き物なのである。

「あの野郎……アンジュにあんなに近付きやがって！」

「はいはい、ドルファはレジに集中して。次のお客さんが来ているよ」

「……いらっしゃいませ」

ドルファのほうは予想通り、アンジュのほうを気にしまくっている。今日はドルファにレジを任せ、アンジュにはお客さんの案内をしてもらっている。

二日間の休日でアンジュにお店の仕事を教えようとしたのだが、接客やレジの計算についてはまったく問題がなかったので、研修は一日目で切り上げた。

やはり即戦力になる仕事の経験者を雇うと教える時間が少なくてすむのでとても助かる。残りの時間はお店の商品の説明ができるように、お店で販売しているキャンプギアや商品を覚えてもらっただけだ。

「……ありがとうございました」

「ほらほら、笑顔じゃなくなっているよ。接客は笑顔が大事だからね」

……まったく、アンジュよりもドルファのほうが大変だよ。これまでは笑顔での接客もできていて、そのイケメンフェイスにより、数少ない女性冒険者をキャーキャー言わせていたんだけどな。

アンジュのほうは普通に男性冒険者の接客をしているだけなんだから、さすがにそれには慣れてくれないと困るぞ。

「へえ～アンジュさんっていうんだ。とっても可愛いね。もしよかったら仕事のあとに食事にでも行かないかい？」

ガタッ

「ストップ、ストップ！　落ち着けって、ドルファ！　お客様、大変失礼しました。銅貨五枚のお釣りになります。またのお越しをお待ちしております」

ドルファを止めつつ、会計をしているお客さんにお釣りを渡す。幸いこれでレジに並んでいるお客さんはいなくなった。

「テツヤさん、アンジュがナンパにあっている！　早く助けに行かないと！」

「ドルファだって何回もナンパされたことがあるだろ……まだ大丈夫だから、もう少し様子を見てろって」

アレフレアの街には駆け出し冒険者が多い。中には出会ってすぐにナンパをする輩も結構いたりする。

ドルファやランジェさんも女性冒険者によく声を掛けられていたし、リリアも男性冒険者によく声を掛けられていた。その度にドルファとリリアは適当に対応していた。……まあランジェさんは仕事の後で一緒に食事へ行ってたりもしたがな。

さすがにフィアちゃんにまでナンパをするような輩はいなかった。どちらかというと男女かかわらず可愛がられているといった印象だ。

……んん？　俺は一度も女性冒険者にナンパされたことなんてありませんけれど何か？

「申し訳ありませんが、遠慮しておきます」

「ええ～いいじゃん！　ねっ、一回だけさ」

アンジュが断っているのになおも食い下がるナンパ男。

「あの野郎……」

「待て待て待て！」

我慢のできなくなったドルファがレジを出てナンパ男の方へ向かおうとするところを後ろから羽交い絞めにする。しかし元冒険者であるドルファの力はとても強く、俺の身体ごと少しずつ引っ張られる。

一応ギリギリの理性は残っているらしく、俺を力尽くで吹き飛ばそうとはしないようだが、鬼の形相をして男性客を睨んでいる。

こりゃ俺じゃ駄目だ。早くリリアかランジェさんを呼ばないと！

「テツヤお兄ちゃん、ドルファお兄ちゃん。フィアに任せるです！」

「フィアちゃん!?」

俺がドルファをギリギリのところで押さえていると、その様子を見たフィアちゃんがアンジュをナンパしている男性客の方へ近付いていく。

「お兄さん、何かお探しです？」

「えっ!?　あっ、いや……」

フィアちゃんがナンパ男へと話し掛ける。

さすがのナンパ男もまだ幼いフィアちゃんの前でアンジュを誘い続けることはできないようだ。

「こっちの新商品のエナジーバランスは長持ちするのに甘くてとっても美味しいからおすすめです！」

「ええ、とっても美味しいですよ。もしまだお試しでなければ、お一ついかがですか？」

「あ、ああ。それじゃあ一つもらおうかな……」

「ありがとうです」

「お買い上げありがとうございます」

「ど、どうも！」

……おおっ、まさかナンパ男を撃退するどころか、商品を買わせてしまうとはフィアちゃんもやるなあ。

しかも可愛いフィアちゃんと綺麗なアンジュに商品をすすめられて、ナンパ男もむしろ嬉しそうな顔をしている。あれはきっとまた店に来てくれるだろうな。

あのナンパ男の顔は覚えたので、またアンジュに言い寄るようだったら、次はきっちりと注意しよう。

ドルファもフィアちゃんを見習って、ああやって面倒な客をうまくかわしてほしいものだ。

◆　◇　◆　◇　◆

お店の営業が終わったあと、反省会をすることにした。

「まずはアンジュだけど、接客についてはまったく問題なかったね。このままの調子でお願いするよ」

「はい、ありがとうございます！」

「アンジュお姉ちゃん、本当に上手だったです！　フィアも見習うです！」

「とんでもないです。フィアちゃん、さっきは本当にありがとうございました。とっても助かったわ」

「うん、フィアちゃんのおかげで助かったよ。本当にありがとうね」

「えへへ～です」

うまく機転を利かせてくれたフィアちゃんの頭を撫でてあげると、フィアちゃんは嬉しそうにしている。

……ちなみにこれは断じてセクハラではないぞ。フィアちゃんは頭を撫でられるのが好きで、仕事を頑張ったら頭を撫でてあげるようにしているだけだからな。

フィアちゃんのサラサラした髪ともふもふとしたキツネミミの触り心地がとてもよくて、俺の方がご褒美になっている気もするが、それはそれだ。

「アンジュは言葉遣いがとても丁寧だった。私も見習わないといけないな」

確かに長年接客業で働いていたこともあって、言葉遣いや立ち振る舞いなど、みんなの見本になるほど上手であった。お客さんが落ち着いたあとはレジを任せてみたのだが、計算間違いもなく対応も申し分なかった。

「キャンプギアや食品の説明に商品が置いてある場所までよく一日で覚えられたよ。俺が特に注意する点もないな」

「ありがとうございます」

「本当に一日目とは思えないよ。僕も頑張らないといけないね」

「さすがアンジュだな。兄としても鼻が高いぞ！」

「問題はドルファのほうだぞ」

「うっ……」

　そう、アンジュのほうに問題点はまったく見つからなかったが、ドルファのほうは問題が山積みだった。

「そもそもアンジュのほうを気にしすぎだよ。心配な気持ちはわかるけれど、ちゃんと目の前の接客に集中しなくちゃ」

「うぐっ……」

「それとアンジュをナンパしたからといって、お客さんを睨まないようにね」

「アンジュのことを想ってつい……」

「私を心配してくれるのは嬉しいけれど、あれくらいなら大丈夫よ。兄さん、お願いだからもう少し我慢をして」

「いや、ああいうやつは一発ぶん殴った方がいい」

「それじゃあやりすぎでしょ。この前だって私の肩に手を置いただけで、その人に手を出しそうになったし……ってすいません、皆さんの前で」

呆れたようにこめかみを押さえているアンジュ。

アンジュもだいぶ苦労しているようだな。妹であるアンジュを心配するのはいいことだが、ナンパをしようとしただけでぶん殴ったらさすがに問題になる。

「それ以上のことをしたら手を出してもいいと思うけれど、さすがに肩に手を置くまでは声を掛けて止めさせるで我慢してほしいな」

胸やお尻を触ったりなどしたらぶん殴ったうえで衛兵に突き出してもいいと思うが、食事に誘ったり、肩や手に触れただけで殴ったら、やりすぎでドルファが捕まってしまうかもしれない。

「す、すまない。できる限りは努力する」

「私も兄に心配を掛けないようできる限りのことをします」

アンジュは反省する必要はないと思うぞ。ドルファの方も多少は反省してくれているようだ。

「まあテツヤ、今日が初日だし、明日から注意していけばいいだろう」

「うん、僕も最初はいろいろと失敗したし、次から同じ失敗を繰り返さなければいいんだよね」

「ドルファお兄ちゃんなら大丈夫です！」

みんながドルファをかばってくれる。普段はあんまり厳しいことを言わない俺が少し強く言ったせいもあって、怒っていると思われたのかもしれない。

人を雇う側の人間として、言うべきことは言っておかなければならないからな。

「もちろん明日から直していけばいいだけだよ。あとはイラついてもそれを表情に出さないように意識することだね。俺も面倒なお客さんを相手にする時とかにたまにやるんだけど、表情には出さずに心の中では相手をボコボコにぶん殴ったりするといいよ」

「……意外だな。テツヤでも頭の中でそんなことをしたりするのか」

リリアにそんなことを言われた。

今思うと元の世界ではだいぶストレスが溜まっていたのだろう。ムカつく上司とか面倒な顧客とかに笑顔で対応しつつも、心の中ではぶん殴っていたな。まあ俺なりのストレス発散方法だ。とはいえ、実際行動に移したら即アウトだから気を付けるように！

「それでほんの少しだけど気は晴れるからね。ぶん殴るのは一例だけど、とにかく今やっている仕事とは別に、何か頭の中で別のことを考えたりするといいかもしれないよ」

「……なるほど、頭の中でアンジュに声を掛けたやつらを片っ端から叩き斬っていけばいいんだな！　わかった、やってみるぞ」

「うん……でもくれぐれも行動に移したら駄目だからね。大事なのは仕事をしている自分と頭の中の自分を切り離して考えることだから」

アンジュに声を掛けただけで叩き斬るのか……

想像以上にドルファのアンジュに対する想いは強いようだ。もしもドルファのストレスがやばくなりそうだったら、何か別の対策を考えないといけないかもな。

そんな感じで今日の反省会を終えた後はみんなで閉店作業を行ってから解散した。少しずつでも改善されることを祈るとしよう。

「うん、昨日と比べたら今日はだいぶよくなっているよ。ちゃんとお客さんに笑顔で接客できていたみたいだね」

「本当か！」

そして翌日、お客さんが一段落したところでドルファに声を掛けた。

多少はアンジュを意識しているのはわかるが、それでも目の前の仕事に集中しようと意識していることは感じられた。昨日みたいにアンジュをナンパしたお客さんを睨むのもなんとかこらえていたようだ。

……まあこめかみに青筋は浮かんでいたが、顔はギリギリ笑顔であった。

昨日アンジュがナンパされた時はフィアちゃんが機転を利かせてくれたからよかったけれど、護衛のために武装している有名な冒険者のリリアとは違って、男性冒険者に今後もしつこく誘われそうなことは予想できる。

そのためみんなで相談をして、対策案を考えた。アンジュには誘われたら架空の恋人がいることにして、バッサリ断るように伝えておいた。

アンジュ本人にも嘘を吐かせても大丈夫か確認したところ、逆に断りやすくていいそうだ。

もちろん架空の恋人がいると言って断っても、しつこくナンパをしてくる客はいるだろうから、

◆　◇　◆　◇　◆

その場合はきっちりガードする。従業員のみんなにもそのあたりのことを意識するようにお願いしておいた。

恋人がいるとわかれば、アンジュ目当てで店に来てくれるお客さんも減るだろうが、そもそもうちはそういうお店ではないからな。

「あとはアンジュがお客さんからナンパされた時に、すぐそっちの方向を見るのはやめようね。その場合には耳だけ意識を傾けておいて、会話の流れが危うくなりそうだったら、次の行動を起こすようにしていこう」

「ああ、了解だ！」

俺も昨日と同じように仕事をしながらドルファとアンジュに意識を向けていたのだが、毎回俺が気付くよりも早くドルファは気付いていた。ドルファのアンジュに対する反応が速すぎるんだよな……。

なんかスキルでも持っているんじゃないかと疑ってしまうくらいの速度だ。

とはいえ改善の兆しは見えたので、このまま続けていけば、今まで通りの接客に戻っていくだろう。少しでも改善の兆しが見えて本当によかったぞ。これで改善の見込みがなければ本気でどうするか考えなければならなかった。

◆　◇　◆　◇　◆

「アンジュもドルファも問題なく一緒に働けそうでよかったぞ」

「そうだね。特にドルファは最初どうなるかと思ったけれど、少しずつ元の接客に戻ってきてくれてよかったよ」

今日はお店の仕事が終わったあとに護衛のリリアと一緒に冒険者ギルドへ向かっている。

アンジュが働き始めてから今のところは大きなトラブルもなく、お店は順調だ。

例のアンジュのストーカーも今のところアウトドアショップには現れてはいない。念のためにアンジュからストーカーの容姿を聞いて、ドルファ以外の従業員に共有してある。もしも店に現れたら、こっそりと合図を送ってくれるように伝えている。

向こうが何をしてくるかはわからないが、ストーカーの様子を見張ったり、リリアかランジェさんに頼んで、アンジュの近くにいてもらうことはできる。

「アンジュの往復もドルファがいれば問題ないだろう。ドルファもこの街では相当な強者だからな」

「そうだね。店も変えたことだし、ストーカーもあきらめてくれればいいんだけどな」

そのストーカーがどのレベルのストーカーなのかはわからないのでまだ油断はできない。元の世界でもヤバいストーカーはいたからな。少なくとも当分の間は用心しておこう。

「それで、今日は冒険者ギルドになんの用なんだ？」

「図鑑の件で話があるってさ。たぶんこの前渡した魔物図鑑が完成したんじゃないかな」

今日の営業中に冒険者ギルドから、お店の営業が終わったら冒険者ギルドに顔を出してほしいと言伝を受けた。地図に引き続いて大元の図鑑からの写本が終わったのかもしれない。

「テツヤさん、お忙しいところ足を運んでいただいて申し訳ないです」

「おう、テツヤ！　仕事が終わったあとに悪いな」

いつも通り冒険者ギルドマスターの部屋に案内されると、ライザックさんとパトリスさんがいた。

「大丈夫ですよ。新しく従業員をもう一人雇えたので、多少は楽になってきましたからね」

「そのあたりも聞いているぜ。なんでも美人な店員が入ったんだってな」

「冒険者達の間でも噂になっておりましたよ。残念ながら彼氏がいると嘆いている冒険者もおりましたね」

……すごいな。もうそこまで情報が伝わっているのか。ＳＮＳみたいな情報共有ツールもないのに早すぎるだろ。

「その件についてお二人に相談があります。実はその女性はドルファの妹でですね……」

アンジュには許可を取って、冒険者ギルドのこの二人には事前に事情を話しておくことにした。

二人はドルファが超が付くほどのシスコンであることを知っているし、協力を仰いでおこうと考えたわけだ。……まあドルファがやり過ぎた時のための保険だな。

「なるほど、そんな事情が……」

「ふざけた野郎だ。今すぐとっちめてやりたいところだが、さすがに何も被害がない状況だと、俺達冒険者ギルドや街の衛兵が手を出すのは難しいかもしれねえな」

やはり実際に被害が出ないと冒険者ギルドや衛兵は動くことができなそうだ。

「ええ。ドルファにはストーカーのことについて話していないですが、それ以外の従業員は情報を共有しているので、妹さんを守ることはこちらでもできそうです。とはいえ、何かあった時には冒険者ギルドに協力をお願いしたいと思います」

主にこちらがやり過ぎてしまった際には、多少の便宜を図ってほしいということである。リリアやドルファは元冒険者だし、ランジェさんは現役の冒険者、多少は冒険者ギルドでも手を回せることはあるだろう。

「……承知しました。協力店に何かあれば、冒険者ギルドが協力するのは当然のことですからね。なにかありましたら、遠慮なく相談してください」

さすがパトリスさん、瞬時に状況を把握してくれたみたいだ。たぶん俺が不安に思っていることも理解してくれただろう。

「よくわからねえが、何か力になれることがあれば力を貸すぞ」

できればライザックさんの手は借りたくないものである。ライザックさんは正義感の強い人だから、むしろドルファと一緒にストーカーをボコボコにしてしまいそうで怖い……

「ありがとうございます、よろしくお願いします」

「よろしく頼む」

俺とリリアでパトリスさんとライザックさんに頭を下げた。もし何かあれば、遠慮なく相談させてもらうとしよう。

「そういえば、アウトドアショップに来てくれたお客さんから教えてもらったのですが、簡易版の地図の売り上げは順調みたいですね」

「おお、そうだった。本題を忘れていたぜ！」

「ええ、まずは地図についてですね。多くの冒険者が地図を購入してくれました。冒険者だけではなく、商人や街の外に出る必要がある方も幅広く購入されております。それに伴って方位磁石もまた売れ始めているので、もし可能でしたら、しばらくの間はいつもより方位磁石を多めに置かせていただければと思います」

ふむふむ。やはり簡易版の地図であってもかなりの需要があったようだ。駆け出し冒険者が購入しやすいように値段をかなり抑えめにしたのもよかったのかもしれない。

「ええ、承知しました。次回は方位磁石を多めに納めますよ」

地図と合わせて方位磁石を持っていると、さらに道に迷う可能性が減るからな。

「ありがとうございます。続いて魔物図鑑となりますが、こちらも写本が無事に完成しました。まずは元の図鑑をお返しします。そしてこちらが写本した図鑑となります」

「はい。また元の方の図鑑が必要でしたら教えてください。……なるほど、絵も特徴を捉えていてわかりやすいですね」

写本の基となった地図はすでに処分してある。今受け取った魔物図鑑もすぐに処分するつもりだ。精巧すぎる地図や図鑑は余計なトラブルを生みそうだしな。それほど高くないし、何かあった時はまた購入すればいいだけだ。

写本した魔物図鑑をちらりと見てみたが、元の図鑑の魔物の写真の特徴をうまく捉えてわかりやすい絵となっている。どうやらこの魔物図鑑を写本した人は絵がとても上手なようだ。

そして絵の下にはその魔物の特徴や弱点などが詳細に記載されている。うん、駆け出し冒険者には役立ちそうな情報がたくさん載っている。

「おお、これはわかりやすくて便利だな」

「結構な量があるので、一度持ち帰って確認していただければと思います。事情を知っている皆さんにも読んでいただいて問題ないか確認していただきたいですね。量が多いので、もちろん報酬もお支払いします」

確かに数十ページはあるし、ここですぐに確認するよりも、お店に持って帰ってゆっくりと確認したいところだ。それに魔物について俺よりも詳しいランジェさんやドルファの意見も聞いておきたい。

「わかりました。それでは確認次第冒険者ギルドへ持っていきますね」

「ありがとうございます。こちらの図鑑は大量に作って販売するわけではありませんので、それほど急がなくても大丈夫です」

魔物図鑑は一般向けにも販売する予定だが、冒険者ギルドにて無料で公開するので、そこまで大量に写本する必要はない。

簡易版の地図とは異なりボリュームもあるし、絵も手描きで写さなければいけないため、販売するとなるとかなり高額になってしまう。その場合、肝心の駆け出し冒険者が購入できず意味がないので、冒険者ギルドにて無料公開することになった。

そのため地図の販売とは異なり、販売した時に一部の割合をもらうだけではなく、それとは別に情報料という形ですでに結構な金額をいただいている。情報には価値があることは、こちらの世界でも変わらないらしい。

「そこでなんだが、テツヤに一つ相談事がある」

「はい。なんでしょうか？」

ライザックさんからの相談か……少しだけ身構えてしまうな。

「この街と同じように、近くの街の冒険者ギルドでも、魔物図鑑の公開と簡易版の地図の販売を許可してほしい！」

「テツヤさんと契約をした際にはこの街での公開と販売のみとさせていただいておりましたが、可能でしたら他の冒険者ギルドでも同様に公開と販売を許可していただきたいのです」

「ええ、許可しますよ」

「本当か！」

「……えっと、テツヤさん。許可をいただけるのはとてもありがたいのですが、本当によろしいのでしょうか？」

パトリスさんは俺が即答したことについて心配しているようだ。

「はい。実は俺のほうからもちょうど提案しようと思っていたところなんですよ。魔物図鑑や簡易販の地図と一緒に少しずつですが、方位磁石と浄水器も別の街で販売してもらえればと思っています」

すでに従業員のみんなにも話をしてある。

「おお、そりゃありがてえ！」

「ええ。このアレフレアの街ほどではないですが、道に迷って水や食料が足らずに死んでしまう冒険者は大勢おります。方位磁石や浄水器は他の街でも間違いなく必要とされるでしょう！」

「ただし条件があります。おそらく以前お店に直接やってきた男爵みたいに無茶を言う貴族がまた出てくるかもしれません。その際には冒険者ギルドに今まで以上に守ってほしいです」

結局例の男爵を追及することはできなかったが、あれ以降ちょっかいを出してくる貴族はおらず、店の商品を大量に購入したいと直接店にやってくる商店もいなくなった。

冒険者ギルドがしっかりと貴族や商店を抑えてくれているようだし、少しずつ他の街に商品を広げていっても大丈夫だと思っている。

「ええ、もちろんです！　地図や図鑑の出処がテツヤさんの店であることは絶対バレないようにします。また、販売をする街の大きな商店や貴族にアウトドアショップは冒険者ギルドの協力店であることをしっかりと通達しておきます！」

「はい、よろしくお願いします」

パトリスさんと握手をする。冒険者ギルドとは引き続き良い関係を続けていけそうでなによりだ。

ちなみに冒険者ギルドマスターであるライザックさんと先に握手するのを忘れていた。申し訳ないが、交渉事は完全にパトリスさん担当だと認識してしまっていたな……。

「冒険者ギルドのほうも順調そうでよかったよ」

「この街以外の街の冒険者ギルドでも方位磁石や浄水器や地図が購入できるようになるのはみんなも喜ぶだろう。最近では少し離れた街からこの店の噂を聞いて、わざわざ足を運んでくる冒険者もいるからな」

リリアの言う通り、アウトドアショップに来てくれるお客さんの中には、かなり離れた街からわざわざやってきてくれるお客さんも結構いる。

これからは少しずつだが、アウトドアショップで販売している商品を他の街でも販売できるようにしていこう。いずれは他の街にアウトドアショップの支店なんかを建てていってもいいかもしれない。

まあ、販売する商品を仕入れられるのが俺一人という時点であまり現実的ではないけどな。

「少しずつだけどこの街以外にも冒険者のために便利な道具を広げていければいいね。そういえば明日で今週も終わりだし、今週の休みの午前中にまたみんなを誘ってバーベキューでもしようか？」

「アンジュの歓迎会だな。新しい仲間も増えたことだし、もちろんいいと思うぞ！　前回は美味しい料理がたくさんあったから、今回も楽しみだな！」

明日でアンジュがアウトドアショップで働き始めてから一週間になる。アンジュのほうは元からまったく問題なかったが、ドルファのほうもとりあえずは大丈夫そうだ。一週間の試用期間が終わり、アンジュが問題なさそうならこれで正式採用となる。

新しい仲間も増えたことだし、またパーッとみんなで楽しむとしよう。ぶっちゃけ魔物図鑑の情報料として結構な金額を冒険者ギルドからもらったので、今回は前回よりも良い食材をそろえてみたいところだ！

8章　突然の依頼

「いらっしゃいませ！」

時刻は夕方前、今日の営業も無事に終わりそうだ。朝アンジュとドルファに確認したところ、二人ともこれからもこの店で働いてくれるとのことなので安心した。明日のバーベキューも喜んで参加してくれるようだ。

ランジェさんとフィアちゃんも明日は参加できる。フィアちゃんの母親であるレーアさんにも、フィアちゃんに声を掛けてもらう予定だ。前日の確認になってしまって申し訳ない。

閉店の夕方前になるとお客さんもだいぶ減ってくる。店内に数人が残っているくらいだ。

「いらっしゃいま……せ」

とそこに新しいお客さんが入ってきた……のだが、やってきたのは女性冒険者の二人組だ。

この街の女性冒険者も結構な割合で存在する。女性だけのパーティも珍しいものではなく、女性数人でアウトドアショップに来店してショッピング感覚で買い物をしている姿もたまに見掛ける。

しかしやってきた女性冒険者の二人組はこの街にいる女性の駆け出し冒険者とは少し様子が異なっていた。

「すみません、アウトドアショップという店はここで間違いないでしょうか？」

「……………」

「はい、ここであっていますよ。なにかお探しでしょうか？」

一人はとても丁寧な言葉遣いをしており、姿勢正しく俺へと話し掛けてきた。肩よりも長くて燃え盛る炎のような真っ赤な色をしたウェーブの掛かったロングヘア、深紅の宝石のような美しく赤い瞳、リリアやアンジュとは異なったベクトルの整った容姿。

そして気になるのはその女性が装備している鎧やその長い剣だ。この街にいる駆け出し冒険者が身につけているような安い物ではなく、とても高価そうな鎧や剣に見える。

もう一人の女性は青い髪が特徴的な小柄な女の子だ。濃紺の地面にまで届きそうな長いローブに身を包んでおり、これまた高価そうな大きい水晶を先端に付けた杖を持っている。

長い帽子から出ている耳が長くとがっているところを見ると、この子もランジェさんと同じエルフらしい。

この世界では彼女達のように赤色や青色の髪の人も大勢いるが、二人並んでいるところを見るのは初めてかもしれない。

「冒険者ギルドマスターのライザック殿の紹介で来ましたわ。申し訳ございませんが、お店が終わってから少しだけお時間を頂戴したいと、こちらのお店の店主さんにお伝え願いますわ」

「……………」

「ライザックさんの？」

どうやらこの二人の女性は冒険者ギルドの関係者のようだ。見た目通り冒険者らしい。

「ベルナ、それにフェリーじゃないか!?」

二人と話していると、突然商品棚を整理していたリリアが二人のもとへやってきた。

んん？　もしかしてリリアの知り合いだったりするのか？

「リリア、久しぶりですね！」

「……リリア、久しぶり！」

やはり向こうもリリアのことを知っているようだ。そしてこっちの小さな女の子は初めてしゃべったが、とても小さい声をしているな。

「二人ともどうしてこの街に？　王都にいたのではなかったのか？」

王都からわざわざこのアレフレアの街までやってきたのか。察するにリリアの冒険者時代の知り合いといったところだろう。

確かリリアも冒険者の活動をしていた時は王都を拠点にしていたと聞いている。

「ライザック殿から、リリアがこちらの店で働いていると聞きましたわ。久しぶりにリリアに会いに来たのも理由の一つですが、実はこのアウトドアショップの店主さんに相談したいことがありますす」

この二人はどうやら俺に用があるらしい。

「俺がこの店の店主をしているテツヤと申します」

「ベルナと申しますわ。こちらはフェリーです。テツヤさん、どうぞよろしくお願いしますわ」

「…………………」

ベルナという赤い髪の女性が丁寧な自己紹介をしてくれる。フェリーと呼ばれている女の子はベルナさんの後ろに隠れてしまった。もしかすると人見知りなのかもしれない。

「テツヤ、彼女達は王都での私の知り合いで、王都でとても有名なAランク冒険者だ」

「Aランク冒険者!?」

今リリアはAランク冒険者と言ったのか!?

Aランク冒険者……リリアは元Bランク冒険者で、ランジェさんは現役のBランク冒険者だ。その二人よりも冒険者のランクが上ということになる。

一番身近なところだと、ライザックさんが確か元Aランク冒険者だったはずだ。だがこの二人はまだだいぶ若く見える。ベルナさんはリリアの少し上くらいの年齢かな。

もう一人のフェリーさんは小学校高学年くらいの年齢に見えるが、実際のところはエルフなので見た目通りの年齢なのかはわからない。

「お、おい！　まさかあの王都で有名な冒険者の『灼熱帝《しゃくねってい》のベルナ』様じゃないか!?」

「ってことはあっちの女の子は『蒼翠嵐《そうすいらん》のフェリー』様か！　すげえ、どっちも超有名なAランク冒険者じゃないか！」

店内にいる常連の駆け出し冒険者達もこの二人を知っているらしい。どうやら二人ともかなり有名な冒険者のようだ。それと二つ名がある冒険者って超格好いいよね！　中二病っぽい二つ名とか大好物です！

……なんてアホなことを考えている場合ではなかった。そんな有名な冒険者が、始まりの街と呼ばれるアレフレアにあるうちの店へ何の用だ？

Ａランク冒険者ということは、もしもなにかあった時にリリアやランジェさん達の力では抑えることができないということだ。もちろんリリアの知り合いならそんなことはしないと思うが、否が応でも緊張してしまう。

「なにかお話があるということですので、二階へご案内します」

今は閉店間近ということもあってお客さんも少ない。これなら俺とリリアが抜けても問題なさそうだ。

「いえ、事前に連絡もせずに来てしまいましたので、こちらのことは気にしないでください。閉店するまで、店内の商品を見せていただきますわ」

「……ご配慮ありがとうございます」

どうやらアウトドアショップの閉店の時間に合わせて来てくれたらしい。もうあと二十分もすれば閉店する時間だ。丁寧な話し方といい、以前この店にやってきた男爵の使いのように無茶苦茶を言うつもりはないと信じたい。

「「ありがとうございました！」」

本日のお店の営業が無事に終了する。……いや、本当に無事なのかはこれから次第な気もするがな。

「大変お待たせしました。それでは二階へどうぞ」

「ありがとうございます」

「……………」

「リリアは俺と一緒に来てね。みんなはいつも通り閉店作業をよろしく」

リリアはこの二人と知り合いみたいだし、話に同席してもらうとしよう。

「テツヤ、僕も行くよ」

「いや、ランジェさんは大丈夫だよ。みんなと一緒に閉店作業をよろしくね」

リリアと一緒に護衛を買って出てくれるのは嬉しいが、実力行使となった場合、どちらにせよＡランク冒険者には敵わないだろう。

「残念。了解だよ」

……決してベルナさんが美人で、フェリーさんが可愛いから同席を求めたわけではないはずだ。

「たいしたもてなしもできませんがどうぞ」

「ありがとうございますわ」

「……………」

テーブルの向かいに座っているベルナさんとフェリーさんにお茶を出す。この店にはちゃんとした応接室はないので、普段生活している居間のテーブルに着いてもらった。

「ベルナとフェリーには王都でとてもお世話になったんだ。何度か臨時でパーティを組ませてもらったこともあるんだぞ！」

「へえ～そうなんだね」

久しぶりに知り合いに会えたのがよっぽど嬉しいのか、リリアが普段よりも楽しそうに話をしている。

「リリアと会うのは半年ぶりくらいですわね。こちらこそいろいろとお世話になりましたわ！」

「王都では女性の高ランク冒険者が少ないんだ。この二人は本当に強いんだぞ。ベルナの剣技は王都の中でも五指に入る腕前だし、フェリーは魔法学園を首席で卒業した天才魔法使いなんだ！」

「おおっ、リリアがそこまで言うなら、本当にすごい腕前なんだね！」

リリアがそこまで褒めるとはよっぽどのことなのだろう。そしてこの世界には魔法学園があるらしい。そこを卒業しているということはそこそこの年齢のような……うむ、その件について触れるのはやめておこう。

「それを言うのなら、リリアもとても強かったですわ。目にも留まらないスピードと圧倒的なパワーで敵を薙ぎ払っていましたた」

「……リリア、とても強かった」

現役時代のリリアの強さも相当だったらしい。

「本当は私達と正式にパーティを組んでほしかったのですが、残念ながら断られてしまいましたわね」

「……残念だった」

「あの時はすまなかった。とても光栄な誘いだったのだが、すでにパーティに入っていたし、なにより二人のほうがよっぽど強かったからな」

「リリアもAランク冒険者まであと一歩で上がれるところでしたから、それほど実力は変わりませんわ。……それだけにとても残念な事故でしたわね」

「……悲しい」

……冒険者として、あと一歩でAランク冒険者に上がれるというところで左腕を失ったのか。それはさぞ無念だっただろう。

「ふふ、みんなが気にすることはないぞ。左腕は失ったが、パーティ全員の命は助かったんだし、何の不満もない。それに……」

リリアは残った右腕をブンブンと回し、なんでもなかったかのようにアピールする。

そして優しく微笑み、ゆっくりと話す。

「冒険者は引退したが、新人冒険者と直接関われて、手助けができるこの店に雇ってもらえた。毎日の生活も新鮮で楽しくて、私は今の生活にとても満足しているんだ！」

「あらあら」

「……リリア、嬉しそう」

「少なくとも以前の冒険者の日々と同じくらい、ここでの生活はとても充実しているぞ。テツヤにはとても感謝している」

「リリア……」

本人の口からそういってもらえると、これまでずっと一緒にこの店を続けてきた俺としてはとても嬉しい。さすがに冒険者の日々と同じとまではいかないかもしれないが、このお店での生活に満足してくれているみたいだ。

「ふふ、とてもお似合いのようですわね。リリアが素敵な殿方を見つけたようで何よりですわ。まさかリリアが結婚していたなんて」

「……結婚羨ましい」

「結婚!?」

いきなり何を言い出すんだこの二人は!?

「ななな、なにを言っているんだ！　わ、私はテツヤと結婚なんてしていないぞ！」

「えっ、そうなのですか？　冒険者ギルドマスターのライザック殿はそう仰っていましたわ」

ちょっと、ライザックさん!?　この人達になにを言っているんだ！

「……この店で一緒に暮らしていると言っていた」

「たた、確かに普段はこの店で世話になっているが、そそそ、それはテツヤの護衛のためというだけで、てててテツヤと結婚しているわけでは断じてないぞ！」

「怪しいですわね」

「……怪しい」

リリアが顔を真っ赤にして反論するが、その否定の仕方だとむしろ逆に勘違いされてしまいそうだ。

「リリアの言う通り結婚はしていませんよ。俺には戦闘能力が皆無なので、護衛のためにこのお店にいてもらっているんです。もう一人の従業員もここに泊まっていますからね」

ランジェさんは二週間に半分だけではあるがな。

「あら、そうなのですね」

「……そうなんだ」

あからさまに残念そうな顔をするベルナさんとフェリーさん。少なくともリリアとは悪い関係じゃなさそうだな。

それと、とりあえずライザックさんには次会った時に一言もの申すとしよう。

「……フェリー、どう思います？」

「……リリアはわかりやすいけれど、こっちの店主のほうはわからない」

「……他にも綺麗な従業員や、可愛らしい従業員もいましたし、リリアも苦労しそうですわね」

「……同感」

なにやらベルナさんとフェリーさんがひそひそと話をしている。さすがに目の前で俺の陰口を言っているわけではないと信じたい。

「そ、それで二人共今日はどうしたのだ？　私に会いに来てくれたのはとても嬉しいが、理由はそれだけではないのだろう？」

リリアがあからさまに話題を変えようとしているっぽいが、確かにその理由は俺も気になる。

「そうですわね、リリアに会いにこの街へ来たのも本当ですが、私達にはもう一つ理由があります。こちらはこのお店の店主であるテツヤさんへのお願いとなりますわ」

「はい、なんでしょうか？」

「実はこちらのお店で取り扱っている方位磁石という商品を大量に購入させていただきたいのですわ」

「方位磁石ですか。大量というのは具体的にはどれくらいですか？」

「少なくとも百個ほど購入させていただきたいです。可能でしたらある分だけ購入させていただきたく思いますわ」

百個ときたか。となるとおそらく個人で使うというわけではあるまい。とはいえ二人は冒険者ということだし、商売をするわけでもなさそうだ。

「こちらの店では商品の購入制限を付けております。大量に購入したいという理由を聞いてもよろしいですか？」

この店ではほとんどの商品に購入制限を付けている。いくらAランク冒険者でリリアの知り合いといっても、はいわかりましたと簡単にうなずくわけにはいかない。

多少の融通はしたいが、百個となるとさすがに理由を聞かないわけにはいかない。

「ええ、もちろんですわ。実はこちらの方位磁石をダンジョン攻略のために使用したいのです」

「ダンジョン攻略ですか!?」

なんだその男心をくすぐるワードは！　この異世界にはダンジョンが存在するのか！

「テツヤさんはダンジョンのことはご存じですか？」

「いいえ、詳しいことはまったく知りません。よろしければ、教えていただいてもよろしいですか？」

「はい。とはいえダンジョンにはまだ謎も多いので、私が知っている範囲となりますわ」

ベルナさんからダンジョンの説明を聞く。

ダンジョンとは突如現れる地下に広がる迷宮の総称らしい。主に魔力の多い場所に発生することが多く、ダンジョンの発生する条件などは未だに解明されていないようだ。

その規模もダンジョンによってさまざまで、十階層のものもあれば、百階層まであるダンジョンも存在するらしい。

ダンジョンの中には魔物が発生し、最下層にいる一際強いダンジョンの主を討伐すると、とても珍しい武器や装備品などが入った宝箱が現れ、そのダンジョンは消滅するようだ。競りなどに出せば、金貨一万枚を超えるようなこともあるらしい。

「そんなものがあるのですね」

どうやら元の世界のゲームで出てくるダンジョンと基本的な仕組みは同じっぽい。金貨一万枚ということは約一億円か……ダンジョン攻略には夢がありそうだな。

「ダンジョンに出現する魔物の素材が優秀な場合には、あえてダンジョンを攻略せずに残そうとする場合もありますわ」

ふむふむ、出てくる魔物の素材が優秀なら、むしろダンジョンを残して利用するというわけか。

「最近王都の付近に新しいダンジョンが出現したのですが、そのダンジョンはそういった需要もなく、早々に攻略するべきだと国が判断しましたわ。ダンジョンを放っておくと、魔物が溢れる可能性がありますからね」

「なるほど」

いわゆるスタンピードというやつか。国の中心である王都でそれが起きたら大変だな。

「そのダンジョンは一階層ごとがとても広く、部屋がいくつもある階層だけでなく、見渡す限り目印になるものがない砂原や森林の階層などもある厄介なダンジョンです。そこでこの方位磁石という道具がとても役に立つのですわ！」

「な、なるほど……」

途中からあまりにもベルナさんの話に熱が入っていたので、少しだけ驚いてしまった。それほどこの方位磁石がすごいと伝えたかったのかもしれない。というか、方位磁石って地下にあるダンジョンの中でも使えたんだな……

「実は私も初めは常に一定の方角を指し示すような便利な道具が本当に存在するのか信じられなかったのですが、実物を見せてもらい、実際にダンジョンで使用してみましたわ。すると本当に探索に掛ける時間が大幅に減るようになりましたわ！」

「……超楽になった」

確かに迷宮といわれるダンジョンで常に一定の方角がわかるようになれば探索が楽になることは間違いないだろう。そしてフェリーさんてそんな話し方もするんだな……

「そういった理由もありまして、早々にダンジョンを攻略したい国が冒険者ギルドへ依頼し、方位磁石を販売しているこのアウトドアショップに商談を持っていくという緊急依頼を私達が受けたのですわ」

「……リリアがここにいるのは冒険者ギルドで聞いた」

「ええ。こちらのお店へ向かう前に必ずアレフレアの街の冒険者ギルドに寄るように伝えられ、そこでリリアがこのお店で働いているということを聞いたのですわ」

「なるほど、そういうことでしたか」

「テツヤさん。こちらが王都の冒険者ギルドからの正式な手紙ですわ。方位磁石をこちらの街で販売している値段の十倍で百個購入させてほしいという内容です」

「「十倍!?」」

俺もリリアも驚いた。今方位磁石は銀貨二枚、つまりは約二千円で販売している。その十倍ということは一つ二万円だ。方位磁石が一個二万円てどんだけだよ……。

本来なら大きな商店の商人に依頼して値段交渉するところを、Aランク冒険者をよこして元値の十倍で買い取るなんてことを言い出すとは、それだけ冒険者ギルドも本気なのだろう。

「むしろその値段でも安いくらいですわ。街や村へ移動する時、道に迷うことが減りますし、ダンジョン内で魔力も使わず、かさばらずにこれだけの性能がある道具を銀貨二枚で販売しているなんてとても信じられませんわ」

「……この店で販売している他の道具もあまりに安すぎる」

「この店は趣味で始めたようなものですからね。俺がこの街の駆け出し冒険者に命を助けてもらって、この街のみんなに手助けしてもらったから、今のこの店があるんですよ。だから、駆け出し冒険者の人達に手の届く値段にしているんです」

……決してダンジョンの中で方位磁石が使用できるという可能性を考えたことがなく、ダンジョンの中で使用できるならもっと高値で売れたと後悔しているわけではない。

「理由も問題ないので方位磁石の販売については了承しました。値段も普段うちのお店で販売している値段と同じで大丈夫です。その代わりに、今後うちのお店に何かあったら手を貸してほしいと、王都の冒険者ギルドに伝えてください」

地図の利益の一部を得たり、図鑑の情報料をもらったりと、今はお金にはある程度余裕がある。お金をもらうよりも、王都の冒険者ギルドに一つ貸しを作っておいたほうがいいだろう。

「……本当にそれでよろしいのですか？」

「ええ、構いませんよ。それと今回販売するのは百個ですが、ちょうど今後は少しずつ別の街の冒険者ギルドにも方位磁石などを販売していこうと考えていたところなので、もうしばらくお待ちくださいと伝えておいてください」

「……本当に本当でしょうか？」

「はい、本当に本当ですよ。実際にダンジョンで使用したのなら大丈夫だとは思いますが、使えない階層とかがあっても責任は取れないですけど」

やけに念を押すな。そこまで信じられないのだろうか？

俺は冒険者の役に立てて、ある程度のお金を稼げて、のんびりと生活している今の生活をとても気に入っている。今はその生活を守ることを優先していきたい。

「わかりましたわ。本当にありがとうございます。断られたらどうしようかと思っておりましたわ」

「……いざとなったら洗脳魔法でもかけようと思っていたところ」

「洗脳魔法っ!?」

こえ～よ！

この世界って洗脳魔法なんてあんの!?

「……さすがに冗談」

「…………………」

無表情で口数の少ないフェリーさんが言うと冗談には聞こえないんだが……

「フェリーも相変わらずだな。テツヤ、フェリーはたまにこういう冗談を言うんだ」

どうやらフェリーさんはこういう性格らしい。いまいちこの子のキャラクターが掴めん……

「本当にすばらしい考え方ですわ！　テツヤさんみたいな方が王都の商人にもっとたくさんいればよかったのですが……」

「……商人としては失格。でもとても偉い」

まあそれは自覚している。

王都だったら商人同士の争いが激しくて、そんな甘っちょろい考えの商人なんてすぐに淘汰《とうた》されてしまうのだろう。そういったことも踏まえて、この始まりの街で店を出したのは正解だったな。

「リリアも本当に良い店で働かせてもらっているようで安心しましたわ。個人的にもぜひ力になりたいです。もし何かありましたら、冒険者ギルドだけでなく、私達も協力させてもらいますわ！」

「……リリアのためにもこの店に協力する」

王都の冒険者ギルドに貸しを作るつもりだったのだが、ベルナさんとフェリーさん達も協力してくれるならとても心強いな。

最初にAランク冒険者がこの店にやってきたときはどうなることかと思ったが、良い結果で終わってなによりだ。

「それでは方位磁石は明日までに用意しておきます。代金はその際にお願いします」

「承知しましたわ。よろしくお願いします」

正直に言えば、アウトドアショップの能力で今すぐ方位磁石百個を用意することは可能なのだが、俺の能力までこの二人に教える気はないので、倉庫から準備するという形で明日渡すことになった。

「テツヤ、閉店作業が終わったよ」

「ああ、ちょうどこっちも話が終わったところだよ。下に行くからちょっと待ってて」

「了解だよ」

「テツヤさん、お時間を頂戴してすみませんでした。私達もこれで失礼しますね」

「……リリア、私達は明日までこの街にいる。明日は一緒にどこかへ遊びに行きたい」

「すまない、フェリー。明日の午前中はこのお店の従業員での予定があるんだ。午後からなら空いているから、喜んで一緒に出掛けるぞ」

そういえば明日の午前中はアンジュの歓迎会を行う予定だったな。

しかし本当に何ヶ月かぶりに友人に会うのなら、そっちを優先したほうがいい。アンジュの歓迎会は日をずらせばいいだけだしな。

「せっかく遠くから来てくれたんだし、そっちを優先したほうがいいよ。みんなには日を改められないか聞いてみるから」

「だったら、そちらの二人も一緒に参加すればいいいんじゃない？」

「えっ!?」

いつの間にかランジェさんが部屋の中へ入ってきていた。

「初めまして灼熱帝のベルナさん、蒼翠嵐のフェリーさん。Bランク冒険者のランジェと申します。明日はこの店の従業員で食事会をするのですが、もしよろしければお二人も参加していただけませんか？」

いつもの軽い感じではなく、姿勢を正しつつ、紳士的な口調で二人に話し掛けるランジェさん。

男の俺から見てもマジでカッケーと思う。普段のランジェさんの態度とのギャップによってなおさらだ。

「いえ、お誘いはとても嬉しいのですが、さすがにお店の方達の食事会に私達がご一緒するのはちょっと……」

キラキラとしたランジェさんのお誘いをバッサリと断るベルナさん。

ベルナさんは美人でモテそうだしなあ。ランジェさんみたいなイケメンからのお誘いも結構ありそうだ。

フェリーさんにいたってはものすごい拒絶の仕方だ。結構人見知りする性格っぽいもんな。

ブンッブンッ

「おお、それは良い考えだな！　二人ともよかったらぜひ参加してくれないか？　テツヤが作る料理は王都の高級店の料理に負けないくらい美味しいぞ！」

ちょっとそこのリリアさん!?

今断りそうな雰囲気だったじゃん！　それに料理のハードルを上げるのはやめてくれませんかね！

「リリアがそこまで褒めるなんて珍しいですわね……」

「……気にはなる」

二人も満更でもなくなってきたようだ。二人とも美味しいものには目がなかったりするのかな。

「ですが、他の方もいらっしゃるようですし、私達がお邪魔しては……」

「大丈夫ですよ！　みんな王都で有名な冒険者であるお二人と話ができるのは間違いなく喜びますから！　すぐにみんなに聞いてきますね！」

「あっ、ランジェさん」

俺が引き留める間もなく、ランジェさんは下にいるみんなに聞きに行った。そしてドルファとアンジュ、フィアちゃんの許可をすぐに取ってきて二人の参加が決定した。

「あの二人ってそんなに有名な冒険者だったんだ？」

「有名も有名、超有名な冒険者だよ！　実力でも知名度でも王都では五本の指に入るほどの冒険者だよ！」

「フィアも知ってるです！　ドラゴンを倒した冒険者さんで、あちこちで噂になっているです！」

ランジェさんだけじゃなくてフィアちゃんまで知っているのか。

ドラゴンスレイヤー……やっぱりこの世界にもドラゴンはいるらしい。まじかあ二つ名にドラゴンスレイヤーか、そりゃ有名なわけだよ。

「Aランク冒険者をこの目で見たのは初めてだ。やはり超一流の冒険者は他の者とは一味違う。俺も元冒険者として少し話がしてみたい」

「私もいろんなところで噂は聞いていますよ。実際にお会いできるなんてとても光栄です！　私もぜひお話ししてみたいです」

ドルファとアンジュも二人が参加しても問題ないらしい。こちらの世界だと有名な冒険者は元の世界でいうアイドルみたいな存在なのかもしれない。

……ライザックさんも元Aランク冒険者だったはずなんだけどなあ。良い人なんだけれど、やはり強さと人気は別のようだ。

みんなが大丈夫というなら、二人が参加しても問題はないだろう。リリアがあんなに褒めてくれたのだから、その期待には応えられるよう頑張ろう。

◆　◇　◆　◇　◆

「それじゃあ、これからはアンジュもアウトドアショップの一員ということでよろしくね」

「はい、こちらこそどうぞよろしくお願いします」

来週からはアンジュも正式なアウトドアショップの一員だ。

今日はアンジュの歓迎会ということで、前回と同様に休みの日のお昼を使ってアンジュの歓迎会と親睦会を行う。

「あと今日はゲストとしてAランク冒険者のベルナさんとフェリーさんが来てくれている。二人はリリアの友達だからみんなよろしくね」

「ベルナと申しますわ。今日は皆さんのお食事会にお邪魔して申し訳ありませんわ。私達のことはどうかお気になさらないでください」

「……フェリー。よろしく」

綺麗な姿勢で礼儀正しく挨拶をするベルナさん。フェリーさんのほうはやはり人見知りなようで、少したどたどしい雰囲気だ。

「それじゃあ面倒な挨拶は抜きにして早速乾杯しよう！　乾杯！」

「「乾杯！」」

歓迎会と親睦会が始まった。今日もアウトドアショップの裏庭のスペースにテーブルと椅子を出して外で行う。

今日はレーアさんは予定があって来られなかったが、ベルナさんとフェリーさんが参加しているから、裏庭のスペースは結構ギリギリになっている。

まずは冷たい飲み物で乾杯だ。ランジェさんの魔法のおかげで飲み物を冷やして飲むことができる。もちろん俺とランジェさんは酒を飲む予定だ。バーベキューで酒を飲まないのはもったいないからな。

「テツヤさん、この度はお誘いいただいてありがとうございますわ」

「いえ。なんかこちらのほうこそ、無理に誘ったみたいで本当にすみません。お店の二階スペースでいつでも休憩できるようにしておきますので」

「……助かる」

フェリーさんは少し人見知りするようだから、一応の避難スペースは準備しておいた。俺はあんまり気にしないが、知らない人と話すのが苦手な人も大勢いるからな。

「テツヤさん、こちらはお土産になりますわ。ぜひ皆さんで召し上がってください」

昨日に参加することが決まったばかりなのに、わざわざ手土産を用意してくれたらしい。

「これはご丁寧にありがとうございます。おおっ、これはとても美味しそうなお肉ですね！」

包みの中にはとても大きな肉の塊が入っていた。鮮やかな赤色をした肉で、適度に入ったサシの白色がとても美しい。

「こちらは以前に私達が狩ったワイバーンの肉ですわ。フェリーの収納魔法の中に入れてあったので、腐ったりはしておりませんので」

「ワイバーンですか！」

マジか!?　ワイバーンやドラゴンの肉と言えば、ファンタジーの世界で定番だ。この世界に来ていつか食べてみたいと思ってはいたが、どちらもかなりの高級食材らしく、この始まりの街では手に入れることができなかった。

ちなみに以前ライザックさんが開店祝いにくれたダナマベアは高級食材、ワイバーンは超高級食材、ドラゴンは超超高級食材といった具合になる。

ドラゴンに至っては王族や上流貴族くらいしか食べられない代物だ。ワイバーンの肉も普通の庶民では一生口にすることができないような肉である。しかも結構な大きさだぞ。

「こんなに良いものをいただいてもいいんですか？」

「ええ、もちろんですわ。ぜひ皆さんで召し上がってください」

まさかこの街でワイバーンの肉が食べられるとは思わなかったぞ。食べられるとしても、干し肉や燻製肉などの保存用に加工されたものしか無理だと思っていた。

「ベルナさん、フェリーさん、本当にありがとうございます！」

「ベルナ、フェリー、ありがとう」

リリアと一緒に二人にお礼を伝える。フェリーさんは収納魔法が使えるのか。俺が言うのもなんだが、羨ましい限りである。

よし、気合いを入れて料理するとしよう！

「お待たせ！　さあ、ベルナさんとフェリーさんにもらったワイバーンの肉をいただこうか」

多少はお金に余裕があるので、今回はそこそこ良い食材を用意してきたのだが、肉に関しては超高級食材のワイバーンの肉のほうが間違いなくグレードが高い。

まずは普通にバーベキュー用に薄く切った肉を焼いて食べる。

「おお、これがワイバーンの肉か。これはうまそうだな」

「普通のお肉よりも鮮やかな赤色をしていますね」

ドルファもアンジュもワイバーンの肉は初めてのようだ。そもそもワイバーンは結構強いらしいので、この街近くには生息していないからな。

「うわあ～美味しそうです！」

「僕もワイバーンの肉は久しぶりだね」

フィアちゃんもワイバーンの肉は初めてだろうな。今日来ることができなかった母親のレーアさんのために、ワイバーンの肉を少し取っておくことにしよう。

どうやらランジェさんはワイバーンの肉を食べたことがあるらしい。さすが現役のBランク冒険者である。

「お肉を結構小さく切るのですね。面白い食べ方ですわ」

「……初めて見る食べ方」

「これは俺の故郷の焼肉、バーベキューという食べ方です。肉を小さくカットしているから、自分達で網の上に載せてすぐに焼けます。焼き加減も自分自身で選べるし、少しずついろんな味を楽しめますからね」

他にもみんなで肉を焼きながら食べるから、一緒に食べる人達との親睦が深まる。

今回はいろいろな味を用意してある。二人の口にあえばいいんだけどな。

「っ!?　これは美味しいですわ！　良い味と香りのする香辛料がふんだんに使われておりますね！

塩を掛けるだけの味とは全然違いますわ！」

「……こっちも美味しい！　甘くてちょっぴり辛くてお肉の味とすごくあってる！」

今回の味付けは例のアウトドアスパイスと前回も使っていた焼肉のタレと果汁のタレを使ってい
る。しかも焼肉のタレのほうはいろいろと改良を重ねて甘口と辛口の二種類を作っておいた。

やっぱり日々の食卓を試行錯誤しながら改良していくのって、結構楽しいんだよね。元が食文化
レベルの低い異世界だと、すぐに結果が出て、料理や調味料が美味しくなっていくからなおさらだ。

「本当ですわ！　こちらのタレでも美味しいですわ！」

「……このスパイスも美味しい！　味と香りがとても複雑！」

どうやらベルナさんとフェリーさんもこの味付けを気に入ってくれたようで何よりだ。

自画自賛ではあるがこの焼肉のタレも売れるくらいの味になっていると思うんだよね。さすがに
手間や時間が掛かるからやらないけど。

さて、俺も初めてのワイバーンの肉をいただくとしよう！

「うおっ!?　うまい！」

最初は本当にシンプルに塩をパラパラと掛けただけのワイバーンの肉を食べてみた。もちろんア
ウトドアスパイスやタレを付けて食べるのもうまいのだが、最初だけは肉そのものの味を試してみ

た。

肉はとても柔らかく、軽く噛むだけで簡単に噛み切れた。

口の中には脂の旨みが広がると同時にワイバーンの肉の旨みがゆっくりと溢れていく。牛や豚やこの前食べたダナマベアとは異なる味だが、その肉の旨みよりも明らかに上だ。確かにこれは超高級食材と言われるだけの味である。

「ふわあ～とっても美味しいです！」

「すっごく美味しいですね！　こんなに美味しいお肉は初めて食べました！」

「ああ。さすがワイバーンの肉だ。普段食っている肉よりも間違いなくうまい」

フィアちゃんもアンジュもドルファも美味しそうにワイバーンの肉を食べている。今日の主役であるアンジュも喜んでくれているみたいで何よりだ。

「すごいぞ、テツヤ。やはり前に王都で食べたワイバーンの肉よりもうまい！」

「うん！　僕も前に食べたワイバーンの肉よりも美味しいと思うよ！　すごいなあ、本当に全然味が違うよ」

味付けが違うだけで料理の出来上がりの味はまったく異なる。アウトドアスパイスなんてこれを掛けただけで、料理の完成といってもいいくらいだからな。

「とりあえず、ワイバーン肉のメインの料理ができるまではもう少し待っていてくださいね。あと燻製料理もどうぞ」

もう一つ料理を仕込んでいるが、完成するまでに少し掛かる。その間に朝から準備していた燻製料理を取り分けていく。

「こちらの燻製も美味しいですわ！　市販の燻製肉とは全然味が違いますわね！」

「少し良い肉を使っていますからね」

「……味付けがとっても美味しい」

「気に入ってくれたのならよかったです」

今回使っている燻製肉はいつもよりちょっと良い肉を使って、アウトドアショップで購入したスモークチップを使い、味付けにはアウトドアスパイスを使っている特製の燻製肉だ。

他にもチーズや卵、塩漬けにした魚の燻製などを作ってある。燻製は一度火をつければ放っておいてもできるし、手間もかからないからな。

「先ほどいただいたワイバーンの肉でも燻製肉を作ろうと思っているのですが、よかったらお土産に持ち帰りませんか？」

「よろしいのですか!?」

「っ!?」

なんかものすごい食いついてきたな……

「明日はリリアと一緒に出掛けるんですよね。その間に作っておきますよ」

「い、いえ……さすがにそれはテツヤさんに悪いですわ……」

「……無理しないでいい」

「どちらにせよ従業員のみんなの分も作るつもりでしたからね。それに燻製って時間は少しかかりますけれど、手間はそれほどかからないので気にしないでください」

今回の燻製肉は塩漬けにした肉を燻製したものだ。生の状態のワイバーンの肉を塩漬けにするのは時間が掛かるから、チャーシューを作ってからそれを燻製にしようと思う。

チャーシューを作るのも燻製肉を作るのも、煮込んだり燻したりする時間が掛かるだけで、手間はあまりかからないからな。

チャーシューを元に使う分、塩漬け肉を使うよりも保存期間は短いが、フェリーさんは収納魔法を使えるようだし大丈夫だろう。それにどちらにせよ、今日来られなかったレーアさんのお土産として作る予定だったからな。

「……あの、もしもテツヤさんの負担にならないようでしたらお願いしてもよろしいでしょうか？もちろんお金は払いますわ！」

コクッコクッコクッコクッ
フェリーさんが今まで見たことないくらいの勢いで頷く。そこまでなのか……

まあ冒険者だからこそ日々の食事の美味しさは大切なのかもしれない。

「お金はいりませんよ。そもそも材料のワイバーンの肉をお二人からいただいていますから不要です」

さっきまであまり考えないようにしていたが、このワイバーンの肉を購入したら結構なお値段になるはずだ。それをこんなにいただいたうえにこれ以上お金なんてもらえるわけがない。

「ありがとうございます。ご厚意に甘えさせていただきますわ」

「……ありがとう！」

むしろこんな良い肉をもらってこちらがお礼を言いたいのだがな。

ちなみにチャーシューの燻製ってマジで酒に合うんだよね。普通のチャーシューだけでも酒に合うのに、それを燻製にしてスモーキーな香りまでつけちゃうんだから、酒が止まらなくなってしまうぜ。

「ベルナさん、フェリーさん、氷魔法で冷やしたエールはいかがですか？　このエールは少し冷やすと普通よりも美味しいんですよ」

「…………………」

キラキラとしたイケメンスマイルをしながらランジェさんがこちらへやってきた。どうやら二人の前では昨日と同じ紳士キャラでいくらしい。う～む、紳士的なランジェさんも絵になるなあ。

「ありがとうございます、ランジェさん。ありがたくいただきますわ」

「……私は大丈夫」

ベルナさんはお酒を飲めるようだな。この場では俺とランジェさんとドルファしかお酒を飲めないから、お酒を飲める仲間が増えるのは嬉しい。

フェリーさんは流れるようにベルナさんの後ろの方へと避難する。エルフ同士だからといって、無条件で気を許せるというわけではないらしい。

「あら、エールをこのように飲むのはとても美味しいですわ」

「気に入っていただけてよかったです。このエールによく合う料理を出すお店があるので、もしよろしければ一緒にいかがですか？」

流れるようにベルナさんを食事へ誘うランジェさん。

……うん、ランジェさんなら二人をナンパすると思っていたよ。

「お誘いありがとうございます。ですが、王都へ戻るまであまり時間がありませんので、ご遠慮させていただきますわ」

「う～ん、それは残念です。フェリーさんは――」

「行かない！」

ベルナさんはうまくランジェさんの誘いをかわす。とても綺麗な女性で、王都で有名な冒険者らしいし、男性からも誘われ慣れているんだろうなあ。

フェリーさんは食い気味でランジェさんの誘いを断った。とはいえ、フェリーさんは人見知りっぽいし、誰が誘ってもこんな感じなのかもしれない。

ランジェさんはイケメンだけれど、この二人をナンパするにはだいぶハードルが高そうである。

ランジェさんはとても残念そうにこの場を離れていった。


「さあ、今日のメイン料理のローストワイバーンだ！」

「おお、ワイバーンの肉の塊が丸々と鍋に入っているな！」

「へえ～これは豪勢だね！」

バーベキューとは別に火を起こして、『ダッチオーブン』をずっと熱していた。そう、ダッチオ

ーブンである！

アウトドアショップの能力がレベル４へと上がった際に購入が可能となったキャンプギアだ。

ダッチオーブンは焼く、煮る、蒸す、燻《いぶ》る、揚げるなどの調理がこれ一つでできてしまう万能調理道具である。さらに蓋の上に炭火を置くことにより、オーブンのように食材の上からも加熱することも可能なのだ。

また、フタが重く密閉性が高いため食材から出た水蒸気を逃しにくく、圧力鍋のように旨みをギュッと凝縮できるのも特徴の一つだ。もともとはアメリカの西部開拓時代に使用されていた伝統的な調理道具らしい。

「これはダッチオーブンという俺の故郷の調理器具だよ」

「ずいぶんと大きな鍋ですわね」

「……持ち運びには不便そう」

そう、ベルナさんとフェリーさんの言う通り、鋳鉄製は結構な重量があり、サビやすくて使用後にシーズニングという手入れが必要となるので冒険者にはあまり需要がないと思い、お店で販売はしていない。

鉄製のフライパンやスキレットは、しっかりと手入れをしないと、すぐに錆びたり焦げ付いたりしてしまう。それを防ぐために、表面を油の膜でコーティングして空気を遮断する工程をシーズニングと呼ぶのだ。

収納魔法が使えれば良いのだが、さすがにダッチオーブンを持ちながら探索というのはなかなか難しいだろう。むしろダッチオーブンの蓋は盾として使えるのではとも思ったが、そういうのは防具屋に任せるとしよう。

「テツヤさん、まだお肉が赤いですよ？」

「テツヤお兄ちゃん、もう少し焼いたほうがいいんじゃないです？」

「いや、これはローストという調理法で、見た目は赤いけれど、中までしっかりと火が通っているから大丈夫なんだよ」

ローストとは日本語で言えば炙り焼き、蒸し焼きとなり、オーブンでじっくり焼いた肉のことを指す。

アンジュとフィアちゃんが言うように見た目はまだ赤いが、中までしっかりと火が通っている。先ほど確認してみたのだが、串を肉に刺して温かくなっていれば、真ん中まで火が通っていることがわかる。

「確かに生肉とは違うみたいだな」

「僕も遠くの街で似たような調理法を見たことがあるね」

ローストワイバーンの作り方はいたってシンプルだ。まずは大きめのブロック肉の表面に塩とアウトドアスパイスを振って、軽く下味を付ける。

そして油を引いたダッチオーブンに強火で加熱していき、上下左右の全面に焼き色を付けていく。ある程度焼き目がついたら、一度火から上げてダッチオーブンに網を敷いてその上に肉を置く。

火を弱火に調整して、ダッチオーブンの蓋の上にも炭を置き、それを三十～四十分加熱する。火から上げてアルミホイルに包み、余熱で二十分ほど温めて完成だ。

一つの肉の塊をローストビーフとするのに約一時間は掛かるわけだから、手間はともかくなかなかに時間の掛かる料理だ。

さすがに肉がまだ赤く、みんな少し躊躇しているようだったので、まずは俺が一口食べてみる。

「うん、これはいけるな！　やっぱりこのワイバーンの肉がめちゃくちゃうまい！」

その様子を見て、リリアや他のみんなも俺に続く。

「おお、確かにちゃんと火が入っているな！　それにこれは初めて食べる味だ！」

ローストワイバーンの肉はしっとりと柔らかく、肉の旨みがしっかりと中に閉じ込められており、噛めば噛むほどジューシーで肉の旨みが口の中に溢れてくる。

ローストビーフなどは常温や冷やして食べることが多いが、実はローストしたての温かい状態で食べるほうが美味しかったりする。

「テツヤさん、本当に美味しいですわ！　それにワイバーンのこんな食べ方は初めてです！」

「……それにこのタレが美味しい！」

タレはグレービーソースにしてみた。最初にワイバーンの肉の塊を焼いたときに出てきた肉汁に赤ワインと玉ねぎのみじん切りと調味料を加えて煮詰めたソースだ。

他にもバーベキューで使っていたタレやアウトドアスパイスでも十分にあうな。

「気に入ってもらえたようでなによりです。ワイバーンの肉って本当に美味しいですね」

「いえ。確かにお肉も美味しいですが、これはテツヤさんの調理法やこのタレがとても美味しいですわ。リリアの言う通り、本当に料理がお上手なんですね！」

「……王都でもワイバーンをこんなにうまく料理できる人はいない」

「そういってもらえると嬉しいですよ」

今回のゲストであるベルナさんとフェリーさんも、歓迎会の主役であるアンジュも美味しそうに食べてくれてよかったよ。

普段王都で活動しているAランク冒険者の二人にそこまで言われると嬉しくもあるな。

「他の野菜やお肉もいっぱい食べてください。おっと、炭を追加するので、ちょっとだけ待っていてくださいね」

バーベキューコンロの炭が燃え尽きて少なくなってきた。もう少し早く炭を追加しておけばよかったな。新しく入れた炭が十分に熱されるまで、風を送りつつ少し待たないといけない。

「あら、それでしたら任せてください」

「えっ？」

ベルナさんが新しい炭を追加したコンロの前に立つ。そして彼女が右手を前に突き出すと、いきなりコンロの中の炎が激しく燃え上がった。

「うわ〜綺麗です！」

「あれは火魔法だね。Aランク冒険者のベルナさんが本気を出したら、こんな炎じゃすまないと思うよ」

そういえば、ベルナさんの二つ名は灼熱帝だった。その二つ名の通り、彼女は火魔法を扱えるらしい。

ランジェさんの氷魔法は見たことがあるけれど、火魔法をこの目で見るのは初めてだ。もしも火魔法が使えたらファイヤースターターなんて必要がないな。

「ふっふっふ、ベルナは火魔法を使って剣に炎を纏わせて戦うんだぞ」

横にいたリリアが教えてくれる。

確かベルナさんは剣技もすごいんだったよな。炎を纏った剣とか、中二心をくすぐるぞ！

「ベルナさん、ありがとうございました」

「いえ、これくらいお安い御用ですわ」

フェリーさんも収納魔法や他の魔法が使えるようだし、やはりAランク冒険者になるには生半可ではない才能と努力が必要なのだろう。


そのあとはみんなで食事を楽しみながら、ベルナさんとフェリーさんから王都での話や冒険者の話をいろいろと聞いた。フェリーさんはあまりしゃべるタイプではなかったため、基本的にはベルナさんが話してくれていたな。

さすが二人ともAランク冒険者だけあって、今までいろいろな死線を潜り抜けてきたようだ。従業員のみんなも二人の冒険譚に聞き入っていた。

個人的には冒険譚よりも、王都での食材の話や、二人がドラゴンスレイヤーと呼ばれる所以となったドラゴンの肉の味とかのほうに興味があったな。いつかはドラゴンの肉も食べてみたいところである。

◆　◇　◆　◇　◆

「テツヤ、帰ったぞ」

「お帰り、リリア。ベルナさんとフェリーさんもお帰りなさい。アレフレアの街は楽しめましたか？」

「ええ、しばらく見ない間にこの街もいろいろと変わっておりましたわ」

「……久しぶりにリリアと遊べて楽しかった！」

「ああ。私も久しぶりに二人と一緒に街をまわれて楽しかったぞ」

夕方になって、街へ遊びに出ていた三人が帰ってきた。みんなで楽しく過ごしてきたようだ。

「それはよかったです」

「テツヤさんにはとてもお世話になりました。私達は明日の早朝にこの街を出て王都へと向かいますわ。方位磁石をありがとうございました。王都の冒険者ギルドにもしっかりと伝えておきますわ」

「よろしくお願いします。それではこっちは約束していたお土産です」

方位磁石百個はフェリーさんの収納魔法の中で、すでに代金も貰っている。それとは別にお願いされていたワイバーンの燻製肉とローストワイバーンだ。

になる。

「……嬉しい。ありがとう！」

フェリーさんが満面の笑みで喜んでいる。

フェリーさんは普段無表情でいることが多いが、美味しいものを食べた時や、リリアと再会した時のように嬉しいことがあると、本当に可愛らしい笑顔になる。

う～む、この可愛らしい笑顔を向けられるととても癒されるな。

ローストワイバーンもとても美味しそうに食べていたので、これもワイバーンの燻製肉と一緒に作っておくか尋ねたところ、ぜひにと頼まれたので、これもあわせて作っておいた。

「こんなにたくさん。本当にありがとうございますわ！」

テーブルの上にはワイバーンの燻製肉とローストワイバーンが山になっている。二人からは結構な肉の量を預かっていた。

「それといくつかタレも作ったので、もしよろしければこちらも持っていってください」

「えっ!?　よろしいのですか！」

「……いいの？」

「ええ。リリアの友達ですからね。その代わりにどこで手に入れたかは秘密でお願いします。普段はお店では販売していないので」

二人ともワイバーンの肉だけでなく、アウトドアスパイスや俺が作った特製タレなども褒めてくれていたからな。リリアの友達だし、これくらいはいいだろう。

ただアウトドアスパイスについてはまだ販売していないから、この店からもらったと広められるとちょっとまずいので、そこは二人を信じるとしよう。

「本当にありがとうございます！　実はテツヤさんが作ったこのタレもほしいと思っておりましたわ！」

「……めちゃくちゃ嬉しい！」

「あっ、はい……」

二人ともこんなに喜んでくれるとは思わなかったな。

「もしよければタレのほうはレシピを渡しましょうか？　王都のほうなら材料も売っていると思いますし」

アウトドアスパイスのほうは無理だが、焼肉のタレもどきは元の世界の味を基にこちらの世界の材料で俺が作ったものだ。レシピを渡せばだれでも作ることができる。

商店とかに売らなければ別にタレのレシピを教えても構わないと思っている。

「い、いえ！　そこまでしてもらうわけにはいきませんわ！」

「……さすがに悪い」

あれ、意外とタレのレシピは必要なかったのか。このタレもあったほうが便利かなと思ったのだが。

「テツヤ、実はベルナとフェリーは料理がまったくできないんだ」

「ちょっと、リリア!?」

「えっ!?　料理っていっても調味料を適量混ぜたり、野菜を細かく刻んだりするだけだよ」

「それでもだぞ。二人ともできるのは肉や魚を焼いたりするくらいだ。しかもただ焼くだけですら、たまに焦がしてしまうのだぞ」

「マジか……」

「……確かにいろいろと混ぜて失敗することも多いけれど、私は本気を出していないだけ」

あっ、これは料理ができない人のセリフだ。

「わ、私はずっと料理をする機会がなかったもので……」

いや、冒険者である以上、料理をしないといけない場面は多々あると思うのだが……

「私も料理がそれほど得意というわけではなかったが、二人と臨時パーティを組んだ時はいつも私が料理を担当していたぞ」

「そうなんだ」

「いえ、まったく料理ができないというわけではないのですよ！　魔物の解体はできますし、お肉を焼いて塩を振って食べるくらいのことはできますわ！」

「……同じく！」

「な、なるほど……」

それを料理と呼べるかは怪しいところではあるな……

しかもそれでもたまに焦がすと言っていたぞ。

まあ、逆に料理ができない人のほうがアウトドアスパイスや焼肉のタレもどきが役に立つかもしれない。焼いた肉やサラダなんかに掛けるだけでも十分だからな。

「ではレシピは大丈夫そうですね。それとこれもお店では販売していない特別製のお菓子ですので、一緒にどうぞ。これらはあまり日持ちしないので、普段は収納魔法で保管しておいてください」

アウトドアショップの能力で購入したチョコレートバーとようかんを入れた箱を二人に渡す。

「えっと、こんなにもたくさんいただいたうえに、お菓子までいただいては……」

「いえいえ。ワイバーンの肉なんてとてもすばらしいお肉をいただいたお礼ですので、遠慮なく受け取ってください」

もちろんAランク冒険者である二人に少しでも恩を売っておこうという打算がないわけではない。だがそれ以上に、今回のワイバーンの肉のお礼をしたい。

実は歓迎会が終わったあとにワイバーンの肉の値段をこっそりランジェさんに聞いてみたのだが、俺の想像の五倍くらい高額だった……

これではさすがにこちらがもらいすぎなので、調味料やお菓子をお土産に渡そうと思ったわけだ。A5ランクの和牛もビックリのお値段だったぜ……

「本当にありがとうございます、テツヤさん！」

「……テツヤ、ありがとう！」

「いえいえ。ベルナさんもフェリーさんもお気を付けて。王都から少し離れているかもしれませんが、またいつでも遊びに来てください」

「ええ、リリアもいることですし、王都に出現したダンジョンの攻略が終わりましたら、また遊びに来ますね！」

「……また来る」

「ベルナ、フェリー、久しぶりに会えて嬉しかったぞ。またな！」

別れの挨拶をしつつ、ベルナさんとフェリーさんと別れた。

いきなり二人が店に現れた時はどうなることかと思ったけれど、本当に良い人達でよかったよ。とても美味しいワイバーンの肉もいただけて、本当に感謝している。

これから王都にあるダンジョンへ挑むようだし、リリアと一緒に二人の無事を祈るとしよう。

9章　新商品と保存パック

今日もお店には朝から大勢のお客さんが並んでくれている。

「朝早くから当店にいらっしゃいまして、誠にありがとうございます！　お店を開く前に、本日より新しく販売する商品の説明をさせていただきます」

今回は特に通知もなく新商品の販売をおこなう。というのも今回新しく販売する商品はそこそこの値段で販売する予定なので、購入しないお客さんも多いと思ったからだ。

実際のところ需要は販売を開始してみないとわからないが、おそらくは棒状ラーメンやエナジーバランスほどまでは売れない気がする。ただしどの商品も単価のほうは結構高いので一つ売れるだけで利益はまあまあ出る。

「まずはこちら！　リュックに入れていた火を付ける道具や濡れてはいけない素材、楽しみにしていたお昼ご飯が、突然の雨でビショビショなんてことはありませんか？　これさえあればもう安心！　こちらは雨などの水をほとんど通さない防水リュックとなります！」

「なにっ、水を通さないリュックだと！」

「確かに突然雨に降られることも多いな」

目の前にリリアとフィアちゃんが防水リュックを背負って前に出てきて、お客さんへ向けてリュックを見せる。

フィアちゃんが大きなリュックを背負っていると、なんだか小学生がランドセルを背負っているように見えるのだが、それは元の世界から来た俺だけだろう。

「水を通さない特別な素材を使用しておりますので、たとえ大雨が降ってきたとしても安心安全！　皆さんの濡れてはいけない大切な荷物をお守りします。こちらの便利な商品がたったの金貨一枚と銀貨五枚！　たったの金貨一枚と銀貨五枚で販売となります！」

この防水リュックはアウトドアショップの能力により銀貨七枚で購入できる。この商品もビニールのような素材を使用しているため、ブルーシートのように壊れたり不要になったものは銀貨三枚で引き取る予定だ。

回収のための金額を含めると合計で金貨一枚になるため、一つ売れるごとに銀貨五枚の利益となるわけだ。

「へえ～それはすごいですね！　魔物の返り血なんかも染み込まないんですか？」

「はい。液体状のものは通しませんよ。表面をあとで拭いてあげれば大丈夫なので、リュックの中身にある物にまで血の臭いが染みたりすることもございません！」

アウトドアショップで購入できる防水リュックは結構いい品質のもので、きちんとした防水処理がされているものであることはすでに確認している。

こういったリュックには撥水《はっすい》加工された物と防水加工された物がある。撥水加工とは水を弾く加

工がされているわけだが、その防水能力はそこまで高くないものが多いし、徐々に効果が落ちていく。

防水加工は水を通さない素材を使った加工となるので、防水能力は高い。

主な素材はこの防水リュックのようにナイロンやポリエステルなどが多いが、高密度で強度に優れたバリスティックナイロンやターポリンというさらに上の素材の防水リュックもあるぞ。当然お値段はこんなものですまなくなるがな。

さらに防水加工の上には完全防水と呼ばれるものがあり、ファスナーの部分にまで防水加工がおこなわれて、完全に水を通さない。さすがに今のアウトドアショップの能力ではそこまでの物を購入することができなかった。

登山など長期間出掛けたりする場合には多少高価でも、しっかりとした防水加工をされたリュックを購入するのがおすすめである。

「論より証拠です。こちらをご覧ください」

もう一つ防水リュックを取り出して、その中を見せる。

「何か入っているな？」

「はい。こちらは冒険者ギルドで購入した新しい地図となります。最近話題になっていたので、この店でも購入してみました」

冒険者が一番濡れて困るものと言えばこの地図だろう。

写した地図はアウトドアショップで購入した地図とは異なり、材質があまり良くないこともあって、水に濡れると紙がすぐに崩れてしまい、インクもすぐに滲んでしまう。ついでに新しく販売を始めた地図も宣伝できて一石二鳥だ。

「この防水リュックの中に地図をいくつか入れて、リュックを閉じます。はい、フィアちゃんお願いね」

「はいです！」

フィアちゃんに水差しを渡し、地面に置いた防水リュックの上から水をかけてもらう。

「おいおい、そんなに水をかけちまっても大丈夫か……？」

「あれだけ水をかけても中が濡れていなかったら、急な雨に降られても大丈夫そうね」

水差しの水を全部かけてから再び防水リュックを開け、中に入っていた地図を取り出した。

「ご覧の通り、リュックの中に入っていた地図はまったく濡れておりません」

「おおっ、こりゃすごい！」

「いいわね！　それに形もあまり見ないリュックだし、オシャレかも！」

反応は上々のようだ。

確かにこんなデザインのリュックはないから、オシャレなバッグとして普段使いもできるだろう。

「色や大きさはこれしかないんですか？」

「申し訳ございませんがこれだけになります。ただ、腕を通す部分はこのように伸ばして長さを調整することが可能ですよ」

「へえ～便利ですね！」

アウトドアショップで購入できる防水リュックは黒色の一種類のみとなる。レベル5に上がって、別の色や大きさが出てくれるとありがたいんだけれどな。

「続いての商品はウインドブレーカーとジャケットになります」

俺が商品名を紹介すると、黒色のウインドブレーカーを着たアンジュと少し厚めの灰色ジャケットを着たドルファが前へと出る。

「「「おおお～」」」

二人を見たお客さん達が歓声をあげる。

この歓声は二種類の商品にではなく、それを着たアンジュとドルファへだろう。美男美女の二人が元の世界のデザインである服を着たことによって、とても斬新な格好となり注目を集めている。

ぶっちゃけモデルが良すぎるから、どんな服であっても良く見えてしまうと思うけれどな。

「ウインドブレーカーは薄くて軽いのに風をほとんど通さず、体温を温かく保つことができます。こちらのジャケットは防寒性がとても優れているので、寒い日でも安心ですよ。どちらも私の故郷のデザインとなっております」

「確かに見たことがない服だな」

「なかなか格好いいぞ」

ふむ、どうやらそこまで反応は悪くなさそうだ。

「ウインドブレーカーは金貨一枚と銀貨三枚、ジャケットは金貨一枚と銀貨五枚となります」

ウインドブレーカーは銀貨五枚、ジャケットは銀貨七枚の仕入れ値となり、防水リュックと同様に破れたりしたものは銀貨三枚で回収するつもりだ。

ブルーシートと同様にそのあたりに捨てられると困るからな。

「おいおい、あんなに可愛い従業員なんていたのか？」

「ああ。つい最近入ったらしいぞ。しかも可愛いだけじゃなくて、誰にでも丁寧に接客してくれるんだぜ！」

どうやらアンジュを初めて見るお客さんもいるようだ。

……一応先週の成果もあって、ドルファはなんとか笑顔をキープしている。少し青筋が浮かんでいるような気もするが。

ドルファの視線がアンジュの方へいったり、アンジュを可愛いと言うお客さんの方へ向いたりと忙しい。

挙動不審になっていて少し心配だ。アンジュも笑顔を崩さないでお客さんに微笑んでくれているが内心では不安に思っているだろうな。

「ご紹介が遅れましたが、こちらのウインドブレーカーを着ているとても綺麗な女性は先週よりこのお店で働いてくれることになったアンジュさんです！」

「先週よりお世話になっているアンジュと申します。皆さん、どうぞよろしくお願いします」

「「おおおおお～！」」

にっこりと微笑むアンジュを見た男の冒険者から、商品を紹介した時よりも大きな歓声が上がる。

……まあ男としてわからないでもない。

「くそ、なんであんな綺麗な子に付き合っている野郎がいるんだ！」

「いや、あんなに綺麗だからだろ。しかもすげえ優しくていい子なのになあ……」

「嘘だろ！　聞いてねえぞ！」

……相変わらずこの世界の口コミ情報は広がるのが早い。そして申し訳ないが、止めを刺させてもらうとしよう。

「ええ～彼女にはお付き合いをしている男性がいるので、食事のお誘いなどはご遠慮くださるようお願いします」

「「うわあああ！」」

結構な数の男冒険者がひざを折って絶叫を上げる。きっと彼女にひっそりと好意を持っていた駆け出し冒険者もいたんだろうな。

他のお店だったら、集客のためにそんなことはお客さんに知らせないのが普通だと思うが、うちの店はお客さんに困っているわけではないので、バッサリと切らせてもらった。

……悪いことをしているわけではないのだが、なんだかものすごく申し訳ない気持ちになる。

「そして彼女の兄もこの店で働いておりまして、セクハラなどしようものならお店から叩き出しますので、ご注意ください」

「へえ～お兄さんって、あの格好いい店員さんでしょ」

「美男美女の兄妹なんだね！」

「リリアさんも綺麗だし、フィアちゃんは可愛いくてランジェさんはイケメンで、このお店って売っている商品だけじゃなくて店員さん達も全員すごいよね！」

……ちょっとそこの女性冒険者パーティの皆さん。ここにもそのお店の店主がいることを忘れないでね！

◆　◇　◆　◇　◆

「「ありがとうございました！」」

本日最後のお客さんを従業員のみんなで見送る。

やはり新商品である防水リュックにウインドブレーカーとジャケットは食品系の商品みたいに爆発的な売れ方はしなかった。駆け出し冒険者にとってはそこまで安い金額ではないからな。

今後口コミで商品の使用感が広まってから少しずつ売れていくのだろうと推測している。

「ふう～みんなお疲れさま。アンジュ、また今週も忙しくなりそうだけれどよろしくね」

「はい、テツヤさん。やっぱりこのお店はお客さんがとても多いですね」

「今日は新しい商品を販売し始めたからね。それに休み明けは普通の日よりも少しお客さんが多いんだ」

休みの二日間で必要なものが出てくることも多いだろうから当然と言えば当然だ。

そして今週はランジェさんがいない。

先週は例のストーカーのこともあってお店にいてくれたが、とりあえずアンジュがこの店にきて一週間が無事に過ぎたため、今週はいつも通り冒険者としての活動をしつつ、このお店の仕入れをするフリをしてくれている。

「ドルファも今日の接客は大丈夫そうだったね。これからもその調子でお願いするよ」

「そうか。そう言ってくれて少し安心した」

ドルファも今日はまともな接客をしてくれていた。まだ多少はアンジュのことを気にしている様子だったが、最初のころよりもだいぶマシになってくれている。ドルファのほうも先週怒られたことを少し気にしていたようだ。

「二人がこのお店に来てくれてだいぶ楽になってきたな」

「このお店が始まった時は本当に忙しかったです！」

「リリアもフィアちゃんもその頃は本当にごめん！　でも二人の言う通り、ドルファとアンジュがこの店で働いてくれるようになって、本当に助かっているよ。明日からもよろしくね」

このお店を開いた当初はお客さんが少なかったとはいえ、たったの三人でお店をまわしていたからな。

俺もみんなもお店での接客に慣れていなかったから、お客さんが何倍も増えている今よりも忙しかったことは間違いない。

それに比べたら一人あたりの負担はだいぶ減ったはずだ。これでもうブラック企業なんて言わせないぞ。まあ、誰も言っていないけれどな。

「おう、テツヤ。いつも悪いな」

「テツヤさん、リリアさん、いつもわざわざありがとうございます」

「いえいえ。こちらこそいつもお世話になっています」

お店を閉めた後はリリアと一緒に冒険者ギルドへとやってきた。いつも通り方位磁石と浄水器を納めに来ているわけだ。

ライザックさんとパトリスさんからは、以前より冒険者ギルドからアウトドアショップまで商品を取りに来ると言われたのだが、そこまで遠い距離でもないし、冒険者ギルドにいる冒険者達の様子を直に見たいこともあって丁重にお断りさせてもらった。

実際に駆け出し冒険者達がうちのお店で購入した商品を使ってくれているのを見ると嬉しくなるからな。今日から販売を始めた防水リュックを早速使ってくれている冒険者もいた。

「そういえばベルナとフェリーから方位磁石を大量に買い取りたいという件は受けることにしたんだな。昨日の朝に二人から報告があったぞ」

「ベルナさんとフェリーさんは王都でも有名なAランク冒険者で、リリアさんとも知り合いとのことでしたので、テツヤさんのお店の場所を教えたのですが問題ありませんでしたか？」

「ええ。二人とも常識的な人だったので全然問題なかったですよ。それに方位磁石が必要な理由も正当な理由だったので、とりあえず百個を販売しました」

そう、ベルナさんもフェリーさんもいい人達だったし、二人にまったく問題はなかった。二人にはな。

「それはよかったです。王都の冒険者ギルドマスターからもダンジョンの対応が大変だと聞いておりました。テツヤさんが方位磁石を販売してくれて、とても助かったと思いますよ」

「少し気になっていたが、この街の付近にはダンジョンはなくて検証もできなかったからな。これで王都付近にできたダンジョンも攻略されて、あいつもほっとするだろうよ」

ライザックさん達は王都の冒険者ギルドマスターと知り合いらしい。ふむ、それなら今後王都の冒険者ギルドからめちゃくちゃな要求が飛んでくることはなさそうだ。

「……それでギルドマスター、私とテツヤが結婚しているという嘘をベルナとフェリーに吹き込んだ言い訳を聞こうか？」

いつの間にかライザックさんの後ろに一瞬で移動していたリリアからの一言。

そう、今日はそれについてをライザックさんへ言及するために冒険者ギルドへやってきたわけでもある。

「ああ、そのことか。なあに、これだけ長い間同棲しているなら、もう結婚も間近なんだろ。どうせならリリアの知り合いだというあの二人にも、そこんとこを突っついてもらえると思ってな」

「そそそ、そんなわけがあるか！　たたた、確かに一緒の家に住んではいるが、私は護衛の身で部屋は別々だし、ランジェのやつだっているし……そ、それに付き合ってもいないのに結婚なんてできるわけないだろうが！」

顔を真っ赤にして必死に否定するリリア。

めっちゃ可愛い……

相変わらず、普段凛としているリリアがこうやって照れている様子はとても可愛らしいんだよなあ。

「ふ〜ん」

ニヤニヤと笑みを浮かべて俺とリリアを見るライザックさん。

そりゃ俺だって男だし、リリアのことを異性として見ていないと言えばまったくの嘘になる。リリアはとても綺麗な女性だし、優しくて一緒にいてとても楽しい。左腕がないことなんて俺は全然気にならないしな。

正直に言って、これまではあえてリリアを女性として見ないように意識していた。いきなり異世界にやってきて、アウトドアショップの能力を使って自分の店を持って、商売を軌道に乗せるので精一杯だった。

……それが落ち着いてきたら今度は今の環境の居心地が良すぎて、それを壊したくないと思う自分がいるんだよな。もしもリリアに告白をして振られてしまったら、今のこの店でものすごく居心地が悪くなってしまうぞ。うっ、想像してみたら胃が痛くなってきた。

「少なくともこれは俺とリリアの二人の問題なので、そういう茶々は入れないでくれませんか」

「ふ、二人の問題!?」

……リリアがそういう反応をすると、俺もめちゃくちゃ脈があると思ってしまう。でもこれで実際にリリアへ告白をして、『勘違いしないでくれないか？』とか『ちょっと自意識過剰なんじゃないか？』なんてことを言われたその日にはもう二度と立ち直れなくなるに違いない。

いや、もちろんリリアがそんなことを言うはずがないことはわかっているのだが、どうしても悪い方向に考えてしまう。実はブラック企業時代に社内の人に告白をしたことがあるが、振られて気まずい思いをしたことがあるんだよ……

さすがに今この状況であの時と同じ状況にはなりたくない。

「二人の問題ねえ～」

ニヤニヤと俺とリリアを交互に見てくるライザックさん。

あっ、これはまったく反省していないな。

「すみません、私も本当のことをお伝えしようとも思ったのですが、個人的に二人はとてもお似合いだと思っていたので、少しでも発展があればと思い、あえて訂正はしませんでした。テツヤさんもリリアさんもこういった横槍は好まれないようなので、次からはしっかりとこちら側で止めさせてもらいます」

ふむ、どうやらパトリスさんは悪気がなかったようだ。それに俺なんかがリリアとお似合いだとか言われると正直かなり嬉しい。

よし、判決は出たな。

ライザックさんはギルティ！　パトリスさんはノットギルティ！

「そういえば話は変わるのですが、ベルナさんとフェリーさんから高級食材であるワイバーンのお肉をいただきましてね。そのお肉で特製の燻製肉を作ってみましたので、ぜひ食べてみてください」

持ってきていたリュックの中から、二つの包みを取り出して、両方ともパトリスさんへ手渡す。

「ワイバーンの燻製肉ですか！　そんな高級肉を本当にいただいてもよろしいのですか!?」

「ええ、もちろん。普段からパトリスさんにはとてもお世話になっていますから。二人には他の人にもお裾分けしてもいいと許可をもらっていますので、遠慮なくどうぞ」

「おっ、おい、テツヤ。俺の分は!?」

「これは普段からお世話になっている人へのお礼ですからね」

そう、これは個人的なお礼として持ってきたものだからな。人をからかったり茶々を入れてくれる人に対しては不要なものである。

「なあ、冗談だろ。一つは俺の分なんだろう？」

「なんの話でしょうかね？　初めて作ってみたんですけれど、思ったよりもうまくできました。燻製する前に肉を表面だけ焼いてから特製の甘辛いタレでじっくり煮込むんです。正直に言ってそれだけでも十分に美味しいんですけれど、それを燻製にすることによってさらにスモーキーな香りが追加されるんですよ」

「すまん、俺が悪かった！　謝るからぜひ俺にもそのワイバーンの燻製肉をだな……」

「俺も食べてみたんですけれど、ワイバーン肉の柔らかくて旨みが溢れてくるジューシーな味に燻製の香りが合わさってそれはもう最高でした！　いやあ、以前に誰かさんからいただいたダナマベアの肉の燻製も美味しかったですが、そのもう一段上を行く味でしたね。そしてこれがまあお酒にとてもよく合うんですよ！」

「テツヤ、俺が悪かった！　もう二度と今回みたいなことはしません！　だからどうか俺にもそのワイバーンの肉を分けてください！」

「…………」

まさかライザックさんが俺に敬語を使って土下座までするとは……

というかこっちの世界にも土下座の文化はあったんだ……

もうこういったことは二度としないと誓ってくれたので、最初の予定通り一つはライザックさんに渡した。俺が思っていた以上に反省してくれたようだ。

◆　◇　◆　◇　◆

「グレゴさん、お久しぶりです」

「お邪魔するぞ」

「おう、テツヤにリリアか。すまんが、あとちっとだけ待ってくれ」

「はい、もちろんです」

冒険者ギルドを訪れた翌日。グレゴさんから例の食品を保存するパックができたから来てほしいという連絡があったので、お店の営業が終わったあとに、リリアと一緒にグレゴ工房へやってきた。

店員さんにも顔を覚えられたようで、今回は受付に行くと直接グレゴさんのところへ案内してくれた。そこはグレゴさんが仕事をおこなっている部屋らしく、大きな炉に火が入っており、グレゴさんがカーンカーンと槌を振るっていた。

リアルにドワーフが槌を振っている姿を見ると、なんだか感動してしまう。炉の燃え盛る炎の前で、赤く輝く金属に何度も何度も槌を打ち付ける。金属と槌がぶつかるたびに火花が飛び散り、カーンという高い音が鳴り響いていく。

そしてその真剣な眼差しはすべて鍛えている金属へと注がれている。元の世界で鍛冶師が日本刀を打つ姿もこのような感じだったのかもしれない。

「ふう……待たせてしまってすまんな」

「いえ、全然大丈夫ですよ。それに剣を打つところを初めて見ましたけれど、本当にすごい迫力でした」

グレゴさんはこのアレフレアの街では一級の鍛冶職人だ。……改めてこれほどすごい人にこんな依頼をしてよかったのかは疑問ではある。

「カッカッカ、たいして面白いもんでもないがのう。さて、以前に依頼を受けた袋だが、いくつかの魔物の素材を使って試してみて、一番出来がよかったのがこいつだ。とりあえず試しに五つほど作ってみたぞ」

グレゴさんが取り出したものは茶色い長方形の袋であった。

「おおっ。これが例の袋なんですね」

「うむ。熱に強く液体を通さない素材でできており、口をしっかりと塞いである。物を入れる部分は留め金でしっかりと閉じてから上の部分を巻いて固定すれば、ほぼ密閉された状態になるはずじゃ。そこそこ丈夫な素材だから、何度も繰り返して使うこともできる」

「おおっ、それはすごいですね！　こちらの理想通りです」

受け取った袋を試しに閉じてみると、完全に中の空気が漏れないようになっていた。閉じる部分が二重になっているため、かなりしっかりと密閉できるようだ。

あとは実際に試してみて食品の保存が可能になるのかと、どれくらいの期間保存が可能なのかを確認してみるとしよう。これで食品の長期保存が可能になれば、ようかんやチョコレートバー、レトルトカレーの販売も可能となるな。

「素材に関してはそこそこするし、儂以外でも作ることは可能じゃが、量産するのならば多少の時間と費用は掛かると思うぞ」

「なるほど」

当たり前だが、この世界では機械による大量生産はできないので、この保存パックは職人さんが一つ一つ手で作っていくことになる。

「ちなみにこれを一つ作るとどれくらいの費用が掛かりそうですか？」

「そうじゃな……一つにつき銀貨五枚といったところじゃろう」

銀貨五枚ということは約五千円くらいか……思ったよりも掛かるな。

「これでも加工料はだいぶ安くしておるつもりじゃぞ。以前にもらった菓子が販売されるのは儂も嬉しいからな。それに得意先のリリアの依頼でもあるからのう」

「すまないな、グレゴ殿」

「ありがとうございます。まずはこれで試してみて、大丈夫そうでしたら改めて大量に注文させていただこうと思います」

たとえ値段が高くても、今販売しているインスタントスープの木筒のような感じで、保存パック代も含めた価格で販売をして、容器を買い取ればいいだろう。そうすれば実際には中に入れていた中身の料金だけですむことになるからな。

とりあえず実際にようかんやチョコレートバーやレトルトカレーを入れてみて、一週間以上持つかを確認してみるとしよう。

「なかなか面白い依頼じゃったぞ。武器や防具を鍛えるのも面白いが、こうやって新しいものをいろいろと考えながら、少しずつ試行錯誤してみるのも面白いものじゃ」

「本当にお世話になりました。これは先日のお菓子です。それとこっちは知人からいただいた特別製の燻製肉のおすそ分けになります。とてもお酒と合っていて美味しいですよ。どちらもお早めに召し上がってくださいね」

「おおっ、こいつはすまんのう！　あとでゆっくりと楽しませてもらうわい」

前回ここに来た時も持ってきたようかんとチョコレートバーに加えて例のワイバーンの燻製肉も少しだけおすそ分けする。グレゴさんも大の酒好きらしいから、きっと楽しんでくれるだろう。

試作品に掛かった金額はこちらが提示してあった上限金額の半分くらいだったから非常に助かった。こちらでもいろいろと試してみて問題ないようならば、すぐに大量生産できるようグレゴさんのほうでも準備をしてくれるそうだ。うまく保存期間が延びてくれればいいんだけどな。

◆　◇　◆　◇　◆

「それじゃあロイヤ達パーティのDランク昇格を祝って乾杯！」

「「乾杯！」」

多数の木製のコップのぶつかりあう音が店内に響き渡る。

今日はロイヤ達がEランクからDランクに昇格したお祝いだ。いつも通りというべきか、俺が初めて泊まった宿の食事処に集まってお祝いをしている。

今でもたまにリリアやランジェさんと一緒に食事しに来たりしている。

「……ぷはあ、仕事終わりの酒はやっぱりうまいな！　ロイヤ達もついにDランク冒険者かあ～これで駆け出し冒険者も卒業になるんだよな？」

「ああ、一応な。だけどDランク冒険者に上がりたてが一番危ないって、冒険者ギルドの職員さん達も言っていたから気を付けないと」

「駆け出し冒険者を卒業したばかりのこの時期がいろいろと調子に乗りがちで事故率が高くなるって話だ」

なるほどな。ロイヤとファルの言う通り、人はある程度仕事に慣れてきた時が一番大きなミスをしがちだと元の世界でも言われたっけ。しかもここは異世界で、一つの大きなミスが命取りになってしまう。

「ロイヤも多少は成長しているみたいだし、私とファルもちゃんと自覚しているから大丈夫よ。パーティ内に一人おっちょこちょいがいると、他のみんなはより冷静になるって本当なのね」

「おい、ニコレ。誰がおっちょこちょいだって!?」

「相変わらずみんな仲がよさそうなパーティでなによりだよ。まあしっかり者のファルとニコレがいるから大丈夫そうだな」

「おい、テツヤまでそんなことを言うなよな」

「これでもだいぶマシになったほうなんだぞ。冒険者になりたての頃は魔物を見つけたら何も考えずに突っ込むだけだったからな」

「ファルまで……」

ロイヤと出会った時はそんな感じだったな。

「それにしても今日はフィアちゃんがいないのは本当に残念ね。でも久しぶりにアルベラちゃんと会えたのはよかったわ！　あの子も本当に可愛いわよね。ハァハァ……」

「「「…………」」」

……ごめん訂正する。しっかり者はファルだけだった。

ちなみに今日もアルベラちゃんは、金髪ツインテールを揺らしながら元気に接客してくれた。

この宿の店主であるマッチョなおっさんからどうしてこんなに可愛らしい女の子が生まれたのかは気になるところであるな。

「とりあえず今日は俺のおごりだから、好きなだけ飲んで食べてくれよ」

「サンキュー、テツヤ！」

「ありがとう、ごちそうになるぞ！」

「ありがとう、テツヤ！」

最近はお店の営業も軌道に乗って結構な利益を得ている。そもそもこの店の料理はそこまで高くはないし、みんなはお酒も飲まないからお金はそれほどかからないからな。

「相変わらずここの料理は美味しいね。値段も考えるとかなりいい店だよ」

「うむ。それに味付けもいろいろと変わっているようだ。こっちの煮込み料理はさらに美味しくなっているぞ」

「ランジェさんもリリアさんも今日はわざわざありがとうございます！」

フィアちゃんは来られなかったが、今日は仕事が終わったあと、ちょうどランジェさんも依頼を終えてお店に帰ってきたので、誘ってみたら一緒に来てくれた。

「こういうおめでたい席に呼ばれるのは僕も好きだからね。本当におめでとう」

「ああ。出会ったばかりのころは駆け出し冒険者だったロイヤ達がもう昇格とは感慨深いものがあるな」

「あ、ありがとうございます！　ランジェさんやリリアさんにはテツヤのお店でいつもアドバイスをもらっていて、とても感謝しています！」

「なに、私もまだ駆け出し冒険者だったころはロイヤ達と同じように、よく先輩冒険者達のお世話になったものだ。私達に感謝しているのなら、その分はぜひとも今後出会った駆け出し冒険者に返してやってくれ」

「はい、もちろんです！」

リリアは元Bランク冒険者だし、ランジェさんは現役のBランク冒険者だ。アウトドアショップのお客さんもよく二人にアドバイスを求めにお店にまでやってきてくれている。

それに二人からアドバイスをもらったお客さんはお店の商品を一つは買ってくれる。お店としては別に強制する気はないのだが、暗黙の了解でみんな一つくらいは商品を買ってくれるんだよな。

「……そういえばランジェさん。三人は俺の大切な友人なんですからね。軽い気持ちでニコレに声を掛けたりはしないでくださいね」

一応ランジェさんには釘を刺しておかないといけない。

ロイヤ達は俺の命の恩人だ。もちろんランジェさんが本気で好きになったのなら話は別だが、軽い気持ちでニコレを誘ったりされては困るので、小声で忠告する。

「……テツヤは心配性だね。大丈夫だよ」

さすがに俺の杞憂だったか。ニコレも獣人の女性の中ではかなり可愛いほうだと思うから少し心配だったんだ。

「……彼女には出会った時に食事へ誘ったけれど、断られちゃったからね」

「…………………」

すでに声を掛けていたんかい！

「ベルナさんとフェリーさんにもあっさりと断られちゃったし、自信がなくなっちゃうよねえ……」

まあニコレは少し変わっているし、ベルナさんもフェリーさんも男性からのお誘いを断り慣れている感じだったもんな。

なんにせよランジェさんがロイヤ達のパーティを崩壊させるなんてことがなさそうでよかったよ……

「ロイヤ達はもう他の街に拠点を移したりするのか？」

俺が一番気になっていたことをロイヤ達に聞いてみた。

駆け出し冒険者を卒業した冒険者達は別の街に拠点を移していく。

もちろんロイヤ達の冒険者ランクが昇格したことは非常に喜ばしいが、この街から離れてしまうのはとても寂しい。

お店を開いてから、別の街へ拠点を移動する際に、世話になったとわざわざお礼を言いにきてくれる冒険者も大勢いた。それは俺にとって嬉しくあると同時にとても寂しいことでもある。

「ああ、俺達はまだしばらくこの街にいるぞ」

「あっ、そうなんだ」

「Dランクには上がったが、もう少し準備を整えてから次の街へ向かう予定だ」

「特に武器や防具のグレードを少しあげておきたいわね」

少し……いや、本音を言うとかなりほっとした。

この街にお店を開いてから多くの駆け出し冒険者達と知り合ったが、やはり一番仲が良いのはロイヤ達だ。ロイヤ達と別れることになったらだいぶ寂しくなってしまうところだった。

「だからもうしばらくはテツヤの店でお世話になる予定だぜ。今後ともよろしくな」

「ああ、今後ともうちの店をご贔屓にな！」

ロイヤ達との付き合いはもう少し続きそうだ。これで今日はなんの憂いもなくロイヤ達を祝うことができるな。

「おお、テツヤ、久しぶりだな。今日の料理はどうだ？」

みんなで料理を楽しんでいると、この宿の店主であるマッチョなおっさんがやってきた。

「ええ、美味しいですよ。たぶんこれは味付けにうちの店で売っているインスタントスープを使っているんじゃないですか？」

「おう、さすがだな。前にテツヤから聞いたインスタントスープを味付けに使ってんだ。なかなか評判もいいぞ」

どうやらおっちゃんは前に教えたインスタントスープの味付けをいろいろと試していたらしい。

「おっちゃん、前に食べた煮込みもうまかったけれど、こっちのほうがうまいぜ」

「ああ、私もこっちのほうが好きだな。味に深みがあって美味しいと思うぞ」

「そりゃよかったぜ。最近は飯だけ食べに来てくれる客もだいぶ増えてきたからな。これもテツヤの店のインスタントスープのおかげだ」

たぶんこっちの煮込みには味噌汁のスープだけを入れて味に深みを出しているな。そしてこっちの野菜の炒め物にはコンソメスープを使っているようだ。俺も料理にインスタントスープやラーメンのスープの素を使っているからよくわかる。

「あとはあのアウトドアスパイスとかいうやつも、テツヤの店で販売してくれるとありがてえんだけどな」

この街ではコショウなどの香辛料はまだ少し高価だ。アウトドアスパイスを販売してしまうといろいろと問題が起こりそうなので、まだお店では販売していない。

いつもお世話になっているこの店のおっちゃんやロイヤ達だけにはこっそりと安値で販売している。その代わりに俺達に出す料理には調味料を加えてもいいという話になっている。

「だが、もう少ししたらコショウを安く手に入れることが可能になるらしいぞ。そうすりゃテツヤの店でも普通に販売できるようになるんじゃねえか？」

「へえ～それは初耳ですね」

「なんでも高名な魔法使い様がどんな場所でもコショウの栽培ができるようになる魔法を開発したらしくてな。俺達宿屋や飲食店の間じゃあ、コショウだけじゃなく他の香辛料なんかも安く手に入るようになるのは時間の問題だと聞いているんだよ。それに合わせて税金なんかも下がるかもしれねえって話だ」

確か元の世界でコショウが高価だったのは、原産地から遠い陸路を運んでいくための輸送費がとてつもなく掛かってしまうのが理由だったはずだ。どこでもコショウが栽培できるようになれば、その価格は大きく下がるに違いない。

しかし魔法って本当にすごいな。下手したら将来的には品種改良とかもできてしまいそうで怖い……

「もし本当にコショウや他の香辛料が安くなるならアウトドアスパイスも販売できるようになりますね。それにいろんな香辛料や調味料が手に入りやすくなるのはありがたいな」

その話は俺にとっても朗報だな。もちろん店の利益という点でもそうだが、やはり食の発展というものは日々の食卓を豊かにする。他のいろんな香辛料や調味料が安く手に入りやすくなるのは料理をする俺にとってもありがたい。

「そんなに値段が高くなかったら、冒険者のみんなも絶対に買うと思うぞ！　焼いた肉に掛けるだけで本当にどんな肉でもうまくなるからな！」

「うん、塩を掛けるだけよりも全然美味しいから絶対に売れるよ！」

「普段の料理でも使えるからな。冒険者だけじゃなくて一般の人達も購入すると思うぞ！」

ロイヤ達がそう言ってくれるのなら、他の冒険者達にも売れそうだな。やっぱり食関係のものは広く需要がありそうだ。もしも香辛料の値段が落ち着いてきたら、アウトドアスパイスも販売してみるとしよう。

10章　Aランク冒険者再び

「今週はのんびりとした感じだったな」

「そうだね。今週はランジェさんもいるし、新商品もちょくちょく売れているし、なによりみんながうちの仕事に慣れてきてくれたのが一番かな」

今日の休みは昼にリリアと一緒に屋台の食べ歩きをしてのんびりと過ごしていた。

今週は特に大きな問題もなく、無事に一週間の営業が終わった。朝だけは棒状ラーメンを買いに来てくれるお客さんが並んでくれるが、それ以外は常に満員とかではないからな。

アンジュに彼氏がいるという噂もだいぶ広まってきてくれたみたいで、アンジュをナンパするようなお客もいなくなった。

そのおかげでドルファもようやく普通の接客ができるようになってきたようだ。まあ、たまにアンジュの接客に顔を赤くしてたじろぐ男性客を睨んだりもするけれどな。それでもだいぶマシになってきたんだよ……

「それでテツヤ、今日のご飯は何を作るんだ？」

「今日はカレーにしようと思っているんだけど、レトルトカレーだけじゃなくてちょっとしたトッピングもつけようかなと思っているんだ」

「おお、それはいい！　あのカレーという料理は少し辛いが、あとを引く美味しい味だからな！」

今はリリアと一緒に晩ご飯の買い出しで市場へ買い物に行っていたところだ。今日はランジェさんもいることだし、三人分の食材と来週分の食材も買ってきている。


「さて、店に戻ったらすぐに料理を始め……ってあれ、お店の前にいるのって？」

「ベルナ、フェリー!?」

なぜかアウトドアショップの前にベルナさんとフェリーさんがいた。

「リリア、テツヤさん、お久しぶりですわ！」

「……会いたかった」

久しぶりと言っても、二人が王都に帰ってから、まだたった二週間しか経っていないんだけれどな。

「ベルナさん、フェリーさん、お久しぶりです」

「二人ともどうしてここに？　王都のダンジョン攻略で忙しかったのではなかったのか？」

「王都の近くにできたダンジョンは無事に踏破した」

「えっ、もう!?」

「まだ別れてから二週間も経っていないぞ!?」

俺とリリアの驚きの声が周囲に響き渡った。

これまではだいぶ時間を掛けても攻略が進んでいなかったから、わざわざ王都からうちの店までやって来て方位磁石を買いに来たんじゃなかったのか？

そもそも王都までの道のりでも何日か掛かるはずだ。移動時間はAランク冒険者の二人ならもっと早い方法があるのかもしれないが、それでも早すぎる。

「えっと、とりあえずここではなんですので、まずは上がってください」

さすがにお店の外で話すような話ではないな。

アウトドアショップの二階の住居スペースへ二人を案内する。ランジェさんはまだ帰ってきてないようだった。とりあえずまずは二人にお茶を出して話を聞く。

「テツヤさんから購入した方位磁石のおかげで、ダンジョン攻略は今までの数倍のスピードで進めることができるようになりましたわ」

「正直、ダンジョン内のモンスター自体はそれほど強くなかったから、フロアの攻略が進めばこれくらいは当然」

各フロアがとても広く、入り組んでいるためマッピングが進まないことが、なかなか攻略できない要因だったようだ。

そんな中でうちのアウトドアショップが用意した方位磁石はかなりの活躍をしてくれたらしい。

確かにゲームみたいにダンジョン内で常に一定の方向がわかれば相当便利だとは思うけれど。

「それにダンジョンの中で美味しい食事もとれて私達のやる気も全然違いましたからね！　一緒にいた皆さんにテツヤさんからいただいたお土産をほんの少しだけおすそ分けしましたが、皆さんとても喜んでいましたわ！」

ベルナさんがとても嬉しそうに話してくれる。その様子からすると、他の冒険者にも好評だったようでなによりだ。

「テツヤからもらったご飯超美味しかった。私も超頑張った！」

めちゃくちゃドヤ顔で胸を張るフェリーさん、なんだか可愛くて微笑ましい。思わず頭をなでたくなってしまうな。

「ふふ、そうですわね。フェリーもいつもより頑張ってくれましたわ。というわけでこちらが王都の冒険者ギルドからの書状になります。それとダンジョン踏破の報酬の一部がテツヤさんにも支払われますわ。しばらくしたら王都の冒険者ギルドからこちらの冒険者ギルドを通して支払われると思います」

「えっ!?　うちの店が報酬をもらえるの？」

書状に書いてあったのは結構な額だ。もしかすると今後王都にもアウトドアショップで販売している商品を送る予定だと話していたから、それに期待しているという意味もあるかもしれない。

そもそもこのアレフレアの街の冒険者ギルドとは協力関係にあるわけだし、もらえるのならもらってもいいのかな。

「二人ともわざわざそのことを教えに来てくれたんだな。だが、それなら別に冒険者ギルド経由でもよかったのに」

「ええ～と、それはそうなのですが……」

「…………………」

ああ、なるほどね。

「わざわざありがとうございます。そういえばそろそろ晩ご飯を作るのですが、よろしかったら二人もご一緒にどうですか？」

「本当ですか！　もしよろしければお願いしますわ」

「テツヤの料理、食べたい！　あと前にテツヤがお土産でくれた甘いお菓子も欲しい！」

「ちょっと、フェリー。厚かましいですわよ！」

「気にしないで大丈夫ですよ」

まあそういうことなのだろう。

それにお土産で渡したチョコレートバーやようかんも気に入ってくれたみたいだ。

「……なるほど、そういうことだな。テツヤ、私も何か手伝おうか？」

「いや、今日それほど凝った料理は作らないからさ。せっかくだから二人と話していてよ」

カレーのトッピングを作るだけだからな。そういえば二人はまだ棒状ラーメンも食べていなかったっけ。量はそこそこにしておいて、そっちも一緒に食べてもらうか。

「あっ、テツヤさん。今日もお土産を持ってきたので、もしよろしければこちらもぜひ使ってください」

「テツヤに料理してほしい！」

「おおっ、ありがとうございます！　……以前にいただいたワイバーンの肉より色が黒いですね。

ちなみにこちらの肉は何の肉なんですか？」

収納魔法でしまっていたわけだし、腐っているわけではないはずだ。

「これはベヒーモスの肉ですわ」

「王都のダンジョンのボスだった！」

「「…………」」

これまたとんでもない肉を……

今回の王都の近くに現れたダンジョンのフロアボスであったベヒーモス。非常に巨大な四足歩行のモンスターで、表面は硬い毛皮で覆われているが、その内側の肉は非常に柔らかくて栄養もある超高級食材のようだ。

肉の美味しさ的には以前のワイバーンの肉と同じくらいらしいのだが、その討伐難易度はワイバーンをはるかに超えるらしい。今回はベルナさんとフェリーさんのパーティ以外のAランク冒険者パーティ三組と合同でダンジョンのフロアボスを倒したようだ。

特にフェリーさんがいつもより張り切っていたらしく、無事に犠牲者を一人も出すことなくダンジョンボスを倒すことができたらしい。そしてベヒーモスの素材は山分けとなったわけだが、ベヒーモスはかなりの巨体らしく、全員で分けても結構な量がもらえたようだ。

「二人とも明日はまだこの街にいるらしいから、凝った料理は明日作ればいいな。そしたら今日作る予定だった料理の材料をこのベヒーモスで作ってみればいいか」

せっかくなら日持ちするベヒーモスの燻製肉とかは作っておきたいところだな。また二人のお土産にいろいろと作ってみるとしよう。


「お待たせ」

たくさんの料理とようかんとチョコレートバーが山盛りになったお皿をテーブルの上に載せる。

以前のバーベキューの時に知ったけれど、二人とも結構な量を食べるんだよな。

「あのお菓子がこんなにたくさん！」

「まあ！」

「こっちのお菓子は食後にしようね」

フェリーさんとベルナさんが山盛りになったようかんとチョコレートバーを見て目を輝かせている。よっぽど気に入ってくれたらしい。

「こっちの料理はカツカレーだよ。二人からもらったベヒーモスの肉に衣を付けて油に浸して揚げるカツという料理を、カレーという料理の上に載っけたんだ。少し辛くて独特な香辛料の香りがするから、食べられなさそうなら言ってね」

「とてもいい香りがしますわ！」

「……でも色がちょっと微妙。テツヤの料理だから大丈夫だとは思うけど」

「私も最初は同じように思ったけれど大丈夫だぞ。こっちのカツというのは初めてだな。前のから揚げとは違うのか？」

「から揚げのほうは肉に下味を付けているし、衣が少し違うんだよ」

そういえばカツを作ったのは初めてか。やっぱりカツを作るならソースがほしいところなのだが、まだソースは手に入れられてないんだよね。今回はカツカレーにするからソースはなくても問題ない。

「……っ!?　サクサクとした衣の中からベヒーモスの肉の旨みがこれでもかと溢れてきますわ！　それにこの独特の味がする茶色いペースト状のものをベヒーモスのカツに付けると本当に美味しいです！」

「少し辛いけれど、とっても後を引く味。これだけだとただ辛い料理なのに、下にある白い穀物と合わせるとちょうどいい味！　カレーも、このカツという料理も全部合わせて一緒に食べると今まで食べたことがない至高の味になる！」

相変わらず二人とも良い反応をしてくれるなあ。元の世界の人達でも初めてカツカレーを食べた人はこんな反応をしたのかもしれない。

「テツヤ、このベヒーモスのカツとやらもとてもうまいぞ！」

「うん。確かにこれは肉がめちゃくちゃ美味しいね！　普段食べている肉とは味が全然違うよ。でもワイバーンの肉とは微妙に味が違って、こっちのベヒーモスの肉もうまい！」

この前もらったワイバーンの肉と同じくらい美味しいが微妙に味が違う。例えるならば牛と豚の肉の味が微妙に違うようなもんだな。

久しぶりに食べるとカツもいいもんだ。

「こっちの料理は棒状ラーメンだよ。三分間茹でるだけでとても簡単にできるから、気に入ったらぜひお土産に持っていってくださいね」

棒状ラーメンなら料理が苦手な二人でも簡単に楽しむことができるだろう。

本当はいただいたベヒーモスの肉で作ったチャーシューをトッピングにでもと思ったのだが、さすがに時間がなかったので、それはまたの機会だな。

「まあ！　初めて食べる味ですが、とても美味しいです。良い香りのするスープがとても細い麺に絡んで、一口ごとに口の中が幸せになりますわ！」

「こんなに細い麺なのに弾力がある。それにこのスープがとても深い味で美味しい！」

ベルナさんもフェリーさんもみんなが初めて棒状ラーメンを食べた時と同じような反応をして、とても美味しそうに食べてくれる。

これもお土産に渡すとしよう。

「どちらも多めに作ってあるから、おかわりがほしい場合には遠慮なく言ってね。あとカツカレーは少し溶けたチーズを掛けてもより美味しいよ」

「テツヤ、両方おかわりを頼む！　チーズも頼むぞ！」

「テツヤ、私も！」

「テツヤさん、私もお願いしますわ！」

……みんなよく食べるなあ。ベヒーモスのカツが思ったよりも美味しいから、俺も少しおかわりするとしよう。

「ただいま～！　なんだかとてもいい香りがするね、お腹が減ったよ。いやあ今日は誘った女の子に最後の最後で逃げられちゃってさ！　あともう少しでベッドインだったのに……って、あれ？」

「「「…………」」」

そんな空気の中で、ランジェさんがとんでもないことを口走りながら帰ってきた。

「うわっ、なにこのカツって料理は美味しすぎない!?　いつものカレーも美味しいけれど、カレーと一緒にこのカツを食べるとさらに美味しいね。それにベヒーモスの肉なんて初めて食べたよ。ベルナさん、フェリーさん、ありがとうね！」

「いえ、お気に召していただけてよかったですわ」

「…………」

さすがにベルナさんもフェリーさんも先ほどのランジェさんの言葉を聞いて、若干ランジェさんから距離を取っている。

ランジェさんはランジェさんで二人の前で紳士的な態度を取るのはあきらめたらしく、いつもの態度で接するようになったみたいだ。

「ランジェさん、カツカレーのおかわりはいる？」

「うん、頼むよ！」

ランジェさんもカツカレーの味を気に入ってくれたみたいだな。

「はああ……やはりこのお菓子はすばらしいですわ！　かすかなほろ苦さと一緒に芳醇な香りと深い甘みが口の中に広がりますわ！」

「……こっちのお菓子も最高！　弾力のある食感と他にはない甘さが同時に味わえる」

ベルナさんとフェリーさんはすでにカツカレーと棒状ラーメンを複数回おかわりして、チョコレートバーとようかんを至福の表情で頬張っている。もしかしたらカツカレーを食べている時よりも幸せそうな顔をしているかもしれない。

それにしても、二人ともよく食べるなあ。特にフェリーさんはあの小柄な体型でよくこれだけの量を食べられるものだよ。

お腹にも収納魔法があるんじゃないのかと思ってしまったことはさすがに内緒だ。

「王都のほうだと、こういった甘いお菓子は売っていない感じですか？」

「そうですね、パイやクッキーのようなものは販売されておりますが、これほど甘みのあるお菓子はないですわ」

「甘い果物はある。でもテツヤがくれたこのお菓子みたいなものは売っていない」

王都でもそこまで甘いものはないらしい。

「テツヤさんのお店でもこのお菓子は販売していないようですが、販売しないのですか？　間違いなくこの街……いえ、王都でも売れると思いますわ」

「大繁盛間違いなし！」

「ちょっと材料が特別なのと、あんまり日持ちしないので今までは販売を控えていましたが、その問題がうまく解決できそうなので、もう少ししたら販売する予定ですよ。まあ、王都のほうまではちょっとわからないですけど」

「そうですか……」

「残念……」

とりあえずグレゴさんに頼んでいた保存パックのほうは一週間ほど経っても問題ないことが確認できた。もう少し日数をおいて大丈夫だったら、グレゴさんに大量発注する予定となっている。

「ちなみにみんなはこっちのチョコレートバーとあっちのようかんのどっちが好き？」

「私はこっちのようかんだ。程よい甘さとこの食感がたまらないな」

「僕はこっちのチョコレートバーだね。口の中で優しく溶けていくこの甘さがたまらないよ」

ふむふむ、リリアはようかんでランジェさんはチョコレートバーだな。

「私はこちらのチョコレートバーですわ」

「ようかんのほうが好き」

ベルナさんはチョコレートバーでフェリーさんはようかんか。綺麗に票が割れたが、どちらも異世界のみんなに受け入れられそうだ。ちなみに俺はどちらも同じくらい好きかな。

「なるほど、とても参考になりました」

保存パックができたところで、王都までの遠い道を運んで販売することは難しいが、この世界には収納魔法が存在する。大きな容量のある収納魔法を使える人に王都までの運搬を依頼すれば、問題ないだろう。

もちろん輸送をお願いする人に輸送料を払わなければならないため、この街で販売するよりも高価になってしまうが、それでも売れることは間違いないはずだ。

問題は輸送を引き受けてくれる人がいるかと、輸送費がどれくらい掛かってしまうかだな。

さすがにランジェさんには仕入れのフリをしていろんな場所へ行ってもらっているから、別の収納魔法を使える人を探す必要がある。


「ごちそうさまでした」

「美味しかった」

「え、ええ。満足してくれたようでなによりです」

余った分はフェリーさんの収納魔法で保存できるから、だいぶ多めに作っておいたのにまさか全部食べきるとは驚きだ。

「そういえばフェリーさんとランジェさんに聞きたいんですけれど、収納魔法を使える人達って王都だと結構多いんですか？」

「そこそこはいると思う。リュック一つ分くらいの容量ならそれほど難しい魔法じゃない」

「そうだね。ただ基本的に収納魔法の容量はその人の魔力によって決まるから、大きな容量を持っているのは僕達みたいなエルフが多いよ」

「ふむふむ。やっぱり収納魔法で大きな容量を持っている人までいくと珍しいわけか。ちなみにこの街から王都まで馬車一台分くらいの荷物の運搬を依頼したい場合には冒険者ギルドに頼めばいいのかな？」

「そうだね。ただ、アレフレアにはそれほどの容量を持っている人はいないんじゃないかな。王都でもそんな人は少ないと思うよ。ちなみに僕は馬車の三分の二くらいはいけるかな」

「ランジェさんでもそれくらいなんだ」

そうなると馬車半分くらいの収納魔法を使える人を二人くらい雇うほうがいいのかもしれない。

う〜ん、ライザックさんに相談してみるか。

「テツヤ、何か王都に運ぶのなら僕が運ぼうか？」

「いや、ランジェさんには普段の仕入れをしてもらっているからね。それにこっちのほうは必須じゃないから、別に無理だった場合はそれでもいいんだ」

「テツヤ、何を頼むつもりだったんだ？」

「もしもレトルト食品やこのお菓子の長期保存が可能になったら、食品系の輸送を一月ごとに依頼しようと思っていたんだ。方位磁石や他の商品は輸送に時間が掛かっても大丈夫だし、食品系と違って冒険者ギルドのほうが協力してくれるけれど、こっちは無理に王都で販売する必要性はないからね」

現在冒険者ギルドに卸している商品は方位磁石と浄水器のような冒険者の生存率を上げることができる商品だ。特に方位磁石はダンジョンでも使用できることが判明したわけだし、他の街でも間違いなく高い需要があるだろう。

しかし他の商品は、冒険者生活をより快適にするというだけだから、無理に遠方で販売する必要はないと思っている。

一応冒険者ギルドとこのアウトドアショップは協力店という関係だから、輸送が可能な人を探す手伝いくらいはしてくれるだろう。

「私がやる！」

「えっ？」

なぜか突然フェリーさんが右腕を思いっきり上げた。

「私なら馬車の二台分は運べるから、王都までテツヤのお菓子を運ぶことができる」

……運んでもらうのはお菓子だけじゃないんだけどね。というか問題はそこじゃなかった。

「いや、さすがにAランク冒険者であるフェリーさん達にそんなことは頼めませんよ！」

正直に言うと最初はフェリーさんに駄目元で聞いてみようかとも思った。

しかし、さっきのランジェさんの話を聞くと、それだけの収納魔法の使い手なら依頼料がとんでもない金額になることは間違いないだろう。

「それに一月ごとにこの街へ来てもらうなんて面倒な依頼を頼めませんから」

「問題ない。どちらにしろ定期的にリリアに会いに来るつもりだった」

「……そうですわね。一月ごとでしたら、息抜きにちょうどいいかもしれませんわ」

ベルナさんまで……

「いや、さすがにそういうわけには……」

「テツヤ、二人もそう言っていることだし、いいんじゃないか？　……それに二人には私に会いに来る以外にも目的がありそうだからな」

……目的？

「……ええ～と、その。私達にもランジェさんのように美味しい料理や先ほどのお菓子を定期的にいただければなあ……なんて」

「テツヤのご飯はとても美味しい。報酬はそれでいい」

「……いや、それで本当にいいんですか？　料理やお菓子って……」

アウトドアショップの能力と元の世界の料理知識のおかげで、他の人が作れないような料理が作れるかもしれないけれど、料理やお菓子が報酬ってAランク冒険者としてそれでいいのだろうか？

「冒険者をしたことがないテツヤにはわからないかもしれないけれど、僕達みたいな冒険者にとって日々のご飯って本当に大事な楽しみなんだよ。特に高ランク冒険者になると数日掛けて移動をしたり、長期間掛けて依頼を遂行することも多いからね」

「ランジェの言う通りだぞ。特に駆け出し冒険者のころに食べていた安い保存食なんかは味が本当に酷いからな……ある程度お金に余裕が出たら日々の食事を真っ先に変えたいと思うのが普通なんだ」

ランジェさんとリリアの言葉にはものすごく熱が入っている。

どうやら、俺が思ったよりもこちらの世界の冒険者達は美味しい食事に飢えているらしかった。

◆　◇　◆　◇　◆

「テツヤさん、またこんなにお土産をありがとうございますわ」

「テツヤ、ありがとう！」

「こちらこそこんなに高級なお肉をありがとうございました。街への輸送をお願いできるようになったら、こちらから王都の冒険者ギルドへ連絡しますね」

休みの日が終わって、今日はいつもどおりアウトドアショップを開く日だ。そして店を開く前にベルナさんとフェリーさんの見送りをしている。

ちなみに昨日の夜はベヒーモスの燻製チャーシューをたっぷりと棒状ラーメンに載せたチャーシュー麺をとても美味しそうに食べてくれていた。ダッチオーブンを使えば、チャーシューを普通の鍋よりも短い時間で作ることが可能だ。

そしてベヒーモスの燻製肉やローストベヒーモス、インスタント食品やチョコレートバーにょうかんなどをお土産として渡した。ベヒーモスという高級肉を食べられたのだから、これでも全然足りないくらいだ。

保存パックの準備ができたらグレゴさんに大量生産を頼み、ベルナさんとフェリーさんに輸送の依頼をする予定となっている。

「ええ、連絡をお待ちしておりますわ」

「他になにか困ったことがあったら、気軽に連絡して」

「はい。まあ、Aランク冒険者のお二人にお願いするようなことはないと思いますけれど、何かあったらよろしくお願いしますね」

一応今回の王都のダンジョン攻略への貢献による報酬で結構なお金をいただいて、店の利益や冒険者ギルドからの地図や図鑑の報酬によって、二人に依頼する分のお金くらいはあるのだが、そもそもこの街で二人の力を借りるような事態は起きないと思うんだよ。

……いや、マジでフラグとかじゃなくてね。

「ベルナとフェリーなら問題ないと思うが、気を付けてな」

「ええ、リリアもお元気で！」

「リリアも体調には気を付けて」

「お二人ともお気を付けて」

「ベルナさん、フェリーさん、またね！」

リリアとランジェさんと一緒にベルナさんとフェリーさんを見送った。

本格的に王都の冒険者ギルドにも商品を卸すようになったら、一度くらい挨拶に行っておいたほうがいいよな。

思えばこの異世界へ来てから、今までアレフレアの外にはまともに出たことがなかったもんな。

少し前まではとても忙しかったけれど、新たにドルファとアンジュを従業員に雇い、ランジェさんも二週に一週はお店を手伝ってくれるようになったから、お店もだいぶ余裕が出てきた。

アウトドアショップの能力もレベル４に上がり、様々な商品を販売することができて、お金にもだいぶ余裕がある。

ここまで来られたのはみんなのおかげだし、もう少し頑張ったら、少しだけお店を休んで旅行へ行くのもいいいかもしれない。

元の世界でも旅や旅行は好きだったし、この国の王都という街を一度は見てみたいという気持ちもある。そうだな、他の街の様子を見ることもいい勉強になるだろう。

よし、今度みんなと一緒に社員旅行として王都へ行ってみるとしよう!!

番外編　駆け出し冒険者トバイのとある一日②

「トバイ、そっちにいったぜ！」

「おう、任せておけ！」

「ゲギャギャ」

目の前に小柄で醜悪な顔をしたゴブリンが太い棒切れを持って迫ってくる。それを避けながら、すれ違い様に短刀でゴブリンの首元を切り裂いて止めを刺す。

「ゲギャ……」

「……死んだふりもしていないようだな」

ゴブリンが動かなくなったことをしっかりと確認する。ゴブリンはそれほど強くない魔物だけれど、死んだフリをする悪知恵を持っている。

「やったな、トバイ！」

「ああ。ギールもナイスだったぜ！」

パーティを組んでいるギールと手を叩き合う。ギールは数週間前から一緒にパーティを組み始めた俺と同じ駆け出しのEランク冒険者だ。

この森はとても広く、不測の事態があった時のためにパーティで行動することが推奨されている。

そんな時にちょうど俺と同じ時期に冒険者を始めたギールと出会ってパーティを組むことになった。

「……よし、今日はこの辺りにしておこう」

倒したゴブリンの討伐の証である耳を回収して、遺体を地中に埋め、ギールに確認をする。

「そうだな。ちょっと早いけれど、久しぶりにアウトドアショップへ行こうぜ」

「おう」

アウトドアショップ——初めてこの森へ入る時にいろいろと指導してもらった先輩冒険者のレイモンさんから教えてもらったお店だ。

変わった名前のお店だけれど、その店で売っている商品は俺達冒険者に役立つ物ばかりで、定期的にギールと一緒に通っている。

その店で購入した方位磁石で道をしっかりと確認しつつ、街へ戻って冒険者ギルドで討伐報酬を受け取り、その足でアウトドアショップを訪れた。


「いらっしゃいませです！」

「こんにちは、また寄らせてもらいました」

「こんちわっす！」

俺とギールがお店へ入ると、小柄で可愛らしいキツネ獣人のフィアさんがいた。

「棒状ラーメンがなくなったので、補充しにきました。ここのお店で売っている食品はどれも本当に美味しいですよね」

「新商品のアルファ化米ってやつもうまかったし、あの硬くて臭い干し肉もインスタントスープへ入れれば食べられるもんな。本当にこのお店のおかげで昼飯が楽しくなったぜ！」

「いつもありがとうです！」

フィアさんがペコリと頭を下げる。

相変わらず可愛らしい女の子だよなあ。彼女を見ているとなんだかとても癒される。

フィアさんに挨拶をしつつ、店の中を回って必要な商品を籠に入れていく。


「よし、こんなものか」

籠の中に入れた商品を再確認する。

棒状ラーメン、インスタントスープ、アルファ化米、エナジーバランス。

……ちょっと多すぎたかな？　いや、このお店の商品はどれも美味しいし、いつもみたいにすぐに消費するに違いない。

あとはつい最近発売されたばかりの防水リュックも欲しいけれど、少し高いから買うのはもうちょっとお金を貯めたらだ。

「トバイ、ちょっと来てくれよ！」

「どうした、ギール？」

商品を確認していると、ギールが手招きをして呼んでくる。

「なあなあ、この店にあんなに可愛い店員さんなんていたか!?」

商品の棚に隠れるように立って、お店のレジの方を指差すギール。そっちの方を見ると、確かに今までこの店で見たことがないとても綺麗な女性がいた。

茶色い髪を後ろに束ねて、花の形をした髪留めを着けている。このお店にいる元Bランク冒険者のリリアさんも美人だけれど、リリアさんとは違ったタイプの美人さんだ。ギールが騒ぐのも無理はない気がする。

「俺も初めて見るよ。きっと新しく雇われた店員さんだと思う」

「そうだよな！　あんな美人、一目見たら忘れるはずはないぜ。商品を買う時に食事に誘ってみようっと！」

「ギールは相変わらずだな……だけど無理に誘うのはやめろよ。この店にはお世話になっているし、ここで買い物ができなくなるのは嫌だぞ」

「ああ、もちろんわかっているぜ！」

ギールはグイグイいく性格だからなあ。でも女の子に積極的にアタックできるのはちょっと羨ましく思う。俺もニコレさんにギールくらい猛アタックできればいいんだけれどなあ……

「お客様……」

「わっ!?」

「ひっ!?」

俺とギールが思わず声を上げる。

俺達の後ろから突然低い声が聞こえた。

「……当店で従業員への個人的なお誘いはご遠慮ください」

「はっ、はい！　すみませんでした！」

ギールがすぐに頭を下げて謝る。どうやら俺達の会話を聞かれていたらしい。

振り向いたところにいたのは茶色い髪を後ろに束ねた筋肉質で強そうな男性で、とても格好いいイケメンだった。

他の従業員と同じ緑色のエプロンを身に着けている。この人も前にこのお店へ来た時にはいなかったから、新しい従業員なのかもしれない。

……それにしても、その整った笑顔とは裏腹にものすごい謎の圧を感じる。ギールが一瞬で謝ったのも納得だ。たぶん、この人は俺達よりも遥かに強い。

「……ごゆっくりどうぞ」

そう言うと男性店員は店の奥の方へ戻っていった。

「マジで焦った～あの人、たぶん滅茶苦茶強いよな！」

「ああ、俺もそう思う。確かに軽い気持ちで同僚に声を掛けるって聞こえたら、あんまりいい気はしないよ」

「そうだな……この店では従業員のナンパは禁止みたいだし、次からは止めておくよ」

「そうしたほうがいいみたいだ」

あの人はきっとすごく仲間想いの人なんだろうな。そんな人の前で軽率な話をしてしまった俺達が悪い。

それにお店の店員さんなのに尋常じゃない圧を感じた。このお店は元Bランク冒険者のリリアさんみたいな強い店員さんがいるから、あの人も冒険者の経験があるのかもしれない。

「それじゃあ必要な物は揃ったし、支払いをして帰ろうか？」

「ああ、そうしようぜ」


「いつもご利用ありがとうございます」

「どの道具もとっても便利だし、この食べ物はどれもすぐに作れて美味しいです。こちらこそありがとうございます」

商品の会計を終える。

さすがに先ほどの綺麗な店員さんではなく、もう一つのレジのほうに並んだ。あっちの綺麗な女性のレジに並ぶ人が圧倒的に多かったから、こっちのレジはガラガラだった。

この黒髪の優しそうな男性は店主のテツヤさん。この人はいつも丁寧に接してくれて、いろんな質問にも答えてくれるとても良い人だ。最初はこんな立派なお店の店主さんだとは思えず、アルバイトだと失礼なことを思っていたっけ。

「そう言っていただけて嬉しいですね。またのお越しをお待ちしております」

「はい」

会計を終えて店を出ようとする。

「おっ、トバイにギールじゃん。久しぶり」

「二人とも久しぶりだな」

「ロイヤ、ファル!?」

お店の出口から出ようとすると、ちょうどロイヤとファルと鉢合わせた。そしてその後ろにいるのは――

「トバイ、ギール、久しぶり～！」

「ニ、ニコレさん!!」

つぶらな瞳にキュートな笑顔、頭からは可愛らしいネコミミが生え、後ろにはユラユラと揺れる尻尾。ニコレさんはいつ見ても本当に可愛い。

俺の心の中の方位磁石が反応してしまった。

……って、何を考えているんだ、俺は!?

「もう、だから私にだけさん付けはやめてってば。同じEランク冒険者なんだからね」

「す、すみません！」

いや、こんなに可愛いニコレさんを呼び捨てにするなんて俺には無理だ！

うわあ、緊張しすぎてちゃんと喋れない、どうしよう！

「三人とも久しぶり。そういえば、最近冒険者ギルドでも顔を合わせていなかったよな。ほらトバイ、女の子の前だからって緊張し過ぎだぞ。こいつは女の子の前だとすぐにこうなっちゃうんだよな」

「そ、そんなことないぞ！」

　ギールが俺のフォローをしてくれた。心の中でギールに感謝する。

「相変わらず二人とも仲が良さそうだな。前に大量発生したスライムの討伐依頼を合同で受けた時以来か」

　ロイヤ達とは以前にEランク冒険者を対象にした依頼で一緒に行動した。俺がニコレさんを好きなのを知っているギールが少し強引に三人に話しかけてくれたおかげで、今ではこうして挨拶をしたり、話をできるくらいの仲になっている。

　だけど、俺はニコレさんの前だといつも緊張してテンパってしまう。ギールがフォローしてくれたけれど、本当は俺が緊張してしまうのはニコレさんの前だけだ。

「あの時は討伐よりも後始末が大変だったよなあ。おっと、さすがに店の前で話し込んじゃまずいか。よかったら今度五人で飯に行かないか？」

「っ!?」

「もちろんいいぜ！　宿屋の食堂なんだけれど、いきつけの安くて美味しい店があるぞ」

「ああ、あそこはおすすめだ」

「いいわね！　二人ともそこでいい？」

「オッケーだ」

「も、もちろん！」

　これはニコレさんとさらにお近付きになれるチャンスだ！

ギール様、本当にありがとうございます！

「それじゃあ、明日の夕方くらいに冒険者ギルドで待ち合わせる感じでどうだ？」

「ああ、問題ないぜ。それじゃあ、また明日な！」


「ギール、さっきは本当に助かった！」

最近冒険者ギルドで全然会えなかったニコレさんと、まさかアウトドアショップで会えるとは思わなかった。

ふう〜今更変な汗が出てきた。クールタオルが欲しい気分だ。

「気にするなって。俺のほうこそ、最近はトバイに何度も助けてもらっているからな。すごく努力して強くなっているって他のみんなも言っているぞ。もしかしたらニコレの耳にも入っているかもな」

「そ、そうなんだ」

「それより、明日の夜はせっかくのチャンスなんだから、ニコレにガンガンアピールするんだぞ！押して押して押して、押しまくれ！」

「ど、どうすればいいんだ……？」

「まったく、魔物と戦う時は勇敢なのに、好きな女の子を前にすると本当に情けないな……任せておけ、今日はみっちりと明日の対策をするぞ！」

「ありがとう、ギール！　本当に恩に着る！」

ここは冒険者の始まりの街と呼ばれるアレフレア。
このトバイという青年が将来立派な冒険者へと成長するのは、また別のお話。

あとがき

お久しぶりです、タジリユウです。

皆様の応援のおかげで、こうしてまたあとがきにてご挨拶をすることができました。二巻が出せたのも、ひとえに皆様のおかげです。本当にありがとうございます！

二巻ではドルファ、アンジュ、ベルナ、フェリーと一気に四人の新キャラが登場しました。この四人のイラストを見ることができて一番喜んでいるのは、間違いなく作者の私です。

これまで機会に恵まれ、自分の創造したキャラクターがイラストレーターさんの手によって、実際にイラストになるのは何度か経験してきましたが、やはりこの嬉しさは何ものにも代えがたいものがありますね。

このまま続けて刊行を重ね、イラストレーターである中西達哉様に作中すべてのキャラクターを描いていただきたいところです！

この作品には様々なキャンプギアが出てきます。私は参考にするためにアウトドアショップへ行ったり、ネットで検索することがよくあります。最新の商品は本当に便利で驚きました。

特に飲み物の温度を長時間保っておけるタンブラーの進化はすさまじいですね。最新の物は自分が昔使っていた物とは比べ物にならないくらい長時間温度を保てます。

そして最近では自宅でも手軽に燻製を楽しめるキャンプギアも出てきましたね。燻煙をチューブで袋に送って燻製する卓上燻製器や、上に置いてグラスの中へ燻煙を満たしてお酒やナッツなどを燻製するグラストップスモーカーはとても面白い発想でした。

燻製時間が短いので、燻製風という方が近いかもしれませんが、家の中で可能なのはとても便利です。新しいキャンプギアを見ると、どれも欲しくなってしまうので困ってしまいますね。


こちらの作品はＷＥＢでも掲載されており、他にもキャンプに関わる小説をいくつか書いておりますので、興味がありましたら、そちらもご覧になっていただけますと幸いです。


最後になりますが、二巻を刊行するにあたって携わってくださいました皆様、年末時期の重なるお忙しいなかで、本当にありがとうございました。

中西達哉様、新しく登場したキャラクター達をここまで魅力的に描いてくれて、本当に感謝しております。

そして、この本を手に取ってくださいました皆様、本当にありがとうございます！

また三巻のあとがきにてお会いいたしましょう！

あとがき

「アウトドアショップin異世界店」2巻を読んでくださり
ありがとうございます！
今回もタジリユウ先生の描くキャラが表情豊かで、
たくさんのキャラクターを楽しく描くことができました！
特にドルファの般若顔はノリノリで描かせていただきました(笑
1巻と比べ、テントなどアウトドア用品の種類が増えて、
絵を描く時とても気合が入りました。

3巻も頑張って描くので、ぜひ読んでください！

EARTH STAR NOVEL

アウトドアショップ in 異世界店
冒険者の始まりの街でオープン！ ②

発行 ―――― 2025年1月16日　初版第1刷発行

著者 ―――― タジリユウ

イラストレーター ―――― 中西達哉

装丁デザイン ―――― ナルティス：粟村佳苗

発行者 ―――― 幕内和博

編集 ―――― 佐藤大祐

発行所 ―――― 株式会社アース・スター エンターテイメント
〒141-0021　東京都品川区上大崎3-1-1
目黒セントラルスクエア　7F
TEL：03-5561-7630
FAX：03-5561-7632

印刷・製本 ―――― 中央精版印刷株式会社

ISBN 978-4-8030-2066-3